André Kubiczek
Kopf unter Wasser

PIPER

Zu diesem Buch

Die Hoffnung, dass es wieder aufwärts gehen würde, hatte Henry längst aufgegeben. Vorbei waren die Zeiten mit den Abendessen im kleinen Kreis, in den weitläufigen Berliner Altbauwohnungen bei Weißwein und Stoffservietten in Silberreifen. Dass sein Geld weg war, interessierte Henry dabei noch am wenigsten. Beunruhigender war die Situation mit Birte. Seit ihrem unschönen Auszug, bei dem sie ihre Tochter Johanna mitgenommen hatte, konnte er auch vor sich selbst seine Verlorenheit nicht mehr als Freiheit kaschieren. Und nun dachte Henry darüber nach, was Cynthia ihm soeben am Telefon gesagt hatte: Peter, sein bester Freund, war letzte Nacht nicht nach Hause gekommen. Nach einem Streit hatte Henry ihn niedergeschlagen und einfach liegen gelassen …

André Kubiczek, 1969 als Sohn deutsch-laotischer Eltern in Potsdam geboren, lebt als freier Schriftsteller in Berlin. Nachdem er mit seinem literarischen Debüt »Junge Talente« von der Presse hoch gelobt wurde, erhielt er wenige Jahre später den Candide-Preis. Zuletzt erschien von ihm der Roman »Der Genosse, die Prinzessin und ihr lieber Herr Sohn«.

André Kubiczek

KOPF UNTER WASSER

Roman

Piper München Zürich

Mehr über unsere Autoren und Bücher:
www.piper.de

Von André Kubiczek liegen bei Piper vor:
Kopf unter Wasser
Der Genosse, die Prinzessin und ihr lieber Herr Sohn

MIX
Papier aus verantwortungsvollen Quellen
FSC® C083411
FSC
www.fsc.org

Ungekürzte Taschenbuchausgabe
September 2012

Umschlaggestaltung und -illustration:
Kornelia Rumberg, www.rumbergdesign.de
Satz: psb, Berlin
Gesetzt aus der Swift
Papier: Munken Print von Arctic Paper Munkedals AB, Schweden
Druck und Bindung: CPI – Clausen & Bosse, Leck
Printed in Germany ISBN 978-3-492-27479-1

Die Sonne, das Meer und die Vögel

1.

Henry entdeckte die Meldung, als er den Polizeiticker las. Es schien ihm, als wankten die Buchstaben auf dem Monitor.

Mann tot – Mordkommission ermittelt
Pankow
 # 1609

Auf einer Bank im Volkspark Friedrichshain fand eine Passantin in den frühen Morgenstunden die Leiche eines Joggers. Die Umstände des Auffindens deuten auf ein Tötungsverbrechen hin. Die Hintergründe der Tat sind derzeit noch unklar. Die Mordkommission hat die Ermittlungen übernommen.

Der Kater saß ihm in den Knochen, und das schlechte Gewissen pochte in seinem Schädel. Am Vorabend hatte er sich mit Peter in einer Bar nahe dem Park verabredet, das Treffen hatte handgreiflich geendet.

Henry wusste, dass es Peter immer gelang, in der Frühe aufzustehen. Er betrank sich bis zum Umfallen und saß am nächsten Morgen frisch in seiner Kanzlei, ohne Fahne, ohne rote Augen. Henry hasste ihn *da*für und für die Attitüde der Wichtigkeit, mit der Peter stets auftrat. Noch mehr als Peter hasste er nur dessen Frau, und allein um sich zu beweisen, dass auch er fähig war, nach einer durchzechten Nacht zeitig aufzustehen, hatte Henry den Wecker gestern überhaupt gestellt.

Er kam gegen zehn hoch, stand für eine Minute schlaftrunken herum, bevor er aus dem Schlafzimmer in den Flur trat. Dort warf er einen Blick auf die bunt bekritzelten A-4-Blätter, die mit Reißnägeln an die Tür des gegenüberliegenden Zimmers geheftet waren, des *verschlossenen Zimmers*, wie er es nannte, seit er es nicht mehr betrat.

In der Küche brühte er sich einen Kaffee und ging mit der Tasse ins ehemalige Wohnzimmer, in dessen Mitte, exakt im Schnittpunkt der Diagonalen, sein Schreibtisch stand, ein Monolith, dunkel gebeizt, den er Anfang der Neunzigerjahre beim Ausverkauf einer DDR-Behörde billig erstanden hatte.

Nur ein weiteres Möbelstück – den riesigen Fernseher hatte Henry vor Kurzem verkauft – befand sich im ansonsten leeren Raum, ein schwarzes Ledersofa, das bedeckt war mit Zetteln und Büchern, mit CDs, mit Zeitungsausrissen und Textausdrucken.

Die gardinenlosen Fenster zeigten auf eine laute, sechsspurige Magistrale, die den Prenzlauer Berg in Ost-West-Richtung durchschnitt, die Wände waren weiß und kahl, nur hin und wieder steckten noch ein Nagel oder ein Dübel darin, die früher gerahmte Bilder und Fotografien gehalten hatten. Weiter unten, auf Kniehöhe, gab es einige schmutzige Flecken, die sich bei genauerem Hinsehen als kindliche Handabdrücke herausstellten.

Auf dem Schreibtisch stand Henrys Notebook, und während es hochfuhr, nahm er einen Schluck Kaffee, zündete sich die erste Zigarette an und suchte unter den Papierstapeln, die die Arbeitsfläche bedeckten, nach dem Aschenbecher. An manchen Tagen musste er den Schreibtisch von leeren Bier- oder Weinflaschen befreien, die er nachts dort hinterlassen hatte, an anderen fand er ihn in eigentümlicher Ordnung vor.

Zuerst sah Henry nach seinen E-Mails, ob es Nachrichten gab von Redakteuren und Ressortleitern, denen er Artikel angeboten oder Themen vorgeschlagen hatte. Meist jedoch lag nur Werbung in seinem Postfach. War er damit fertig, widmete er sich der täglichen Recherche, ein Stochern im Vagen, das er beinahe obsessiv betrieb, in der Hoffnung, als Erster auf ein unverbrauchtes Thema zu stoßen, das sich für einen Artikel verwerten ließ, den er verkaufen konnte. Denn um mehr ging es im Moment nicht: Es ging ums Verkaufen. Nur deshalb wühlte er sich durch die Nachrichtenportale der Welt, las Agenturmeldungen und Presseerklärungen, durchforstete die Seiten von Boulevardmagazinen und trieb sich in technischen Diskussionsforen herum. Er machte sich dabei handschriftliche Notizen, seitenweise an manchem Tag, er setzte Dutzende Lesezeichen in seinem Webbrowser, er druckte stapelweise Papier aus.

Dann klappte er das Notebook zu und ging in die Küche, wo er eine Kopfschmerztablette in ein Glas Wasser warf. Während er zusah, wie sich die Tablette sprudelnd auflöste, überlegte er wieder einmal, dass die Wohnung viel zu groß war für ihn allein, dreieinhalb Zimmer, mehr als hundert Quadratmeter, zu teuer vor allem. Und er dachte, dass er mit drei Monatsmieten im Rückstand lag, sein Dispositionskredit weit überzogen war und auch die Schulden bei Peter in die Dreitausend gingen, von Gas- und Stromrechnungen ganz zu schweigen.

Henry trank das Glas aus und sah aus dem Küchenfenster auf den Hof, wo der Efeu die Hinterhausfront überwucherte: Es war Frühling, der Sommer stand vor der Tür.

Er wechselte die Bettwäsche, lüftete das Schlafzimmer und nahm sich dann vor zu schlafen, bis der Kater verflogen war.

Am frühen Nachmittag riss ihn das Klingeln des Telefons aus dem Schlaf. Am Apparat war Cynthia, Peters Frau. Es war lange her, dass Henry mit ihr gesprochen hatte. Wollte er Peter kontaktieren, rief er stets auf dessen Handy an.

Cynthia sagte, sie sei beunruhigt, klang aber nicht danach. »Peter ist gestern nicht nach Hause gekommen.«

»Wieso?«

»Ich kann ihn nicht erreichen. – Nirgends. Ihr habt euch doch gestern auf ein Bier getroffen?«

»Auf mehrere.«

»Und dann?«

»Dann sind wir irgendwann wieder gegangen.« Was so nicht ganz stimmte. Als *er* ging, lag Peter am Boden der Bar – bewusstlos oder nicht, blutend oder nicht, das war nicht zu erkennen gewesen, da Peters Gesicht gen Boden zeigte – nach einer harten Rechten Henrys, die Peter am Jochbein getroffen hatte.

»Und wann war das?«, fragte Cynthia.

»Gegen eins, halb zwei.«

Henry lauschte, ob er ein Schluchzen hörte oder ein anderes Geräusch, das etwas über ihren Gefühlszustand aussagte, aber er hörte nicht mal ihren Atem.

»Hast du es in der Kanzlei versucht?«

»Was denkst denn du«, sagte Cynthia. Sie schwieg abermals, um dann geräuschvoll Luft zu holen, als brauche sie besonders viel Sauerstoff für die nächste Frage: »Meinst du, er hat eine Geliebte?«

»Keine Ahnung«, sagte Henry, um einen gleichgültigen Ton bemüht, obwohl ihm wieder einfiel, was Peter ihm gestern gleich zweimal erzählt hatte, zuerst, um anzugeben, dann, um ihn zu provozieren: dass er eine Affäre mit einer Frau habe, die alleinerziehende Mutter einer kleinen Tochter war.

»Bist du dir sicher?« Cynthias reaktionäre Vorstellung vom Glück bedurfte dreier Bestandteile: eines erfolgreichen Mannes, einer Eigentumswohnung mit Dachterrasse sowie einer Ehe ohne Komplikationen. Sie war eine akademisch gebildete Hausfrau, die ihre Berufung darin sah, ihrem Gatten den Rücken frei zu halten. Komischerweise wollte sie keine Kinder, Peter dagegen schon, wie er gestern gesagt hatte, als er noch halbwegs nüchtern gewesen war.

»Ich melde mich, wenn ich was höre«, sagte Henry.

»Sein Handy ist aus.«

»Ich muss dann mal ...«

»Schon gut«, sagte Cynthia.

»... zurück an den Schreibtisch«, sagte Henry, aber sie hatte bereits aufgelegt.

Am späten Nachmittag waren die Kopfschmerzen verflogen. Henry trat auf den Balkon, um durchzuatmen: Trotz des dröhnenden Feierabendverkehrs roch die Luft frisch, nach Wald beinahe. In den Blumenkästen blühten Narzissen, obwohl sich seit zwei Jahren niemand mehr um die Pflanzen kümmerte. Verschrumpelt und dreckig lag ein aufblasbares Planschbecken in der Ecke, eine ausgeblichene Windmühle war mit Kabelbindern an der Brüstung befestigt, ohne sich in der leichten Frühsommerbrise zu drehen.

Henry wäre lieber in der Wohnung geblieben, doch er musste raus zum Einkaufen. Er wunderte sich, dass der Geldautomat ihm noch immer Scheine auswarf. Im billigsten Supermarkt der Gegend, dessen Käse nach Plastik schmeckte, füllte er seinen Korb. Noch vor vier, fünf Jahren hätte er nicht im Traum daran gedacht, sich einmal von solchem Abfall ernähren zu müssen. Er war zwar nicht reich gewesen damals, aber er hatte deutlich mehr Geld besessen, als er zum täglichen, guten Leben benötigte. Geld, das anzulegen ihn sein Bankberater gedrängt hatte, in hundertprozentig sichere Titel: eine Multimedia AG, einen Zwischenhändler für Computerperipherie, eine Biotechfirma, deren Prospekt ein Mittel gegen Krebs annoncierte. Aber die Kurse waren schon viel zu hoch gewesen, als er einstieg. Er kam zu spät an die Börse, zusammen mit den Angestellten des öffentlichen Dienstes, den Facharbeitern und den Beamten. Er kam, als das Fernsehen das Spekulieren zum Trend erhob und Mitglieder der Regierung empfahlen, sich mittels Aktienrenditen die niedrigen Renten der Zukunft aufzufüllen.

Als es dann bergab ging, und zwar rapide, verpasste Henry den Ausstieg. Er beobachtete, wie sein Geld den Bach runterging, aber er tat nichts. Er war unfähig zu verkaufen, als er noch mit einem blauen Auge davongekommen wäre. Die Hoffnung, dass es wieder aufwärtsgehe, hatte er zu keinem Zeitpunkt besessen. Nach außen, Freunden und Kollegen gegenüber, gab er sich trotz der herben Verluste souverän: Geld? – Das war kein Thema, er hatte einen gut bezahlten Job, und wenn er wollte, konnte er ein zweites Buch schreiben, das den Erfolg des ersten mindestens wiederholte.

Geschnittenes Brot, Margarine, eine Flasche bulgarischen Rotwein, Konserven, Zigaretten. Henry packte die Einkäufe auf die Spüle. Ihm blieb keine Zeit, die Sachen wegzuräumen, er musste arbeiten, er hatte den ganzen Tag nichts anderes getan, als Peters Andeutung seine Geliebte betreffend zu interpretieren, den Verdacht, den er hegte, mal auszuräumen, was näherlag, um ihn dann wieder bestätigt zu sehen, wofür es nicht das geringste Indiz gab. Und er hatte sich gefragt, welche Wirkung sein Faustschlag wohl hinterlassen habe, der allererste seines Lebens, so stark ausgeführt, dass er Abschürfungen an seinen noch immer schmerzenden Knöcheln davongetragen hatte.

Jetzt aber musste er an seinem Buch weiterschreiben oder einen Artikel entwerfen, irgendwas. Er musste telefonieren, E-Mails schreiben, Kontakte pflegen. Er musste im Gespräch bleiben, Geld verdienen. Außerdem hatte er sich vorgenommen, die Fotos von früher zu suchen. Schon gestern hatte er nichts geschafft, und da war er weder verkatert gewesen, noch hatte er aus dem Haus gemusst.

Henry setzte sich an den Schreibtisch und sah auf den Bildschirm. Er öffnete das Textdokument, das das Manuskript seines zweiten Buches enthielt, und las die letzten Zeilen, die er wohl gestern Nacht noch geschrieben hatte, als er aus der Bar gekommen war. Die Erzählung begann sich immer mehr von ihrem realistischen Anfang zu entfernen. Neben Figuren, die den ordinären Alltag einer akademischen Unterschicht Berliner Provenienz nachspielten, tummelten sich dort mittlerweile Geister und Elfen, gab es Untote und Zeitportale, mit deren Hilfe sich in Zukunft und Vergangenheit reisen ließ. Das war des Guten eindeutig zu viel, er musste kürzen, Struktur hineinbringen, sich konzentrieren, doch Henry merkte schnell, dass er dazu heute nicht imstande war. Er schloss das Dokument wieder, ohne etwas verändert zu haben, um es gleich darauf erneut zu öffnen und dann blitzschnell in die Taskleiste zu befördern. Jetzt war es da, und es war gleichzeitig nicht da. Er erstellte ein neues Dokument und nannte es »Krieg in den Städten«. Er tippte seinen Namen auf die erste Seite, dann speicherte er es ab und versenkte es gleichfalls in der Taskleiste. Er ging zum Sofa und wühlte dort in den Papieren herum, bis er vergessen hatte, wonach er suchte. Als er deswegen innehielt, fiel es ihm wieder ein: die Fotos von früher. Sie befanden sich offenbar woanders.

In der Küche entkorkte Henry den Rotwein und roch gewohnheitsgemäß an der offenen Flasche: Geschmack wurde zu einer Frage des Willens, war man knapp bei Kasse.

In den meisten Fenstern des Hinterhauses brannte jetzt Licht. Einige waren fast vollständig vom Efeu zugewachsen.

In der Küche seiner gegenüber erkannte er durch den Schleier aus Blättern ein Paar, das sich umarmte und küsste. Nach einer Ewigkeit erst ließ es voneinander ab. Der Mann öffnete eine Flasche Wein. Die Frau hielt ihm zwei Gläser hin, und er schenkte ein. Dann klingelte das Telefon.

Auf dem Display erschien Cynthias Nummer. Als der Anrufbeantworter ansprang, legte sie auf.

Gegen Mitternacht zog sich Henry noch einmal die Jacke über und ging in die laue Nacht hinaus, kaum hundert Schritte weit, zu einem türkischen Imbiss.

»Hallo, Nachbar!«, stand in großen Buchstaben auf einem Transparent über dem Eingang, und »Hallo, Nachbar«, sagte auch der verwilderte Mann mit dem Kebabsäbel in der Hand, bevor er Henry eine Flasche Raki über die Theke reichte.

Im Hinausgehen stieß er mit einer blonden Frau zusammen, für den Bruchteil einer Sekunde sahen sie einander in die Augen. Henry deutete ein Lächeln an, *ihr* Blick dagegen blieb kalt.

Henry ging wieder nach oben, löschte das Licht und öffnete die Flasche: Er kannte die Frau mit den blauen, fast türkisfarbenen Augen, sie hatte gestern in der Bar gesessen, als die Sache mit Peter passiert war. Draußen vor dem Haus zerschellten jetzt Glasflaschen auf dem Bürgersteig.

Mann tot – Mordkommission ermittelt, fiel Henry die Meldung des Polizeitickers wieder ein. Der Tatort lag keinen Kilometer Luftlinie von seinem Schreibtischstuhl entfernt.

2.

Henry war siebenundzwanzig gewesen, als er Bettina traf. Er hatte gerade sein Studium abgeschlossen und trotz eines möglichen Stipendiums das Angebot seines Professors zu promovieren abgelehnt. Stattdessen bewarb er sich bei einer überregionalen Tageszeitung als Volontär. Für das Vorstellungsgespräch kaufte er sich einen schmal geschnittenen Anzug und ein kariertes Button-down-Hemd. Am Morgen fuhr er mit der Straßenbahn in die Friedrichstraße, wo sich das Redaktionsbüro befand. Er erklärte der distinguierten Dame am Empfangstresen sein Anliegen. Er war dabei nicht aufgeregt, er hatte kein Lampenfieber, nichts. Die Dame telefonierte kurz und bat ihn, Platz zu nehmen. Noch ehe er sich hingesetzt hatte, ging eine Tür auf, und der verantwortliche Redakteur kam ihm entgegen. Er taxierte mit Zehntelsekundenblick Henrys Äußeres, setzte dann ein Lächeln auf und öffnete sogar leicht die Arme zum Willkommen. Er war nicht mehr jung, aber er wirkte durchaus jugendlich. Sie gaben einander die Hand. Auch der Redakteur trug einen taillierten Anzug und ein Button-down-Hemd. Und er trug *keine* Krawatte dazu, genau wie Henry.

Henry bekam die Stelle.

Das Ressort, für das er schreiben sollte, hieß »Lifestyle & Kunst«. Henry wusste nichts über Kunst und über Lifestyle eigentlich auch nichts, doch Letzteres erachtete er nicht als Problem. Er begann, Ausstellungen zu besuchen, vornehmlich in den Galerien der Spandauer Vorstadt, die Arbeiten jüngerer Künstler präsentierten. Er abonnierte Kunstzeitschriften und wälzte in Bibliotheken Bildbände: Höhlenmalerei, klassische Moderne, Videokunst, selbst amerikanische Land-Art der Siebzigerjahre. Er las kunsttheoretische Abhandlungen und verabredete sich mit freiberuflichen Kritikern und Kuratoren zum Abendessen.

Nebenbei verfasste er die ersten Lifestyle-Artikel, die sich lediglich in dem Quantum an Ironie und dem Grad des Nihilismus, der dieser Ironie als Grundlage diente, von Henrys späteren Texten unterschieden. In dieser frühen Phase testete er, wie weit er gehen konnte, wie weit sich der Ton aufdrehen ließ, bevor sein Chef eine seiner kumpelhaften Rügen austeilte.

In einem Stadtmagazin las Henry von einer PR-Aktion junger Künstler, die sich »Tag des offenen Ateliers« nannte. An einem sommerlichen Sonntag durchkämmte er mit anderen Neugierigen, die Hälfte davon Touristen mittleren Alters – eine Stadtmarketingfirma sponserte die Aktion –, zwei Handvoll Ateliers in Kreuzberg, in Weißensee und selbst in den Außenbezirken von Köpenick.

Es war überall gleich: Die Künstler saßen nervös an ihren aufgeräumten Zeichentischen. In den Ecken standen Skulpturen, an den Wänden hingen Skizzen, Pläne für Installationen, Bilder in Öl oder Tempera. Die Künstler schenkten Kaffee aus und Wein, boten Kuchen und Kekse an. Sie wirkten freundlich und aufgeschlossen, doch man sah ihnen die Erfolglosigkeit an. Anders als vermutet waren die meisten älter als Henry, im Schnitt zehn Jahre, schätzte er.

Henry hatte keine Ahnung, was sie sich von der Aktion versprachen, warum sie Horden fremder Leute durch ihr Heiligstes, das Atelier, schleusten, woher sie die Kraft nahmen, wieder und wieder Touristen in Multifunktionskleidung den kunsthistorischen Kontext zu erklären, in dem ihre eigenen Arbeiten stünden.

Es machte Henry einigermaßen ratlos, sie derart hoffnungslos hoffen zu sehen: auf einen spontan hereinschneienden Käufer, auf einen Galeristen, der sie vertreten würde. Nach fünf Ateliers hatte Henry genug. Er beschloss, nur noch das eine zu besuchen, das ohnehin auf seinem Heimweg lag.

In diesem letzten Atelier gab es nichts zu sehen. Auf dem Zeichentisch standen ein halb voller Aschenbecher und ein Minibarkühlschrank, der leise brummte. Die Arbeiten, sofern es welche gab, mussten hinter einem Stoffvorhang verborgen sein, der mitten durch den Raum gespannt war. Henry sah sich suchend um. Dann hörte er ein Lachen, der Vorhang schob sich ein Stück zur Seite, und die Künstlerin trat heraus. Sie hielt eine Bierflasche in der Hand.

»Willst du auch eines?«, fragte sie und deutete auf den Kühlschrank.

»Gerne«, sagte Henry.

Sie gab ihm ein Bier, und er stieß mit Bettina an.

Nur wenige Leute hatten sich in ihr Atelier verirrt, hauptsächlich Kollegen und ehemalige Kommilitonen der Kunsthochschule.

Die seien zum Spionieren da gewesen, um zu vergleichen. Nicht die Arbeiten, die Ansätze, das Konzeptionelle, sondern das Vorankommen, den Stand im Kunstbetrieb. Diese komische Mischung aus Anerkennung bei der Kritik und finanziellem Erfolg, sagte Bettina am Abend, als sie gemeinsam das Atelier verließen.

Sie lachte, schloss die schwere Stahltür ab und zog aus einer karierten Plastiktasche, wie die vietnamesischen Marktfrauen sie benutzten, zwei Flaschen Bier, deren Kronkorken sie mit dem Feuerzeug abhebelte, bevor sie Henry eine reichte. Sie stießen an, und der Klang der Flaschen hallte durch die Gänge der ehemaligen Textilfabrik, deren Räume für wenig Geld an Künstler und Architekten vermietet wurden. Was einem Wunder gleiche mitten im Prenzlauer Berg, angesichts der explodierenden Preise, angesichts der Verdrängung alles Armen, erklärte Bettina.

Auf dem Hof parkte ihr Kombi. Sie warf die Tasche auf den Rücksitz, und als Henry fragte, ob sie zum Abschluss des Tages etwas essen gehen sollten, sagte sie sofort Ja.

Es war einer der ersten warmen Abende des Jahres, die Ankündigung des bevorstehenden Sommers. Henry schlug ein italienisches Restaurant vor und führte Bettina an einen Terrassentisch, über dem Lampionketten hingen. Sie ließen sich Antipasti, Pizza und Weißwein kommen, und während sie aßen und sich unterhielten, stellten sie fest, dass sie im gleichen Alter waren und außerdem kaum fünfhundert Meter voneinander entfernt wohnten: Bettina allein in drei Altbauzimmern, Henry in einer Zweizimmerwohnung, die er sich mit einem Wirtschaftsstudenten teilte.

Bettinas Augen funkelten im Kerzenlicht, wenn sie Henry zuhörte. Sie hatte eine schwarze Pagenfrisur mit kurz geschnittenem Pony, und wenn sie lachte, tat sie das laut, was Henry damals noch nicht störte.

Nach zwei Monaten, in denen sie immer wieder essen gingen, ins Kino und ins Theater, in denen sie zig Galerien besuchten und jeden zweiten Tag miteinander schliefen, meist auf Bettinas Zeichentisch, in denen sie einen Ausflug ins Brandenburgische machten und einen Kurzurlaub an der Ostsee, nach nur zwei Monaten fragte Bettina, ob Henry zu ihr in die Wohnung ziehen wolle. Er könne sich in einem der Zimmer sein Büro einrichten, sie sei ohnehin die meiste

Zeit im Atelier. Henry sagte, ohne zu zögern, dass er sich das vorstellen könne.

Er hatte Freunde, zu denen er nur noch ungern ging, seit sie mit ihren Partnerinnen zusammengezogen waren. Er traf sie stattdessen in Kneipen, wo sie trotzdem ihre Beziehungssorgen vor ihm ausbreiteten. Henry hoffte für sich auf die Ausnahme von der Regel. Er hoffte, seine Verliebtheit würde andauern, auch wenn er kein gutes Gefühl dabei hatte.

Wenn Henry am späten Vormittag aufstand, was die Regel war, sofern er keinen Termin in der Redaktion hatte, war Bettina schon fort. Bis zwei Uhr setzte er sich an den Schreibtisch, dann ging er aus dem Haus, um einzukaufen. Auf dem Rückweg kehrte er in ein Café ein, trank Espresso, las die Zeitungen des Tages, blätterte in Wochenmagazinen. Zu Hause korrigierte er ein wenig an seinen Texten, bevor er gegen sechs begann, das Abendessen vorzubereiten. Er schnitt Gemüse, marinierte Fleisch, wusch Salat. Nebenbei öffnete er eine Flasche Wein, aus der er Bettina ein Glas einschenkte, sobald er ihre Absätze im Treppenhaus klackern hörte. Er machte ihr die Tür auf, ohne dass sie klingeln musste, und reichte ihr das Glas.

War es warm, deckte er den kleinen Balkontisch, an dem sie dann bis in die Nacht saßen. Bettina erzählte vom Fortgang ihrer Arbeit, von Kollegen, Henry von seinen Texten, von Ansichten, die er zur Politik hatte. Es waren eher kurze Monologe, nur selten – und dann wie aus Versehen – nahmen die eigenen Sätze Bezug auf die des anderen, und dennoch war das Ganze ein vertrautes, emotionales Gespräch, frei allerdings von verbalen Zärtlichkeiten, mit denen sich Frischverliebte gern bedachten.

Noch bevor sich Henrys Verliebtheit auflöste, erhielt Bettina die Zusage für ein Stipendium, das im Herbst beginnen sollte. Ein ganzes Jahr würde sie in einer rheinischen Kurstadt verbringen, in der die dortige Landesregierung ein Haus für bildende Künstler unterhielt. Der Prospekt, den man ihr zugeschickt hatte, zeigte eine dreigeschossige Villa. Der nebenstehende Text erklärte, dass ein russischer Adliger sie Mitte des neunzehnten Jahrhunderts hatte errichten lassen und sie Formen der italienischen Frührenaissance mit neugotischen Einflüssen vereine.

Bettina versprach, mindestens einmal im Monat nach Berlin zu kommen, und Henry sagte, er werde sie in der Kurstadt besuchen.

3.

Im November endete das Volontariat. Wie Henry gehofft hatte, wurde ihm eine Stelle als Fester Freier angeboten. Texte zur Kunst schrieb er nur noch vereinzelt, dafür waren seine Zeitgeistkolumnen über die Monate länger geworden und erschienen nun regelmäßig, an einem festen Platz in der Freitagsausgabe.

In seinen Kolumnen spielte er zwar den dandyesken Misanthropen, der, kulturgeschichtlich bewandert, mit wachem Blick durch die Großstadt flanierte, aber genau genommen ging es in diesen Texten um nichts, um *beinahe* nichts. Sie handelten von unfreundlichen Supermarktkassiererinnen und schroffen Taxifahrern, von störenden Bettlern in der S-Bahn, von der falschen Fassadenfarbe frisch renovierter Häuser, von kitschigen Fensterdekorationen in den Armenvierteln während der Adventszeit. Doch seine Pointen saßen, und die Ironie, die er kübelweise über die ausgemachten Feinde oder Missstände kippte, kaschierte nicht nur die Leidenschaftslosigkeit, mit der Henry eigentlich schrieb, sondern verschaffte ihm überdies eine kleine, aber enthusiastische Lesergemeinde, Leute, die nur seiner Kolumne wegen freitags das Blatt kauften.

Bettina freute sich von Herzen, schien es Henry, als er ihr am Telefon von der neuen Stelle berichtete.

Sie hatte ihr Versprechen nicht gehalten, monatlich nach Berlin zu kommen. Sie schützte Arbeit vor, einen Katalog, von der Landesregierung finanziert, der konzipiert werden musste, genauso wie eine Ausstellung, die in einem leer stehenden Schwimmbad stattfinden sollte.

Henry widmete sich wieder mehr seinen Freunden, die er in seiner Anfangsverliebtheit vernachlässigt hatte. Mit Kollegen und Bekannten, die er durch die Arbeit kennengelernt hatte, ging er wieder auf Vernissagen, auf Buchpräsentationen und Premierenvorstellungen, auf Partys von Agenturen, Zeitungen und Verlagen. Erst spät in der Nacht kehrte er von solchen Veranstaltungen zurück, satt vom Fingerfood und abgefüllt mit Gratis-Riesling. Er schloss die Wohnungstür auf, trat in den Flur, sog die Luft ein. Es roch nach feuchtem Mauerwerk und kaltem Rauch. Er blieb stets eine Weile stehen, ehe er das Licht anmachte und die Tür hinter sich zuzog.

Weihnachten verbrachten sie beide bei ihren Eltern, Bettina in Stuttgart, Henry in der Uckermark, und so sahen sie sich erst kurz vor Silvester wieder.

Henry stand in der Küche und rührte in einer Gemüsesuppe, als er Bettina die Treppe hochkommen hörte. Noch bevor sie den Wohnungsschlüssel aus der Tasche nehmen konnte, öffnete er die Tür und reichte ihr ein Glas Wein. Es war, als wäre sie nie weg gewesen.

Bettina wollte den letzten Tag des Jahres in Ruhe verbringen, bei einem guten Essen und Wein. Sie sei genug unterwegs gewesen in der letzten Zeit, sagte sie, und nur kurz versuchte Henry sie zu überreden, auf die Party seines Chefs mitzukommen, zu der sie beide eingeladen waren.

Stattdessen besorgten sie am Silvestermorgen eine Lammkeule, frischen Knoblauch und Oliven, und sie stießen um Mitternacht mit Sekt an, unten auf der Straße, wo sich die Leute aus den anliegenden Häusern versammelten, um gemeinsam Raketen in den bedeckten Berliner Nachthimmel zu jagen.

Bettina hatte rote Wangen. Sie strahlte ihn an, und Henry war zufrieden.

4.

In der ersten Januarwoche fuhr Bettina in die Villa zurück, und Henry begleitete sie. Ihr Atelier war groß, fast eine Halle, das Zimmer, in dem sie wohnte, dagegen umfasste kaum zwanzig Quadratmeter und war möbliert mit einem schmalen Bett, einem Kleiderschrank, einem Sessel, einem Schreibtisch und einem Fernseher. Aus dem Fenster sah man in einen winterlichen Park, Kieswege, einige immergrüne Büsche, laublose, reifbedeckte Bäume. Am Horizont konnte man den kleinen Fluss erkennen, der die Stadt in zwei Hälften teilte.

Die Bäderarchitektur, zweite Hälfte des neunzehnten Jahrhunderts, war gut erhalten, wirkte aber genauso tot wie der Rest der Stadt, die Kuranlagen, die Grünflächen, die Fußgängerzone, in der sich Ramschläden aneinanderreihten. Es gab ein Spielcasino, vor dem nachts Limousinen mit auswärtigen Kennzeichen parkten, es gab ein Steakhouse am Bahnhof, und gegenüber, am anderen Flussufer, stand ein rot verklinkertes Gebäude, das gleich zwei italienische Restaurants beherbergte. Das eine war eine bacchantische Gipshölle samt Steinofen im Gastraum, die Henry tagsüber manchmal aufsuchte, um sich bei einer Suppe aufzuwärmen.

Das andere Restaurant hieß »Amarcord«. Es öffnete erst am Abend, hatte weiß verputzte Wände, an denen gerahmte Szenen aus italienischen Filmen hingen, Fellini, die Neorealisten. Die Tische bestanden aus dunklem Tropenholz, die Kellner trugen lange schwarze Schürzen und bedienten mit vornehmer Zurückhaltung das Bürgertum der Kurstadt.

Hierher kamen Henry und Bettina jeden Abend, nur am ersten Tag hatte sich Henry überreden lassen, zusammen mit den anderen Stipendiaten an einer langen Tafel in der Villa zu essen.

Nachdem die Teller abgeräumt waren, machten es sich die Künstler bequem. Sie holten ihre Rauchwaren hervor, sie rückten die Gläser zurecht, und der abstrakte Ölmaler aus Süddeutschland öffnete den obersten Knopf seiner Samthose.

Die Gespräche drehten sich um das Leben in der Villa. Man verdächtigte den Hausmeister, Übertretungen der Hausordnung ans Ministerium zu melden, und man verdächtigte die Putzfrau, Geld zu stehlen. Der abstrakte Maler bezeichnete den Leitungsstil der Direktorin als faschistisch. Die infantile Keramikerin berichtete von Geräuschen, die sie nachts höre und die nicht von dieser Welt seien. Jemand lachte, ein anderer tippte auf einen Marder, der in den Wandzwischenräumen hause.

Man merkte, dass die Stipendiaten bereits bereits mehrere Monate zusammenlebten, abgeschottet wie auf einer Intensivstation, künstlich beatmet und künstlich ernährt. Nach drei Stunden hielt es Henry nicht mehr aus, stand auf, winkte in die Runde und ging aufs Zimmer. Als Bettina kam, lag er schon im Bett. Sie legte sich zu ihm, schmiegte sich an und schlief sofort ein. Draußen pfiff der Winterwind, durch die Heizungsrohre rauschte das warme Wasser, und in der Zwischendecke tippelte der Marder herum. Es hätte gemütlich sein können, aber es war lediglich eng.

Eine Woche hatte Henry zu bleiben versprochen. Es wurde eine Woche, in der er frierend die Fußgängerzone auf und ab lief, in der er zwei Spelunken kennenlernte, die schon morgens geöffnet hatten, und in denen er statt Kaffee Grog trank. Er gewöhnte sich an, mittags Billard zu spielen, argwöhnisch beobachtet von den jugendlichen Schulschwänzern an den Geldspielautomaten. Nachmittags dann lungerte er in der beheizten Trinkhalle herum und las Zeitung. Gegen achtzehn Uhr holte er Bettina aus dem Atelier. Henry wusste genau, dass sie keine Lust hatte, jeden Abend ins »Amarcord« zu gehen, aber er wusste auch, dass sie es nicht wagte, seine Einladungen auszuschlagen.

Weil sich für den Abend die Staatssekretärin des Kultusministeriums angekündigt hatte, fuhr Henry einen Tag früher als geplant nach Berlin zurück. Seit dem Morgen richteten Mitarbeiter einer Cateringfirma ein Büfett in der Eingangshalle her, eine Putztruppe polierte die Gänge, Lieferanten brachten Blumen und Wein.

Bettina begleitete ihn am Nachmittag zum Bahnhof. Sie schien in Gedanken versunken, reagierte verzögert, wenn er sie ansprach. Henry nahm an, dass ihre Abwesenheit mit der Ausstellung zusammenhing, die in der nächsten Woche eröffnet werden sollte.

Seinen ganzen Ärger über den Besuch legte Henry in einen bösartigen Text, den er noch während der Zugfahrt auf seinem Notebook skizzierte. Er handelte vom System der Kultursubventionierung, das Henry mit der Subventionierung der Steinkohleförderung verglich. Er handelte von staatlich ausgehaltenen Rebellen, von allgemeiner Weltfremdheit und der Unfähigkeit, als erwachsener Mensch sein eigenes Geld zu verdienen. Und sei es mit Kunst. Er machte die aggressiv formulierten Thesen am Beispiel der Villa fest, an ihren künstlerischen Insassen und dem neurotischen Personal, das sie betreute, ohne jedoch Namen zu nennen.

Der Artikel erschien exakt eine Woche nach Bettinas Ausstellungseröffnung auf den Seiten des überregionalen Feuilletons.

Henry hatte überlegt, Bettina am Tag der Vernissage anzurufen, ihr zu gratulieren, sich nach Reaktionen zu erkundigen, ob Galeristen da gewesen seien oder Kuratoren. Er ließ es bleiben. Sie sollte denken, er habe die Eröffnung vergessen.

Stattdessen rief Bettina ihn an, ihre Stimme klang eine Nuance sachlicher als sonst. Seit seinem Besuch hatten sie nur noch einmal miteinander telefoniert, sich ansonsten per E-Mail verständigt, und auch nur dann, wenn es um Organisatorisches ging, etwa um den jeweiligen Anteil an der Betriebskostennachzahlung.

Sie habe seine Kolumne gelesen und gratuliere ihm, sagte Bettina, nachdem sie die gegenseitige Begrüßung etwas unsicher hinter sich gebracht hatten.

»Tatsächlich?« Henry fahndete nach einem ironischen Unterton.

Der abstrakte Maler sei mächtig verstimmt, die Leitung des Hauses sowieso. Ein zweiter Besuch Henrys komme wohl eher nicht in Betracht. Sie dagegen finde die Beschreibungen gelungen, sehr sogar.

»Danke«, sagte Henry.

»Nur ...« Bettina stockte.

»Ja?«

Etwas Warmes kehrte mit dem letzten Wort in ihre Stimme ein, etwas, das nach Beistand verlangte, möglicherweise nach Schutz. Henry wurde heiß, das Ohr am Hörer begann zu schmerzen. Etwas, das einem Weinkrampf vorangehen, ein anderes Mal aber zu einer Liebeserklärung führen konnte.

»Nur …«

»Na sag schon!«

Nur sei das eben auch *ihre* Zukunft, die er in seinem Artikel beschreibe. Eine mögliche immerhin.

Wie sie das meine, wollte Henry wissen.

Das mit der Erfolglosigkeit. Das mit dem Geld. Nie mit dem etwas verdienen zu können, was einem wichtig sei. Nicht zu wissen, ob man einen völlig falschen Weg eingeschlagen oder doch zumindest in dem, was man tue, die falschen Mittel gewählt habe.

Mit diesen Zweifeln hatte Henry nicht gerechnet.

Anstatt auf raumfüllende Installationen zu setzen, wie sie es tue – und sie tue das durchaus mit Gründen, die in *ihrer* Interpretation der Kunstgeschichte lägen –, müsste sie es beispielsweise auch einmal mit Malerei probieren, wie Oleg. Der besseren Verkaufschancen wegen.

»Oleg?«

Der Maler, den er in seinem Artikel karikiert habe, völlig zu Recht, der mit den Samthosen. Der dennoch hin und wieder etwas verkaufen könne, ganz ohne Galerie, an den Apotheker seines Heimatortes, an Anwaltskanzleien, an Witwen, deren Männer hohe Positionen in der Automobilbranche gehabt hatten, und der davon weniger schlecht lebe, als Henrys Polemik es suggeriere.

Aber *das* sei doch keine Kunst. Bestenfalls Handwerk, das sich durch die Abstraktion interessant mache. Hinterglasmalerei auf Leinwand, wie man sie in jedem Volkshochschulkurs lernen könne.

»Eben.«

Sie schwiegen. Henry hörte, wie sich Bettina in ein Taschentuch schneuzte.

»Du bist ein bisschen zu jung für solche Zweifel«, sagte er, »du hast alle Möglichkeiten der Welt.«

»Meinst du?«

»Ja, sicher«, sagte Henry und schämte sich für die abgedroschene Floskel.

5.

»Hat sich Peter bei dir gemeldet?« Wieder war es Cynthia, deren Anruf Henry aus dem Schlaf riss.

»Nein, hat er nicht.«

Das Schweigen auf der anderen Seite machte Henry den pochenden Kopfschmerz bewusst.

»Das kann doch alles nicht wahr sein«, platzte Cynthia heraus.

»Warst du bei der Polizei?«

»Wozu?«

»Du scheinst ihn zu vermissen. Also: Gib eine Vermisstenanzeige auf. Du kennst das doch aus dem Fernsehen.«

»Und wenn er dann nur bei irgendeiner seiner Schlampen war? – Wie steh ich denn dann da?«

»Okay, Cynthia. Ich sag *dazu* jetzt nichts. – Wenn ich was von ihm höre, meld ich mich.«

»Na gut.«

»Eines noch.« Henry wusste nicht, wie er beginnen sollte. »Hast du was von Johanna gehört?«

»Kein Kommentar«, sagte Cynthia, »tut mir leid, mein Lieber.« Sie legte auf.

Den gesamten Sommer hindurch konzipierte Bettina den Katalog, der ihre bisherigen Arbeiten dokumentieren sollte, und auch Henry war zu beschäftigt, um Urlaub zu machen, denn er schrieb an einem Buch, das zu verfassen er keineswegs vorgehabt hatte.

Der Programmleiter eines bekannten Verlages hatte ihn

in einer informellen E-Mail gefragt, ob er Interesse an einem gemeinsamen Projekt habe. Als Thema, das natürlich spezifiziert werden müsse, stelle er sich die aktuelle deutsche Gegenwart vor, mit einem Blick betrachtet ähnlich jenem, den Henry in seinen meisterhaften Kolumnen auf den Berliner Alltag werfe, etwas ausführlicher erzählt, durchaus autobiografisch, wenn er möge.

Henry willigte ein, nicht des Vorschusses wegen, den ihm der Verleger bei ihrem ersten Treffen nebenbei in Aussicht stellte, sondern weil er sich geschmeichelt fühlte.

Nachdem er den Vertrag unterzeichnet hatte, rief er Bettina an, um sich gratulieren zu lassen. Wegen des Buches werde ihm natürlich die Zeit fehlen, sie ein weiteres Mal zu besuchen, falls das nach dem Artikel überhaupt noch infrage komme.

Bettina sagte, dass sie seine Zeitnot verstehe, bat ihn aber dennoch um einen kleinen Aufsatz für den Katalog, der Henry, als er ihn dann fertig hatte, reichlich uninspiriert vorkam. Die Assoziationen zu Bettinas Arbeiten wirkten an den Haaren herbeigezogen und die kunstphilosophischen Verweise wichtigtuerisch. Es war routiniertes Blendwerk, aber Bettina schwärmte am Telefon, und angesteckt von ihrer Freude, gab sich auch Henry zufrieden.

Anfang Herbst dann kam sie nach Berlin zurück. Im Kofferraum ihres Kombis lagen stapelweise die frisch gedruckten Kataloge, die sie in den folgenden Tagen mit mäßigem Erfolg versuchte, in Kunstbuchhandlungen auf Kommissionsbasis zu platzieren. Eine der größten immerhin, in Charlottenburg gelegen, nahm ihr drei Exemplare ab.

Schon eine Woche nach ihrer Rückkehr war das gemeinsame Leben, das Leben als Paar, wieder so wie vor dem Stipendium. Bettina ging am frühen Morgen ins Atelier, Henry kochte das Abendessen und reichte ihr ein Glas Wein an der Wohnungstür, und nur wenn er länger darüber nachdachte, was er da tat, kam es ihm seltsam vor, spießig. Ansonsten bastelte er an seinen Kolumnen und fand allmählich auch in den Schreibrhythmus des Buches hinein.

Eines Nachmittags Ende September, Henry war gerade dabei, die Gewürze für ein Curry zu rösten, hörte er jemanden die Treppe heraufrennen. Dann klingelte es Sturm an der Tür. Er stellte den Gasherd ab und sah auf die Uhr. Draußen stand Bettina und lachte ihn an. Sie drückte ihm wortlos eine Flasche Champagner in die Hand, warf ihre Tasche in die Ecke und lief ins Wohnzimmer. Henry legte die Flasche ins Eisfach und stellte den Herd wieder an. Eine Sekunde später dröhnte ein Siebzigerjahre-Schlager aus dem Wohnzimmer, zu dem Bettina lauthals mitsang: *The winner takes it all.*

Obwohl er nicht wusste, was genau es zu feiern gab, legte Henry das silberne Besteck auf, das Teil von Bettinas Aussteuer war. In einem Anfall von Resignation, angesichts Bettinas Unwillen, über Familienplanung nachzudenken, hatte ihr die Mutter das Besteck eines Tages einfach mitgebracht, lieblos verstaut in einer gebrauchten Supermarkttüte. Während Henry die Servietten auf dem Küchentisch arrangierte, telefonierte Bettina im Wohnzimmer mit ihren Eltern. Sie lachte, sie war ausgelassen. Erst beim Essen, nachdem sie geduscht und sich umgezogen hatte, erzählte sie, was passiert war, und während sie erzählte, überlegte Henry, dass bei der Schärfe des Currys der Geschmack des Champagners verschwendet war.

Einer der bedeutendsten Kunstvereine des Landes, beheimatet in einer badischen Kleinstadt, hatte Bettina angeboten, eine Einzelausstellung zu bestreiten, ihre erste. Der Kurator des Kunstvereins, befreundet mit der Direktorin der Villa, war eigens wegen der Stipendiatenausstellung ins

Rheinland gereist. Am Abend im »Amarcord«, als Künstler und Offizielle bei Wein und Antipasti zusammensaßen, hatte er sich Bettina vorgestellt und ihre Installation in der ehemaligen Schwimmhalle als interessanteste Arbeit des Jahrgangs bezeichnet. Nachdem die Reste des Desserts abgetragen worden waren, bot er ihr das Du an und bestand außerdem darauf, dass sie die Visitenkarten tauschten.

Dieser ersten Begegnung folgte ein reger E-Mail-Austausch, und heute nun hatte der Kurator, ein älterer Herr mit konservativen Manieren, der bis zu seiner Pensionierung eine staatliche Kunstsammlung geleitet hatte, die Zustimmung des Vorstands verkünden können. Neben einer langen Mitgliederliste und einem Budget, von dem andere Kunstvereine nur träumten, verfügte er über diverse Räumlichkeiten, die Bettina bei einer ersten Ortsbegehung in Augenschein nehmen sollte. An einem der Orte würde sie präsentieren dürfen, was immer sie wollte, ohne Einschränkungen und ohne Auflagen. Neben dem Renommee, das ihr die Ausstellung bringen würde, gab es eine nicht unerhebliche Aufwandsentschädigung.

Eine badische Kleinstadt, dachte Henry, während Bettina weitererzählte, kultiviert, manierlich, inmitten von Weinbergen. Hügel, sanft abfallende Wiesen, Feldsalat und Schneckensuppe, Riesling und Schwarzburgunder. Obstbrände statt Fusel, Umgangsformen statt Berliner Schnauze, plus: Geld.

Henry nahm sich vor, diese Assoziationen in seinem Buch unterzubringen, das Badische, wie er es sich vorstellte, der ostdeutschen Barbarei im Allgemeinen und deren Berliner Spielart im Besonderen gegenüberzustellen. Manchmal war schon ein ins Grelle übertriebener Kontrast eine gute Pointe.

(Als das Buch dann fertig war, brachte ihm ausgerechnet

diese Passage den Vorwurf ein, sich in ostdeutschem Selbsthass zu ergehen, was im ersten Moment ärgerlich war, sich im Folgenden aber, nach kleineren Scharmützeln im Blätterwald, positiv auf die Verkaufszahlen auswirkte.)

»Gratuliere«, sagte Henry und hob sein Glas, »weißt du noch, wie ich damals gesagt hab, es würden dir alle Möglichkeiten offenstehen?«

»Ja«, sagte Bettina, »ich erinnere mich.«

Henry stellte die Teller zusammen und brachte sie zur Spüle. Dann befüllte er den Espressokocher und setzte ihn auf den Herd.

»Die andere Sache ist ...«, sagte Bettina, zündete sich eine Zigarette an, inhalierte tief.

»Was für eine *andere* Sache?«

»Ein Stipendium in London«, sagte Bettina, »das heißt: ein Lehrauftrag.«

Es war eine Mischung aus beidem und begann im Frühjahr, exakt sieben Monate nach dem Ende des Stipendiums in der Villa. Ein halbes Jahr, überschlug Henry, blieben ihnen also noch an gemeinsamer Zeit.

Bettina zögerte nicht eine Sekunde, den Lehrauftrag anzunehmen, und auch Henry wäre es nicht eingefallen, von ihr einen Verzicht zu fordern des gemeinsamen Lebens wegen. Ein Wort des Bedauerns hätte er sich trotzdem erhofft, selbst wenn es nicht ernst gemeint war. (Erst aus London schrieb Bettina, dass er ihr fehle, dass sie die gemeinsamen Abende vermisse, die Gespräche nachts in den Bars. Diese melancholischen E-Mails strotzten vor Flüchtigkeitsfehlern und waren alle weit nach Mitternacht abgeschickt worden. In den Telefonaten dagegen schwärmte Bettina von der Stadt und von den Menschen, mit denen sie zu tun hatte.)

Dieser Aufenthalt sollte ein volles Jahr dauern. Bettina

würde mit zwei Kolleginnen in einem Haus der Londoner Innenstadt einquartiert werden, wo jeder eine komplette Etage zum Arbeiten und Wohnen zur Verfügung stand. Der Hyde Park liege in Fußnähe, und sie bekomme ein monatliches Gehalt für einen Einführungskurs in bildnerischem Gestalten, den sie wöchentlich an einer Kunstakademie geben werde.

Während sie eine zweite Flasche Wein tranken, malte sich Bettina aus, was das Stipendium für ihre weitere Karriere bedeuten könne, und Henry ließ sie gewähren, ohne zu widersprechen, denn er hatte das Gefühl, dass sich allmählich die Spannung löste, unter der Bettina trotz der guten Nachrichten stand.

Statt eines Desserts hatten sie Sex, und dann war der Tag von Bettinas Doppelsieg vorüber.

Als Henry sie im April des folgenden Jahres zum Flughafen brachte, war sein Buch so gut wie fertig. Lediglich das Lektorat stand noch aus, für das die Verlagsleute eine Woche konzentrierter Arbeit veranschlagten. Es sollte, begleitet von Werbeaktionen und Medienauftritten, im Oktober erscheinen. Der Verlag baute auf Henrys Bekanntheit als Kolumnist und rechnete mit überdurchschnittlichen Verkaufszahlen. In der Adventszeit wollte man eine zweite, kleinere Werbewelle ins Rollen bringen, um das Weihnachtsgeschäft anzukurbeln.

Beim Einchecken war Bettina aufgeregt wie ein Kind, bei ihrer abschließenden Umarmung nahm sie Henry das Versprechen ab, sie zu besuchen. Sie musste geweint haben währenddessen, denn nachdem sie hinter der Sicherheitsschleuse verschwunden war, entdeckte Henry einen dunklen Fleck auf seinem Jackett, dort, wo ihr Gesicht gelegen hatte.

Statt mit dem Taxi fuhr Henry mit dem Bus zurück in die Stadt. Die Sonne schien, die Menschen waren schon fast sommerlich gekleidet und wirkten entspannt, selbst in den ärmlichen Quartieren, durch die die Fahrt ging. Henry sah Kondensstreifen sich im azurblauen Himmel kreuzen. Er dachte: Die Stadt ist jetzt ohne Bettina. Und mit dieser Vergewisserung wich eine Beklemmung von ihm, die zu empfinden er nicht für möglich gehalten hatte.

Im August flog Henry für zehn Tage nach London. Das Haus, in dem Bettina lebte, war ein normales Reihenhaus in Kensington. Von hier aus unternahmen sie Ausflüge, Henry bestand darauf, die Sehenswürdigkeiten zu besuchen, die in seinem Stadtführer verzeichnet waren, von Westminster Palace bis zum Victoria & Albert Museum. Sie schlenderten über den Picadilly Circus und kauften Klamotten in Soho, sie fuhren mit dem Boot auf der Themse und mit der *tube* unter der Stadt hindurch. Abends gingen sie in Restaurants und aßen indisches Curry, polnische Würste mit Kraut, Pekingente in Chinatown oder einfach *fish and chips* an einer Imbissbude. Auf dem Heimweg kehrten sie gewöhnlich in einen *pub* nahe ihrer U-Bahn-Station ein, tranken dort noch ein, zwei dunkle Biere, und Henry warf Münzen in die Jukebox, die mit New-Wave-Klassikern bestückt war. Wenn sie gegen Mitternacht nach Hause kamen, setzten sie sich mit einer Flasche eiskaltem Weißwein auf die Terrasse und beendeten den Tag im flackernden Licht einer Gartenfackel.

Henry fragte sich jeden Morgen, wie lange das noch gut gehen werde, und war erleichtert, als sie sich endlich in Heathrow verabschiedeten, herzlich, ja innig. Nichts war schiefgelaufen bis zu diesem Punkt, es hatte nicht einen bösen Blick gegeben, nicht ein sarkastisches Wort.

Henry fühlte sich Bettina so verbunden wie noch nie. Dieses Gefühl rettete er eine ganze Woche durch den staubtrockenen Sommer in Berlin. Dann ging es verloren.

6.

Etwa zwei Monate nach dem Besuch in London lief Henry leicht verkatert über den Vorplatz des Ostbahnhofs.

Auf dem Bahnsteig erkannte er ein halbes Dutzend Kollegen, einige nickten ihm zu. Überhaupt sah jeder Dritte aus, als wolle er, wie Henry, zur Buchmesse nach Frankfurt. Die Männer waren in knittriges Leinen gekleidet und trugen beigefarbene Trenchcoats über dem Arm, in deren Seitentaschen Tageszeitungen steckten, die als linksliberal galten. Die Frauen trugen Rock und Blazer.

Henry kaufte sich Kaffee und belegte Brötchen und gesellte sich, bis der Zug einfuhr, zu den anderen Rauchern an den Aschenbecher.

Er hatte ein druckfrisches Exemplar seines Buches dabei, und er hätte zufrieden und glücklich darüber sein sollen, so wie er es gewesen war, als der Postbote ihm das Paket mit den Belegexemplaren übergab. Doch in den letzten Tagen war die Freude der Furcht gewichen: Er hatte sich angreifbar gemacht, er war aus der Deckung gekommen und stand jetzt im Freien herum, bereit, von den Kollegen abgeschossen zu werden.

Das Hotel lag in Bahnhofsnähe, ein schmales Haus mit Teppichboden im Foyer. Die Empfangsdame sah aus wie eine spanische Schlagersängerin aus den Siebzigerjahren, die Henry als Kind im Westfernsehen bewundert hatte. Ihr Kleid war mit großen Blüten bedruckt, und sie wies ihm ein Zimmer im zweiten Stock zu, das nach kaltem Rauch roch. Auf der hellgelben Überdecke des Bettes konnte man den Rand eines großen, nicht ausgewaschenen Fleckes erkennen. Henry stellte seinen Koffer ab und öffnete das Fenster. Der Hinterhof war vom Lärmen der Spatzen erfüllt, und anders als in Berlin schien die Sonne, ein später Altweibersommertag.

Henry sah kurz in die Minibar, dann steckte er sein Buch ein, nahm den Mantel über die Schulter und lief die zwei Kilometer zum Messegelände.

Am Stand des Verlages herrschte die Stimmung eines Schulausfluges, fröhliche Ausgelassenheit, ein kleiner Ausnahmezustand. Man schien froh, den Büros entkommen zu sein, das Gedränge am Stand war enorm.

Die PR-Frau, die ihm zugeteilt war, begrüßte Henry überschwänglich, fragte, ob er Kaffee wolle, jemand anderes drückte ihm ein Glas Prosecco in die Hand. Er wurde den Mitarbeitern vorgestellt, die meisten waren Frauen, nur die Programmchefs und die Betriebswirtschaftler, gekleidet wie Schalterbeamte der Sparkasse, waren Männer. Henry trank vom Prosecco. Das Getränk war warm und ohne Kohlensäure, aber es tat gut, etwas in der Hand zu halten. Und während er wartete, dass irgendetwas passierte, wurde das Gedränge noch größer. Die PR-Frau redete auf ihn ein, erklärte ihm seine Termine für die nächsten Tage, erwähnte, dass sein Buch schon drei positive Rezensionen erhalten habe, und mitten im Reden bekam sie von hinten einen Stoß versetzt, der sie gegen Henry drückte. Für eine Sekunde spürte er ihre Brust an seiner. Sie unterbrach ihre Rede und versuchte, einen Schritt nach hinten zu treten, was ihr nicht gelang, weil immer mehr Menschen an den Stand drängten. Von links wurden Henry Erdnüsse gereicht, von rechts Salzstangen. Jemand rief ihm ein Kompliment zu, lobte die Schärfe der Analyse, die der poetischen Darstellung keinen Abbruch tue. Henry wollte sich umdrehen und bedanken, konnte aber niemanden erkennen, da ihn plötzlich gleißendes Licht blendete. Gleichzeitig schwollen die Stimmen zu einem Murmeln an. Kameraauslöser klickten, Blitzlichter zuckten über die Köpfe. Er sah ein Fernsehteam, und er erkannte, wer im Zentrum des Lichts stand: Es war ein bundesweit bekannter Transvestit, ein Zweimeterhüne mit breitem Kinn und hartem Mund. Sein Gesicht war geschminkt, als hätte sich ein Soldatenara in Marcel Marceaus Gesicht verbissen, dachte Henry. Der Transvestit und seine Entourage gingen den Gang entlang und bogen weiter vorn um die Ecke.

»Furchtbar«, sagte die PR-Frau, »sie hat ihre Memoiren veröffentlicht.«

»Wie alt ist er denn?«

»Sie ist vierzig«, sagte die PR-Frau und bezeichnete es als Schande für die Branche, dass die Memoiren in einem Verlag erschienen, der ansonsten deutsche Klassiker und die Klassiker der internationalen Moderne veröffentlichte.

»Die Zeiten ändern sich«, sagte Henry.

Gegen neunzehn Uhr war er auf seinem Hotelzimmer. Er hatte vier Rundfunkinterviews absolviert, drei für Zeitungen und eines fürs Fernsehen. Er wurde den Verdacht nicht los, vor der Kamera gestammelt zu haben. Zu viel Zeit war zwischen dem Ende der Fragen und dem Beginn seiner Antworten verstrichen. Er trank zwei Bier aus der Minibar, aß eine Dose Erdnüsse dazu und sah sich auf einem Musiksender Videoclips an, statt auf eine der Partys zu gehen, die von den Verlagen gegeben wurden.

Die PR-Frau strahlte, als er am nächsten Morgen am Stand auftauchte. Sein Buch war in zwei der fünf wichtigen überregionalen Tageszeitungen besprochen worden.

Henry hatte zwei weitere Rundfunkinterviews hinter

sich zu bringen sowie ein informelles Gespräch mit der Chefredakteurin eines Frauenmagazins, dann war er fertig.

Abends kurz nach zehn stieg er in den Zug nach Berlin. Er ging ins Bordbistro, bestellte ein Bier, und der jungen Serviererin, die es ihm über die Theke reichte, gab er ein übertrieben großes Trinkgeld. Außerdem schenkte er ihr ein Lächeln, das sie scheu erwiderte.

Dann nahm er einen großen Schluck und presste seine Stirn an die kühle Scheibe: Draußen flog die glimmende Skyline Frankfurts vorüber, die ihn an London erinnerte: Bettina kehrte in seine Gedanken zurück.

7.

Nach fünf Tagen pfiff Henry auf den 38. Breitengrad, auf die demilitarisierte Zone und auf den ganzen verdammten Krieg, der Korea geteilt hatte.

Er hatte sich noch nicht einmal erkundigt, wie er dorthin gelangen könnte, ob ein Zug ging oder ein Bus fuhr. Die Sache war ihm jetzt schlichtweg egal, es gab Wichtigeres zu tun, Persönliches. Es ging – irgendwie – um Liebe.

Einen vorzeigbaren Artikel würde er seinem Chef dennoch abliefern können, man musste schließlich nicht alles mit eigenen Augen gesehen haben, um darüber zu schreiben, man musste den Boden nicht betreten haben, um sich die Schlachten vorstellen zu können, die auf ihm stattgefunden hatten. Er beschloss, stattdessen ins War-Memorial-Museum zu fahren, das nur wenige Taximinuten vom Hotel entfernt lag. Vielleicht kam ja Birte mit, dann ließ sich das Notwendige mit dem Angenehmen kombinieren.

Henrys Buch war ein kleiner Sensationserfolg geworden. Zwei Wochen nach der Messe war auch im wichtigsten politischen Wochenmagazin des Landes eine Rezension erschienen, und zwar ein Verriss, der erste eigentlich. Der Rezensent, ein ehemaliger Bürgerrechtler, beklagte in larmoyanter Art, dass Henry sich nur deshalb über die Barbarei der Ostdeutschen mokiere, über ihre Sehnsucht, mit forscher Hand regiert zu werden, über ihre Essgewohnheiten, ihr Ideal, sich für wenig Geld in einer festen Anstellung knechten zu lassen, ihr Misstrauen dem Fremden gegenüber, weil diese angebliche Barbarei auch seine eigene Lebensdisposition sei. Er versuche mit dem Buch eine Distanzierung, die niemals funktionieren könne. Und das wisse er sehr gut. Nur deshalb die Schärfe und nur deshalb der Hass, ein Hass auf die Herkunft, auf das ureigene Wesen, wenn man so wolle.

Als Höhepunkt seiner assoziativen Beweisführung breitete der Rezensent Henrys bäuerliche Herkunft aus, die im Heft durch das Schwarz-Weiß-Foto einer DDR-Milchviehanlage illustriert wurde.

Der Artikel war offensichtlich dumm und infam, und dennoch ärgerte sich Henry, denn das Magazin war eines der auflagenstärksten und in gewisser Weise meinungsbildend. Wenigstens sprang ihm sein Chef bei. Im Wochenend-Feuilleton nannte er den Rezensenten einen Blut-und-Boden-Ideologen, dessen vermeintliche Erkenntnisse Henry betreffend sich noch am ehesten auf ihn selbst anwenden ließen. Er nannte ihn einen missgünstigen Wadenbeißer und einen Wendeverlierer, dessen Steinzeitmoralismus zehn Jahre nach dem Ende des real existierenden Sozialismus kein Schwein mehr interessiere. Daraufhin schalteten sich im Laufe der nächsten Woche weitere Zeitungen ein, und diese Feuilletondebatte dauerte gut anderthalb Wochen und hievte Henrys Buch schließlich in die mittleren Ränge der Bestsellerliste. Die Verlagsleute waren aus dem Häuschen und erhöhten das Budget für die Weihnachtsoffensive, sodass Henrys Buch in den mittleren Rängen der Liste überwinterte. Gleichzeitig hagelte es Angebote für Podiumsdiskussionen, vor allem aber für Lesungen. Anfangs kam Henry jeder Anfrage nach, später erhöhte er die Preise, und ab dem Frühsommer sagte er alle Diskussionen ab und las, für ein nochmals heraufgesetztes Mindesthonorar, nur noch an Orten, die in schönen Landschaften lagen oder ihn sonst wie interessierten. Im Übrigen warfen diese Lesereisen genug Stoff für seine Kolumnen ab. Er hatte sich angewöhnt, sie auf einem Notebook während der Zugfahrten zu schreiben.

Bettina, die seinen Erfolg von London aus beobachtete, sagte im Scherz, er sei ja nun reich, und Henry, sagte, ja, wenn man ihn mit den anderen Bauernsöhnen aus der Uckermark vergleiche, dann könne man das wohl behaupten.

Was er Bettina verschwieg, war ein Treffen mit dem Anlageberater seiner Bank, der ihm riet, sein Geld arbeiten zu lassen, so wie es jeder vernünftige Mensch mache. Er empfahl ihm, in Aktien zu investieren, da das Verlustrisiko zwar geringfügig höher sei als bei anderen Anlageformen, es im Gegenzug aber eine ordentliche Rendite gebe. Staatsanleihen, Immobilienfonds, das sei alles Mädchenkram.

Im Frühjahr, gut sechs Monate nach der Buchmesse, war die zweite Auflage verkauft, und ungefähr zur gleichen Zeit lag eine Einladung des Goethe-Institutes im Briefkasten, für acht Tage nach Seoul zu kommen, um eine Reihe von Lesungen mit jeweils anschließendem Gespräch abzuhalten.

Wenn er schon auf Kosten des Steuerzahlers nach Korea fahre, solle er dem Steuerzahler auch ein kleines Souvenir mitbringen, hatte sein Chef gesagt. Ein paar Großstadtmomente, ein paar Eindrücke von der innerkoreanischen Grenze in der entmilitarisierten Zone. Er habe gelesen, dass es Aussichtspunkte gebe speziell für Touristen. Möglicherweise treffe er ja dort auf einen Südkoreaner, der Verwandte im kommunistischen Norden habe. Das ließe sich wunderbar einbauen, das sei gut fürs Herz. Das Goethe-Institut werde ihm mit Sicherheit einen Dolmetscher zur Seite stellen.

Gegen vierzehn Uhr Ortszeit ging das Flugzeug in den Sinkflug. Zehn Minuten später erkannte Henry erste Inseln im Gelben Meer. Der Anblick erinnerte ihn an japanische Tuschebilder: Hügel, Wasser, scharfe Konturen, starke Kontraste. Aber eigentlich war er zu zerschlagen, um die Assoziation weiterzuführen. Den gesamten Flug über hatte er, eingeklemmt auf dem mittleren Sitz der Mittelreihe, kein Auge zubekommen. Auch der Rotwein, den er sich wieder und wieder von der wachhabenden Stewardess holte, verhalf ihm zu keinem Schlaf. Kurz nachdem sie sich geweigert hatte, eine weitere Flasche herauszugeben, wurde es draußen hell, und die übliche Geschäftigkeit einer erwachenden Touristenklasse brach aus.

Leicht benommen und mit brennenden Augen stand Henry schließlich vor der Abflughalle und inhalierte den Rauch seiner Zigarette, als müsste er ohne ersticken. Die Sonne brannte herunter – es mochten um die 30 Grad im Schatten sein –, und das Aluminium, mit dem sämtliche Flughafengebäude beschlagen waren, reflektierte das grelle Mittagslicht in alle Richtungen. Makelloser blauer Himmel, nicht die Spur einer Wolke. Henry zündete sich eine weitere Zigarette an. Ihm fiel ein, dass seine Sonnenbrille irgendwo in den Tiefen des Koffers steckte. Er trat die Zigarette aus, ging zurück in die Abflughalle und setzte sich auf eine Bank. Der Druck auf den Augen ließ etwas nach. Jemand sagte zu ihm: »Sir?« Henry sah auf, es war ein grauhaariger Koreaner.

Der Koreaner trat einen Schritt zurück und zog hinter seinem Rücken ein Pappschild hervor, auf dem Henrys Name stand. Henry nickte. Der Koreaner deutete eine Verbeugung an und sagte: »*Welcome, Sir. I'm your driver.*« Dann nahm er Henrys Koffer und ging nach draußen zu einem Mercedes-Kleinbus, der in der sengenden Sonne stand. Während der Fahrer das Gepäck verstaute, musste sich Henry am Bus abstützen: Müdigkeit, Hitze und vermutlich eine ordentliche Dosis Restalkohol. Der Fahrer zog die Tür zum Fahrgastraum auf und bedeutete Henry, Platz zu nehmen, dann zog er ein Handy hervor, wählte eine Nummer, redete ein paar Worte auf Koreanisch und hielt Henry das Telefon hin: »*Please, Sir, Goethe.*«

Am anderen Ende meldete sich eine weibliche Stimme, hastig, schnell, auf Deutsch. Eine Stimme, die ihn begrüßte, die ihn im Namen des Goethe-Institutes Seoul und vor allem in dem seines Direktors, Dr. Kammstetters, willkommen hieß, die sich entschuldigte, dass aufgrund eines personellen Engpasses im Hause nur der Fahrer am Flughafen sei, und die sich erst am Ende des Gespräches, in dem Henry kaum mehr als »Danke« oder »Aha« gesagt hatte, vorstellte: Birte Aschenbach, Praktikantin. Die Art, wie die Praktikantin sprach, verlieh den freundlich gemeinten Sätzen einen aggressiven Unterton.

»Freut mich«, sagte Henry.

»Wir sehen uns ja gleich. Ich freue mich auch«, sagte Frau Aschenbach und legte auf.

Henry gab dem Fahrer das Handy zurück und nahm auf der hintersten Sitzbank Platz. Der Fahrer ließ den Wagen an und schaltete im Losfahren die Klimaanlage ein. Henry schloss die Augen, versuchte einzuschlafen, aber es ging nicht. Stattdessen sah er aus dem Fenster: Er war in dem Land, aus dem sein Notebook kam, sein Handy und sein Fernseher. Die Logos auf den Hochhäusern, die entlang der Autobahn standen – ein wahres Meer sandfarbener Hochhäuser, von denen Henry später erfuhr, dass sie den Firmen gehörten, deren Logos sie trugen, dass deren Mitarbeiter dort lebten –, waren die gleichen Logos, die in Berlin auf den Straßenbahnen prangten oder an Plakatwänden. Das gab dem Land etwas Vertrautes, ließ es, trotz der unlesbaren Schriftzeichen, weniger fremd wirken, als es in Wahrheit war. Ein magischer Moment des Kapitalismus, dachte Henry, kurz bevor er dann doch wegdöste.

Die Fahrt durch die Innenstadt verschlief er und wachte erst wieder auf, als der Fahrer mit sanfter Stimme auf ihn einredete. Der Bus stand vor dem Hotel, die Türen aufgezogen, der Page, Henrys Gepäck in der Hand, wartete in der grellen Sonne, dass er ausstieg.

Henry bekam ein Eckzimmer in der zwölften Etage des Tower-Hotels, das am Namsan-Park lag, einem bewaldeten Gebiet an den Hängen des gleichnamigen Berges, auf dessen Gipfel der 237 Meter hohe Fernsehturm mit Aussichtsplattform stand, wie Henry im Stadtführer nachlas, nachdem er aus dem südlichen Panoramafenster geblickt und die Spitze ebenjenes Fernsehturms aus dem Wald herausragen sehen hatte.

Er stellte die Klimaanlage an, nahm eine Dusche und zog frische Sachen an: eine hellgraue Anzughose, ein weißes Hemd, keine Krawatte. Er entnahm der Minibar ein eiskaltes Bier, schob einen Sessel vor das östliche Panoramafenster und sah nach draußen: Häuser, hohe und flachere, Beton bis an den Horizont, die Linien der Straßen dazwischen, die dem Ganzen Struktur gaben. In der Ferne ein paar Hügel, darüber blauer Himmel, die Luft diesig.

Während er mit dem Bier im Sessel saß und aus dem Fenster kuckte, kehrten seine Kräfte zurück, und er schämte sich angesichts des gewaltigen Ausblicks für Berlin, für dessen Kleinheit, für dessen Hang zum neunzehnten Jahrhundert, für die abgeschliffenen Fußbodendielen in den restaurierten Gründerzeithäusern. Das, was aus Richtung Uckermark aussah wie eine Weltstadt, wirkte von hier wie ein Kupferstich in einem stockfleckigen Buch: gemütlich, aber ohne Perspektive. Was in Berlin vor allem fehlte, dachte Henry, war der Wille zur Zukunft. Er machte eine zweite Bierbüchse auf. Das Getränk war so kalt, dass sich der erste Schluck anfühlte, als verschlucke man Nägel.

(Später sollte Henry noch auffallen, dass es hier wenig Altes gab. Kein Auto älter als zwei, drei Jahre, kein Handy älter als ein paar Monate. Alte zehnstöckige Häuser riss man ab, wenn man mehr Wohnraum brauchte, und baute neue zwanzigstöckige hin. Und sie hatten recht damit, dachte Henry, *das* war rational.

In Berlin dagegen rekonstruierte man Schlösser, ohne einen König zu haben. Da fehlte selbst der Wille zur Gegenwart. Das Einzige, was man sich dort wünschte, war, in einer Puppenstube zu leben, sicher und behütet. Mit anderer Wandfarbe immerhin als der Nachbar, ein Tribut an den Individualismus, diese kontraproduktive Seuche des Westens, dachte er.)

Er sah sich nach einem Aschenbecher um, entdeckte stattdessen das Rauchverbotsschild an der Tür und die Sprinkleranlage an der Decke. Er nahm die Zigaretten und wollte gerade aus dem Zimmer gehen, um unten eine zu rauchen, als das Telefon klingelte.

Er nahm ab, es war Birte Aschenbach, die im Foyer wartete, um ihn ins Goethe-Institut zu begleiten. In drei Stunden sollte dort seine erste Lesung beginnen. Er könne vorher noch eine Kleinigkeit in der Kantine essen, falls er möge, die koreanische Köchin sei sehr gut, und falls er wolle, könne sie ihm anschließend die Räumlichkeiten des Hauses zeigen.

Vielleicht war ihre Nervosität schuld an dieser grauenvollen Telefonstimme, vielleicht versucht sie, Unsicherheit mit forschem Auftreten zu kaschieren, dachte Henry und sagte, dass er in wenigen Minuten im Foyer sei.

Er steckte sein Buch in die Jacketttasche, fuhr nach unten, sah sich flüchtig um, konnte aber nur Koreaner entdecken, weshalb er nach draußen in die Hitze trat und sich eine Zigarette anzündete. Auf dem Parkplatz wartete der Mercedes-Bus, der Fahrer kniete im Schatten des Fahrzeugs und rauchte ebenfalls. Als er Henry bemerkte, erhob er sich und deutete eine Verbeugung an. Henry nickte zurück. Ein dritter Raucher trat aus dem Hotel und gesellte sich zu Henry an den kübelgroßen, mit Sand gefüllten Aschenbecher. Er trug einen lindgrünen Anzug, eine Pilotenbrille mit vergoldetem Gestell und telefonierte beim Rauchen. Nach jedem Zug rotzte er geräuschvoll in den Ascher. Henry wandte sich ab. Der Fahrer hatte sich zurück in den Schatten gehockt. Der Mann im Anzug verschwand wieder im Hotel. Henry warf die Kippe in den Ascher und zündete sich die nächste Zigarette an. Er versuchte, nicht in die Richtung des Fahrers zu sehen, weil er befürchtete, der könne sich, falls sich ihre Blicke erneut trafen, ein weiteres Mal erheben und verbeugen.

Er hörte, wie sich die automatische Hoteltür hinter ihm öffnete. Im nächsten Moment tippte ihm jemand auf die Schulter, was hier in der Fremde so unerwartet kam, dass er sich erschrocken umdrehte. Hinter ihm stand eine junge Koreanerin, ihre rechte Hand, die ihn offensichtlich berührt hatte, noch erhoben, und wich nun, da Henry sie überrascht ansah, einen Schritt zurück.

Doch schon im nächsten Moment fasste sie sich, ihre Gesichtszüge entspannten sich, und um ihre wunderbar geschnittenen Augen bildeten sich freundliche Lachfältchen, bevor sie den Mund öffnete und etwas zu Henry sagte.

Für eine Asiatin, fand Henry, war sie relativ groß, nur ein, zwei Zentimeter kleiner als er selbst. Sie war nicht das, was man sich unter zart vorstellte, schlank zwar, aber dennoch robust irgendwie. Sie trug ein limonenfarbenes Polokleid, weiße Sandalen und auf dem Kopf einen Strohhut. Während Henry noch überlegte, ob ihr Haar tatsächlich schwarz*braun* war oder ob es im hellen Sonnenlicht nur so erschien, hatte sie aufgehört zu sprechen, lächelte ihn an und wartete wohl, dass er etwas entgegnete.

Und indem er versuchte, eine Antwort zu formulieren, etwas Nettes, Belangloses, wurde Henry klar, dass er das Gesagte verstanden hatte, denn die Koreanerin hatte akzentfrei auf Deutsch zu ihm gesprochen. Im nächsten Moment erkannte er auch die Stimme, obwohl sie eben viel sanfter geklungen hatte als vorhin am Telefon: Die Koreanerin mit dem Strohhut war niemand anderes als Birte Aschenbach, Praktikantin.

Henry deutete eine Verbeugung an und sagte, dass er froh sei, von einer Koreanerin begrüßt zu werden, die nicht nur hübsch sei, sondern obendrein perfektes Deutsch spreche.

Sie erwiderte die Verbeugung, halb ironisch, halb im Ernst. Sie gab ihm die Hand und lachte: Ja, dieses Kompliment höre sie des Öfteren.

Schon auf der kurzen Fahrt zum Institut, am Fuße des Namsan-Berges entlang, begann Birte, die Henry noch bis zum späten Abend *Frau Aschenbach* nennen sollte, zu erzählen. Ihre Mutter, geboren in Busan, der Hafenstadt im Süden des Landes, war im Alter von dreiundzwanzig Jahren nach Hamburg gekommen, wo sie an der Musikhochschule ein Zwei-Jahres-Stipendium erhalten hatte. Das war Anfang der Siebzigerjahre gewesen. Als hochbegabte Cellistin fand sie schnell Anschluss an ein studentisches Streichquintett, das bei kleineren Anlässen wie Ausstellungseröffnungen, Lesungen oder Preisverleihungen Kammermusik spielte.

Auf einem Empfang der Universitätsklinik lernte sie ihren späteren Mann, Birtes Vater, kennen, der dort, achtundzwanzigjährig, als Assistenzarzt arbeitete. Es dauerte zwei Jahre, bis sie heirateten, und ein weiteres, bis die erste Tochter zur Welt kam, die, der konservativen Tradition der Vatersfamilie folgend, auf den Vornamen ihrer Großmutter getauft wurde. Nach der Geburt zog die kleine Familie aus der Hamburger Innenstadt in einen ruhigen Vorort, wo sie, unterstützt von den wohlhabenden deutschen Großeltern, ein geräumiges Haus samt verwildertem Garten erwarben, das noch Zimmer für mindestens drei weitere Kinder bot. Allerdings sollte Birte das einzige Kind bleiben.

Birtes Mutter schloss ihr Studium ab, blieb dann jedoch zu Hause, nicht zuletzt des sanften, aber beharrlichen Druckes der Schwiegereltern wegen, die behaupteten, der Platz einer Mutter sei bei ihrem Kind. Nachdem Birte mit achtzehn in eine Wohngemeinschaft nach Hamburg gezogen war und an der Universität Ostasienwissenschaften studierte, kümmerte sich ihre Mutter nur noch um den Garten und das Haus, das sie seither jedes Jahr umdekorierte.

Birtes Vater dagegen konnte eine geradlinige Karriere vorweisen, war über die Jahre konstant aufgestiegen, hatte promoviert und sich habilitiert, war schließlich zum Universitätsprofessor ernannt worden und heute Direktor der neurologischen Klinik.

»Meine Eltern reisen sehr viel in der letzten Zeit«, sagte Birte, »in die unmöglichsten Gegenden, nach Sibirien, nach Lateinamerika. Letztes Jahr waren sie mit einem Kreuzfahrtschiff in der Antarktis.«

Henry nickte. Seine Eltern reisten nicht.

Sie waren unterdessen am Goethe-Institut angekommen, einem modernen Flachbau mit großen Fenstern, und saßen unter schattigen Bäumen vor dem Eingang an der Namsan-Straße. Henry rauchte, und auch Birte zündete sich jetzt eine Zigarette an. Je länger sie erzählt hatte, umso langsamer war das Tempo ihres Sprechens geworden und die Stimme leiser und die Artikulation deutlicher. Im Moment schien sie sehr entspannt, wie Henry mit einem Seitenblick feststellte, sie hatte sich zurückgelehnt, die Füße von sich gestreckt, den Strohhut in den Nacken geschoben. Henry schloss die Augen: Vögel zwitscherten, der Wind raschelte mit den Blättern.

»Wollen Sie eine Kleinigkeit essen?«, fragte Birte und stand auf.

Henry wollte nichts außer schlafen oder wollte wenigstens auf der schattigen Bank sitzen bleiben und weiter Birtes Stimme zuhören, der ruhigen Erzählstimme.

»Eigentlich nicht«, sagte er.

»Kommen Sie, wir trinken einen Kaffee auf der Terrasse. Oder was immer Sie möchten. Man hat von dort einen phantastischen Blick auf die Stadt. Das Haus ist nämlich an den Berg gebaut, müssen Sie wissen.«

Birte führte ihn über verschiedene Treppen und Gänge in die Kantine, einen kleinen Speiseraum, der über eine gläserne Schiebetür verfügte, durch die man auf eine Betonterrasse treten konnte. Es gab zwei Biergartentische mit jeweils zwei Bänken, einen großen Kühlschrank, einen Gasherd, ein offenes Regal für das Geschirr. Am Spülbecken war eine ältere Frau beschäftigt, zu der Birte etwas auf Koreanisch sagte. Die Frau verbeugte sich gegen Henry, dann schenkte sie aus einer Thermoskanne zwei Tassen Kaffee ein.

»Wollen Sie Milch?«, fragte Birte.

Henry verneinte. Der Kaffee sah ölig aus und schmeckte säuerlich bitter, der typische Maschinenkaffee deutscher

Büros, der in der Ferne vielleicht ein Gefühl von Heimat hervorrief.

Sie betraten die Terrasse, setzten sich an einen weißen Plastiktisch, der unter einem Sonnenschirm stand.

Henry rauchte, während ihm Birte das Panorama Seouls erklärte, das sich vor ihnen entfaltete: dreißig Kilometer Fernsicht, eine Bergkette am Horizont, der Himmel noch immer strahlend blau, einige Wolkenformationen, die von Westen her aufzogen. Ansonsten Häuser, Beton, hell im Sonnenlicht, beinahe freundlich wirkend, nichts von einem chaotischen Moloch, vielspurige Straßen, etwas Grün zwischen alldem, Baumgruppen, Parks, unmittelbar unter der Terrasse eine christliche Kirche und ein Kinderspielplatz, von dem Lachen und Geschrei heraufdrangen.

Henry hörte zwar Birtes erklärende Stimme, aber er war zu kaputt, um den Sinn ihrer Worte zu erfassen. Die Köchin kam mit einem Tablett heraus, auf dem mehrere kleine Schälchen standen, eine Schüssel mit Reis, zwei Teller, zwei Löffel und zwei Paar Essstäbchen aus Metall. Sie stellte das Tablett auf dem Plastiktisch ab und verbeugte sich.

»Danke«, sagte Henry.

»Auf Koreanisch: *Gamsa hamnida*«, sagte Birte. Sie tat Reis auf einen Teller und reichte ihn Henry.

»Was ist das?«, fragte Henry.

»Omelette, eingelegtes Gemüse, Saucen, *kimchi*, Fisch.« Birte reichte ihm die Essstäbchen: »Probieren Sie bitte.«

Die Köchin brachte eine Flasche mit kaltem Wasser, Henry bedankte sich auf Koreanisch, und sie begannen zu essen. Es schmeckte anders, als er erwartet hatte: rauchig, fischig. Dafür sah es sehr gesund aus.

Nach dem Essen brachte Birte das Tablett in die Küche und kam mit zwei weiteren Tassen des Bürokaffees zurück. Henry bot ihr eine Zigarette an. Sie rauchten.

»Wie sind Sie eigentlich hierhergekommen«, fragte Henry, »ins Goethe-Institut?«

»Ganz einfach: Ich habe mich beworben, nachdem ich mit dem Studium fertig war.«

»Und wie lange bleiben Sie?«

»Bis Mai nächsten Jahres. Das Praktikum dauert ein Jahr.«

»Und dann?«

»Ich weiß noch nicht. Dann werd ich mir wohl einen Job suchen. – Suchen *müssen*.«

»In Hamburg?«

»Vielleicht in Hamburg, vielleicht in Berlin oder in Köln. Kommt drauf an, wo ich was finde.«

»Was für einen Job wollen Sie denn?«

»Irgendwas mit Medien oder in einem Verlag. Oder so was wie hier«, sie deutete mit dem Daumen auf die Kantine, »allerdings *mit* Bezahlung. – Ohne meine Eltern könnte ich das gar nicht machen.«

»Wohnen Sie hier im Haus?«

»Nein.« Sie lachte. »In Itaewon. Bei der Familie meiner Tante. – Das ist, warten Sie, ungefähr da.« Sie zeigte ins Häusermeer.

»Das ist nicht so weit weg.«

»Eine Viertelstunde mit dem Roller«, sagte Birte und sah auf die Uhr. »Ich muss Sie jetzt leider alleine lassen, wir müssen noch die Technik aufbauen und einen kleinen Imbiss vorbereiten.«

»Ich komm schon klar«, sagte Henry.

»Sie können sich in die Bibliothek setzen. Da gibt es deutsche Zeitungen und einen Computer, mit dem man ins Internet kommt.«

»Später vielleicht. – Ich bleib hier einfach sitzen, und Sie sagen mir, wenn es losgeht, okay?«

»Okay. – Dann geh ich mal«, sagte Birte und lief los.

»Eine Frage noch.«

Birte blieb stehen und drehte sich um: »Ja?«

»Wie alt sind Sie eigentlich?«

Birte guckte erstaunt. Ihr Gesicht sah aus, als würde sie in Sekundenbruchteilen sämtliche Möglichkeiten für den Grund seiner Frage durchspielen.

»Verzeihen Sie meine Direktheit«, schob Henry deshalb schnell hinterher, »ich weiß, dass man das eigentlich nicht fragt.«

»Siebenundzwanzig«, sagte Birte und fügte in einem schneidenden Ton an: »Zufrieden?« Dann entfernte sie sich.

»Ja«, sagte Henry. Er hatte sie um einiges jünger geschätzt. Ihr *Zufrieden?* hallte ihm böse in den Ohren nach. Bevor er unter dem Sonnenschirm einnickte, beschloss Henry, sich nachher bei Birte zu entschuldigen.

Er vergaß es, denn er träumte schlecht auf dem unbequemen Terrassenstuhl. Sein Nacken schmerzte, der Arm schlief ihm ein, in den Traumfetzen, an die er sich erinnern konnte, war Bettina erschienen.

Henrys Laune war mies, als ihn Birte eine halbe Stunde vor Lesungsbeginn weckte, indem sie ihn sanft an der Schulter berührte.

Es war kühl geworden, die Dämmerung hatte eingesetzt, im Stadtpanorama waren die Lichter angegangen. Auf dem Weg in den Veranstaltungssaal, der wieder über Gänge und Treppen führte, merkte Henry, dass sein Anzug zerknittert war. Er hätte gern geduscht.

Die Lesung fand in einem quadratischen Konferenzraum statt. Auf dem Podium stand ein Tisch mit vier Namensschildern und zwei Mikrofonen.

»Da ist Ihr Platz«, sagte Birte und zeigte auf den Stuhl hinter seinem Namensschild. Henry hängte sein Jackett über die Lehne. Auf dem zweiten Schild stand *Dr. Kammstetter*, auf dem dritten und dem vierten jeweils ein koreanischer Name.

Birte sagte: »Sie entschuldigen mich bitte. Ich muss mich um die Gäste kümmern.« Auf dem Weg zur Tür drehte sie sich noch einmal um und winkte Henry zu.

Henry beschloss, noch einmal die Passagen seines Buches durchzugehen, die er vortragen wollte, war aber nicht konzentriert, sondern sah stattdessen immer wieder zur Tür, durch die mehr und mehr Zuhörer strömten, Koreaner hauptsächlich, ein paar Europäer. Als Birte das nächste Mal den Raum betrat, trug sie ein Tablett mit Getränken. Sie hatte die Sachen gewechselt, war jetzt angezogen wie eine Servierkraft, schwarzer knielanger Rock, schwarze Feinstrumpfhose, weiße hoch geschlossene Bluse.

Sie kam herüber zum Podium und stellte ein Glas Weißwein vor ihm ab.

»Danke«, sagte Henry.

»Nach der Lesung wird es ein italienisches Büfett geben, vorne im Foyer.« Birte mischte sich wieder unters Publikum und verteilte Getränke.

Als ein Endvierziger zur Tür hereinkam, groß gewachsen, weißhaarig und von dunklem Teint, wusste Henry sofort, dass es sich um den Institutsleiter handelte. Seine Bewegungen waren langsamer als die aller anderen und gleichzeitig ausdrucksstärker, fast theatralisch. Dr. Kammstetter agierte, als stehe er auf einer Bühne. Er unterstrich seine Worte mit Gesten und die Gesten mit seiner Mimik. Er trug eine schmale Hornbrille und einen beigefarbenen Anzug, den er mit einem elfenbeinfarbenen und – das irritierte Henry am meisten – kragenlosen Seidenhemd orientalischen Ursprungs kombiniert hatte. An seiner Seite ging eine schlanke blonde Frau im dezenten Cocktailkleid, die

Henry auf Ende dreißig, Anfang vierzig schätzte. Hinter ihm lief ein Koreaner, ebenfalls in hellem Anzug.

Dr. Kammstetters Begrüßung war so pathetisch wie sein Auftreten. Er sprach erlesene Worte, verpackt in die Syntax des neunzehnten Jahrhunderts, er artikulierte seine Worte überkorrekt wie ein Logopäde, und er redete eine Nuance zu laut.

Henry, der im Moment überfordert war, stammelte ein paar höfliche Floskeln, auf die Dr. Kammstetter mit einer weitschweifigen Entschuldigung reagierte. Wie leid es ihm tue, dass nur der Fahrer am Flughafen gewesen sei und nicht Frau Zimmermann, die normalerweise die auswärtigen Gäste betreue, aber wegen ihres – nach einem Unfall – im Krankenhaus liegenden Vaters kurzfristig nach Deutschland habe fliegen müssen. Er versprach, dass er Henry ersatzhalber Frau Aschenbach zur Seite stellen werde und sie dafür von allen anderen Aufgaben entbinde.

Henry bedankte sich.

Die blonde Frau stellte sich als Kammstetters Gattin vor, der Koreaner im Anzug als Schauspieler, der die koreanische Fassung von Henrys Textpassagen vortragen werde.

Dann zog Dr. Kammstetter eine goldene Taschenuhr aus der Hose, ließ den Deckel aufspringen und sagte, dass es Zeit sei anzufangen. Dr. Kammstetter, Henry, der Schauspieler und eine Dolmetscherin nahmen auf dem Podium Platz.

Während er vorlas, verlor Henry ein paarmal die Kontrolle über seine Zunge, Zischlaute verunglückten ihm, er verhaspelte sich in Passagen, die er eigentlich auswendig konnte. Als er einen Satz erst im dritten Anlauf korrekt herausbrachte, sah er beim zufälligen Blick ins Publikum, wie sich das Gesicht von Dr. Kammstetters Gattin, die in der ersten Reihe des voll besetzten Raumes saß, so schmerzerfüllt verzog, als hätte sie eine Migräneattacke. Henry merkte, dass er rot wurde, und ihm trat der Schweiß auf die Stirn. Sein Mund war trocken, jeder Schluck Wasser verstärkte diese Trockenheit und reizte den Husten, der ihm in der Kehle saß.

Während des Schauspielervortrags dagegen schlief Henry beinahe ein, die anschließende Diskussion riss zum Glück Dr. Kammstetter an sich, der an Henrys Stelle die Fragen zur deutschen Gegenwartspolitik, zur Ost-West-Problematik und zur Nachkriegsgeschichte beantwortete, weitschweifig und umfassend.

Nach anderthalb Stunden war Schluss, und Dr. Kammstetter erklärte das italienische Büfett für eröffnet. Henry schnappte sich ein Glas Weißwein und ging auf die Terrasse, um zu rauchen, während sich die Gäste über Meeresfrüchterisotto und Fleischragout hermachten. Dazu gab es Weißbrot, verschiedene Käse, Parmaschinken, luftgetrocknete Salami.

Henry sah durch die Terrassentür Birte Wein nachschenken. Als hätte sie seinen Blick gespürt, drehte sie sich um und hielt die Flasche fragend in die Höhe: ob er noch etwas Wein wolle. Henry nickte. Sie kam nach draußen, und er hielt ihr die Zigarettenschachtel hin.

Sie bedankte sich und stellte die Flasche auf der Terrassenbrüstung ab.

Er gab ihr Feuer, sie nahm zwei tiefe Züge hintereinander: »Das ist nett von Ihnen.«

»Vielleicht sollten wir uns duzen«, sagte Henry. »Wir werden dank Dr. Kammstetter die nächsten Tage miteinander verbringen. – Was meinen Sie?«

»Von mir aus gerne.«

»Sie kennen ja meinen Namen vom Veranstaltungsplan.«

»Und Sie müssten meinen auch kennen, wenn Sie vorhin richtig zugehört haben.«

»Birte«, sagte Henry und hob sein Glas, »nach Ihrer Großmutter.«

»Henry«, sagte Birte und sah ihm in die Augen, wobei ihr Gesicht seinem bedrohlich nahe kam, und ehe Henry sich abwenden konnten, fühlte er Birtes Lippen. Sie schmeckten nach Zigarette und ein wenig süßlich, vermutlich nach Lippenstift.

Die Berührung ihrer geschlossenen Lippen dauerte: eins ... zwei ... drei Sekunden, Henry zählte genau mit, bei *vier* zog er den Kopf zurück.

»Ich muss wieder rein«, sagte Birte, »wenn du willst, gehen wir später noch was trinken. – Wenn ich fertig bin.«

»Ich bin hundemüde«, sagte Henry. »Am liebsten würde ich sofort ins Hotel zurück und schlafen.«

»Und wie wär's mit der Hotelbar? Wenn du schlafen willst, gehst du einfach auf dein Zimmer, und ich fahre nach Hause. Wir müssen sowieso noch den Plan für die Woche besprechen, deine Veranstaltungen.«

»Okay«, sagte Henry.

Um halb elf verabschiedeten sich Dr. Kammstetter und seine Gattin von Henry, formvollendet und umständlich, um elf verließen die letzten Gäste das Institut, und eine weitere halbe Stunde später löschte Birte das Licht und schloss die Tür zur Straße ab, ohne sich um das Chaos aus Flaschen, Geschirr und Essensresten zu kümmern.

Sie hatte eine Jeansjacke über das Polokleid gezogen, und statt des Strohhutes trug sie einen schwarzen Motorradhelm. Birte ließ den Roller an und sagte zu Henry, er solle sich an ihr festhalten.

Die Bar befand sich in einem Flachbau gegenüber dem

Hotel, und während Birte hineinmarschierte, nahm sie den Helm ab, sie grüßte den Kellner, als sei sie schon oft hier gewesen.

Henry folgte ihr zu einem Platz am Panoramafenster, durch das man auf die nächtliche Stadt blicken konnte. Sie saßen einander gegenüber, tranken Gin Tonic, das Licht war gedämpft, im Hintergrund lief Jazz. Henry rauchte, trank und sah Birte an, die einen Zettel hervorgekramt hatte und ihm mit leiser, ein wenig heiserer Stimme die Termine der nächsten Tage erklärte. Er lauschte den Geräuschen, die ihre langsamen Bewegungen verursachten, dem Rascheln des Papiers zwischen ihren Fingern, dem Knistern einer angezündeten Zigarette, dem Klirren der Eiswürfel im Glas. Irgendwann hörte Birte auf zu sprechen und sah ihn an. Ihr Glas war leer, und Henry gab dem Kellner ein Zeichen, noch mal dasselbe zu bringen.

Zum Abschied vor dem Hoteleingang legte Henry seine Arme um Birtes Taille. Sie zog ihn aus dem Licht, das aus dem Foyer auf die Straße fiel, ins Dunkle, und sie drückte ihre Lippen auf seinen Mund. Diesmal zählte er die Sekunden nicht. Als er ihr irgendwann übers Haar streicheln wollte, fühlte er das glatte Duroplast des Motorradhelmes unter den Fingern, den sie auf dem Weg aus der Bar wieder aufgesetzt hatte.

8.

Birte und Cynthia kannten sich seit ihrer Kindheit in dem Hamburger Vorort. Sie waren gemeinsam Pony geritten, hatten Musikunterricht bei Birtes Mutter genommen und schließlich zusammen das Abitur bestanden, Cynthia mit einem etwas besseren Notendurchschnitt als Birte.

Dann hatten sich ihre Wege getrennt: Cynthia zog nach Bonn, um Jura zu studieren, Birte nach Hamburg ins Schanzenviertel, wo sie in einer Dreier-WG ein Zimmer fand. Tagsüber studierte sie an der Universität, abends ging sie auf Konzerte und Partys, und jedes zweite Wochenende fuhr sie mit ihrem kleinen Fiat, einem Geschenk des Vaters zum Abitur, in den Vorort, wo sie manchmal Cynthia traf, die ebenfalls regelmäßig ihre Eltern besuchte. (Was Cynthias Eltern von Beruf waren, hatte Birte nie erzählt, aber es musste etwas sein, das ausreichend Geld abwarf.) Nach zwei Jahren Studium brachte Cynthia Peter mit nach Hause, den sie im Juridicum kennengelernt hatte, und stellte ihn als ihren festen Freund vor. Peter war drei Jahre älter als Cynthia und stammte aus einer Villengegend im Siebengebirge, südöstlich der ehemaligen Bundeshauptstadt. Sein Vater besaß eine Anwaltskanzlei, seine Mutter eine Apotheke, und genau wie Cynthia war er mittelblond, hochgewachsen und genau wie sie von einer körperlichen Stämmigkeit, die etwas Bäuerliches ausstrahlte. Neben den beiden wirkte Birte wie ein pubertierendes Mädchen, obwohl sie selbst recht groß war, sogar muskulös. Letzteres vor allem aufgrund des Taekwondo-Trainings, das sie in Seoul begonnen hatte, um mehr Gefühl für ihren Körper zu gewinnen, wie sie dem überraschten Henry eines Tages in einer E-Mail mitteilte.

Er las diese E-Mail am heimischen Schreibtisch, Ende Juli. Bettina war aus London zurückgekehrt, jedoch nur drei Tage in Berlin geblieben, bevor sie mit dem Kombi ins Badische weitergefahren war, um die Installation für den Kunstverein aufzubauen.

Drei Tage, in denen ihre Koffer und Taschen unausgepackt im Flur herumstanden, in denen sie Unruhe in der Wohnung verbreitete, wenn sie überhaupt da war, in denen sie, das Telefon in der Hand, laut redend durch die Zimmer lief und versuchte, Material und Sponsoren aufzutreiben. War sie hungrig, holte sie sich etwas vom vietnamesischen Imbiss, obwohl Henry zumindest am ersten Tag noch angekündigt hatte zu kochen. Doch Bettina war nicht zum Essen erschienen, sondern im Atelier geblieben, um über die Ausstellung nachzudenken. Henry trank die Flasche Wein zum Essen allein aus, öffnete sich eine zweite, trank auch die und legte sich dann ins Bett. Als er am nächsten Morgen erwachte, war Bettina schon wieder gegangen. Auf dem Küchentisch lag ein Zettel, auf dem sie sich für ihre Abwesenheit am Vorabend entschuldigte und ihm mitteilte, dass es auch heute spät werden würde.

Henry saß an seinem Schreibtisch, als Bettina gegen sieben zurückkam und forsch an seine Zimmertür klopfte.

»Ich habe mich extra beeilt«, sagte sie strahlend. »Gibt's nichts zu essen?«

»Auf dem Zettel stand, du hättest keine Zeit«, sagte Henry.

»Schade«, sagte Bettina und blieb lächelnd im Türrahmen stehen.

»Brot und Käse sind da, Salami und Schinken auch«, sagte Henry und stand auf, »ich kann uns ein paar Brote schmieren und einen Salat dazu machen.«

Bettina überlegte kurz, dann sagte sie: »Das ist nett, aber lass mal gut sein. – Dann fahr ich eben noch mal ins Atelier und hole mir unterwegs ein paar Frühlingsrollen.«

Zwar war Henry im Grunde froh, nicht im Zentrum ihrer Aufmerksamkeit zu stehen, gleichzeitig aber war er auch beleidigt über diese Art der Missachtung. Schon die Begrüßung am Flughafen war fast geschäftsmäßig gewesen, freundlich, aber vor allem routiniert. Man konnte Bettina ansehen, dass all ihre Gedanken um die Ausstellung kreisten. Diese Begrüßung war ungefähr das Gegenteil des Abschieds zwei Monate vorher am Flughafen in Korea, bei dem Birte Henry nahezu leidenschaftlich ihre Traurigkeit dargeboten hatte. Wenigstens konnte er Bettinas Verhalten als nachträgliche Rechtfertigung für das benutzen, was er mit Birte angefangen hatte.

Der Zustand permanenter Erschöpfung, in dem er sich fast die ganze Zeit befunden hatte, mochte der wahre Grund für seinen Kontrollverlust gewesen sein, ein Jetlag über acht Tage, der Zwang, wach bleiben zu müssen, wenn den Körper nach Schlaf verlangte, und nachts nicht einschlafen zu können, wegen des grünen Tees, wegen des Kaffees, der Kopfschmerztabletten und der Aufputschmittel aus den koreanischen Apotheken. Hinzu kam das arktische Bier der Minibar, das Henry quer auf dem Bett liegend trank, wann immer er auf dem Zimmer war, während im Fernsehen der Nachrichtenschrott von CNN lief. Auch das heiße Wetter und die trockene staubige Stadt trugen ihren Teil dazu bei, dass Henry ein wenig neben der Spur lief, ganz zu schweigen von den täglichen Veranstaltungen, die er an den fünf Universitäten zu absolvieren hatte.

Holte ihn am Morgen der Fahrer vom Hotel ab, war er müde und verkatert. Am Institut stieg Birte zu, frisch und ausgeruht, obwohl sie bis zum frühen Morgen gemeinsam in irgendeiner Bar irgendeines Studentenviertels gesessen hatten. An den Universitäten diskutierten interessierte Studenten mit ihnen in hervorragendem Deutsch Probleme der Landesteilung. Danach aßen sie mit freundlichen Professoren zu Mittag, und Birte, wann immer es nötig war, übersetzte dabei. Seit sie Henry die diversen Möglichkeiten, sich falsch zu verhalten, aufgezählt hatte, schmeckte ihm das Essen noch weniger. Das Wissen, sich am Tisch nicht schnäuzen zu dürfen, ließ ihm regelmäßig die Nase laufen.

Es folgten zwei Stunden Mittagsruhe, die er auf dem Hotelzimmer verbrachte, nicht sicher, ob er wach bleiben oder für ein paar Minuten schlafen sollte. Für den Nachmittag und den frühen Abend hatte das Institut ein Kulturprogramm zusammengestellt: Besichtigungen, Rundgänge, die Kaiserpaläste, die Aussichtsplattform des Fernsehturms auf dem Namsam, eine traditionelle Theateraufführung, der Namdemun-Markt, wo er ein paar Geschenke für Bettina besorgte: grünen Tee, eingelegten Ginseng, grellbunte Spielzeugpuppen mit Mangagesichtern, wobei Birte, wie von Dr. Kammstetter bestimmt, nie von Henrys Seite wich.

Es war paradox: Seine Dauertrance, der Zustand erregter Erschöpfung ließ ihn den Rhythmus der Stadt, der ungleich schneller war als der des behäbigen Berlin, nicht nur vollkommen verfehlen, sondern führte im Gegenteil dazu, dass er vieles wie in Zeitlupe wahrnahm. Er hörte verzögert, er dachte langsam. Manchmal empfand er es als Anstrengung, als Zumutung, sich eine Zigarette anzünden zu müssen.

Genau dieser maladen Form wegen hatte er schnell den Plan aufgegeben, an den 38. Breitengrad zu fahren. Er würde einen Besuch dort vortäuschen und einen steinalten Koreaner erfinden, der täglich an die Grenze käme, um seiner Schwester im kommunistischen Norden zu gedenken, von der er nicht einmal wusste, ob sie noch am Leben war. Das Grenzsetting ließ sich im Internet recherchieren, und im Souvenirshop des War Memorials, wohin ihn Birte tatsächlich begleitete, deckte er sich mit Büchern und Broschüren zum Thema ein, aus denen er, umformuliert natürlich, einfach würde abschreiben können. Zu diesem Zeitpunkt hatten sie schon miteinander geschlafen. Es war tagsüber passiert, in der Mittagspause, am vierten Tag seines Aufenthaltes.

Beim Lunch nach der Vormittagslesung war er von einer resoluten Professorin zu einer Flasche Ginsengwein überredet worden, weshalb er einigermaßen angeschlagen im Hotelzimmer ankam. Er zog das Jackett aus, stellte den Fernseher an und nahm sich ein Bier aus dem Kühlschrank. Als er sich aufs Bett legen wollte, klopfte es vorsichtig an der Tür. Henry dachte, es sei eine der Putzfrauen, die er eben auf dem Gang gesehen hatte. Er stellte die Bierbüchse auf den Fernseher, öffnete die Tür und wollte sagen, dass sein Zimmer nicht gereinigt werden müsse. Aber draußen stand Birte, lächelte verlegen und hielt ihm sein Buch hin, das er im Institutsbus vergessen hatte.

Auch an diesem Tag war Henry langsamer als gewöhnlich. Statt ihr zu danken und sie zu verabschieden, versuchte er zu erkennen, ob sich die Putzfrauenkolonne noch auf dem Flur befand, was nicht der Fall war. Dann bat er Birte, die leicht verunsichert über ihre Schulter hinweg seinem Blick in den Flur gefolgt war, herein. Sie setzte sich aufs Bett. Das Bett war gemacht, die Putzfrauen waren also schon da gewesen, dachte Henry.

Er hatte nach dem Kuss am Ende des ersten Tages die Finger von Birte lassen wollen, hauptsächlich wegen Bettina und ein wenig wegen des Schrillen, das Birtes Stimme in anstrengenden Situationen befiel. Doch am zweiten Abend, als er gegen zehn allein im dunklen Hotelzimmer saß und einmal mehr aus dem Panoramafenster auf die Stadt sah, rief Birte an, um zu fragen, ob er Lust hätte, noch etwas zu unternehmen.

Henry sagte: »Na gut«, und Birte sagte, dass sie ihn mit dem Taxi abholen komme.

Sie ließen sich nach Hongdae fahren, einem Studentenviertel, das Henry an gewisse Viertel in London erinnerte, durch die er im vorigen Sommer mit Bettina gezogen war. Hier reihte sich Bar an Bar, unterbrochen von Platten- und Klamottenläden, von Diskotheken und Restaurants. Der Geruch von gegrilltem Fisch, von Fett, das in glühende Holzkohle tropfte, lag in der Luft. Junge Menschen schoben sich über die Straßen, Bierflaschen in den Händen. Henry sah Geschäftsleute in Designeranzügen, die im Dreck lagen, zwischen Zigarettenkippen, leeren Getränkebüchsen und Essensresten, er sah fünf, sechs von ihnen allein in einer Nacht. Sie schliefen im Vollrausch, die Aktentaschen neben sich. Unter den weißen Manschetten lugten goldene Uhren hervor. Birte sagte, das sei normal, sie würden um die Wette saufen, eine Art Ritual, das niemanden störe, eine der Arten, mit beruflichem Stress umzugehen.

Sie wanderten eine Dreiviertelstunde durchs Viertel, bevor sie sich auf die Terrasse eines Restaurants setzten, wo sie Bier tranken, Zigaretten rauchten und dem Strom der flanierenden Menschen zusahen.

Henry war zu müde, um etwas zu sagen, und auch Birte schien erschöpft zu sein. Irgendwann stand sie auf und setzte sich auf den freien Platz neben Henry. Sie nahm seine

Hand, drehte seinen Kopf in ihre Richtung, legte seine Hand auf ihren Oberschenkel, und Henry ließ sie gewähren. Er fühlte ihr warmes Bein unter dem dünnen Stoff des Kleides. Er strich zweimal vorsichtig über die Innenseite ihres Oberschenkels, dann entzog er ihr die Hand und legte sie um das Bierglas. Ihr plötzlicher Mut erstaunte ihn, das Fehlen der Unsicherheit, von der sie tagsüber immer wieder übermannt wurde, wenn sie beruflich miteinander umgingen. Nicht ganz zu Unrecht, wie Henry fand. Immerhin war er Kolumnist einer der bedeutendsten Zeitungen und obendrein erfolgreicher Buchautor, sie hingegen lediglich die Vertretung der regulären Betreuerin.

Wie am Vortag küssten sie sich zum Abschied in einer dunklen Ecke neben dem Hoteleingang. Dasselbe taten sie zum Abschluss der dritten Nacht, die sie gemeinsam im Künstlerviertel Insa-Dong verbracht hatten. Während des Kusses versuchte Henry, Gedanken an Bettina zu verdrängen, was ihm nicht ganz gelang.

Henry konnte nicht rekonstruieren, wie es dazu kam, dass er und Birte, zwanzig Minuten nachdem sie mit dem vergessenen Buch in der Hotelzimmertür gestanden hatte, nackt, außer Atem und trotz Klimaanlage von Schweißperlen bedeckt, zwischen den Laken lagen. (Vermutlich war es eine Konsequenz, die sich bereits aus ihrem ersten Telefongespräch ergab, aus dem Schauer, den ihm ihre Stimme über den Rücken gejagt hatte, aus der Wirklichkeit ihres Anblicks wenig später. Der Kontrast, das Nichtzusammenpassende. Die wenigen Berührungen und die Küsse im Dunkeln. Die Spannung, die sich tagsüber zwischen ihnen aufbaute, ohne sich lösen zu können. Aber im Grunde war es Unsinn, nach Ursachen zu forschen, ging es um Dinge wie diese, um Körper und die Seelen, die darin hausten, dachte Henry.)

Erst als Birte nach einer halben Stunde das Zimmer wieder verließ, frisch geduscht, flüchtig gefönt und voller Angst, die Rezeption könne ihren Besuch als das missdeuten, was er nun tatsächlich geworden war, kehrte Bettina in Henrys Gedanken zurück.

Die verbleibenden Tage in Seoul waren sich Henry und Birte nahe, ohne nochmals miteinander zu schlafen.

Zum Abschied am Flughafen, nach tränenreicher Fahrt im Bus des Institutes – der Fahrer hatte getan, als bemerke er nichts –, küsste ihn Birte in der Abfertigungshalle, obwohl sich dergleichen in der Öffentlichkeit nicht ziemte. Sie hatte rote Augen. Henry strich ihr übers Haar. Das Maß ihrer Traurigkeit machte ihn einerseits ratlos und ließ ihn auf der anderen Seite an Birtes Aufrichtigkeit zweifeln.

Er sagte, sie würden sich bestimmt bald wiedersehen, obwohl er nicht daran glaubte, während er es gleichzeitig bedauerte. Dann nahm er seinen Koffer und ging zur Sicherheitskontrolle: Birte war vollkommen anders als Bettina.

9.

Nie wäre Bettina auf die Idee gekommen, Kampfsportunterricht zu nehmen. Nie hätte sie mithilfe von Sport versucht, etwas an ihrer Persönlichkeit zu verändern, nie wäre ihr in den Sinn gekommen, dass ihrer Persönlichkeit überhaupt etwas fehlen könnte.

Auch Henry hatte bis zu dem Tag, als Birte ihm schrieb, sie habe zu trainieren begonnen, dergleichen für esoterischen Humbug gehalten. Nun aber fand er die Sache reizvoll. Durch Faust und Fuß auf den Weg des Geistes zu gelangen, wie Birte ausgeführt hatte, und darüber den Körper zu beherrschen lernen. Warum eigentlich nicht?

Eine Woche nachdem Bettina ins Badische aufgebrochen war, fuhr Henry mit dem Zug hinterher, um an der Vernissage teilzunehmen.

Das vom Kunstverein gebuchte Doppelzimmer hatte Bettina innerhalb einer Woche in ein Schlachtfeld verwandelt. Überall lagen Zettel herum, Notizen und Skizzen, Materialproben, Computerkram, CDs, Kabel. Henry fand kaum einen Platz, um den Koffer abzustellen, und Bettina hatte keine Zeit, sich weiter um ihn zu kümmern, geschweige, das Zimmer aufzuräumen.

Sie sei ziemlich in Verzug und habe ihre Arbeit nur kurz unterbrochen, um ihn vom Bahnhof abzuholen, sagte sie.

Henry meinte, es sei okay.

Die Ausstellungseröffnung, zu der die üblichen Verdächtigen aus lokaler Politik und Kultur erwartet wurden, sollte bereits am nächsten Abend stattfinden.

Wenigstens war das Wetter schön, die Sonne schien, die Temperatur war angenehm warm, weshalb sich Henry im Hotel ein Fahrrad lieh. Er fuhr durch die Gassen der kleinen Stadt, raus auf die Felder, über unbefestigte Wege, durch Weinberge, an Waldrändern entlang. Unterwegs kehrte er in eine Straußwirtschaft ein, trank einen Viertelliter jungen Wein, aß Wurstsalat und Bauernbrot und fuhr den gleichen Weg zurück. Aus dem Hotelzimmer holte er Notebook und Handy und setzte sich damit in ein Gartenlokal. Er bestellte Bier und rief Bettina an, um ihr seinen Aufenthaltsort mitzuteilen. Sie sagte, sie sei in Eile, kenne aber das Lokal und wolle sich bemühen, ihn in zwei bis drei Stunden, so gegen neun, dort zu treffen. Ob ihm das recht sei?

Henry sagte Ja. Aber es war ihm weder recht noch unrecht, es war ihm schlichtweg egal.

Als hätte sie dies geahnt, kam Bettina erst um halb elf. Henry merkte, dass er angetrunken war. Er hatte Zwiebelkuchen gegessen und der Verdauung wegen ein paar Obstler gekippt. Dazu ein paar Biere getrunken, schnell hintereinanderweg, aus Langeweile anfangs, dann aus Ärger über Bettinas Verspätung.

Statt sich zu entschuldigen, fragte Bettina, ob er schon ohne sie gegessen habe, und blätterte in der Speisekarte. Sie sah müde aus, schien aber guter Laune zu sein.

Allerdings habe er schon ohne sie gegessen, sagte Henry und hätte aus purer Rachsucht gern ein paar verletzende Worte hinterhergeschoben, um die Feierabendzufriedenheit in ihrem Gesicht zu zerstören. Aber er wusste nicht, wo er ansetzen sollte, und sagte deshalb nur, dass um zehn Uhr Küchenschluss gewesen sei.

Das mache überhaupt nichts, sagte Bettina und zog einen Schokoladenriegel aus der Tasche, während sie nach der Bedienung Ausschau hielt, um sich einen Viertelliter Rotwein zu bestellen.

Als Henry am nächsten Morgen aufwachte, war Bettina schon gegangen. Auf ihrer Seite des Bettes fand er einen Zettel, auf dem sie ihm einen Guten Morgen wünschte. Sie sei schon im Ausstellungsraum, müsse noch einiges erledigen, aber spätestens zur Eröffnung um neunzehn Uhr würden sie sich sehen. Unter ihren Text hatte sie eine Sonnenblume mit Gesicht gekritzelt.

Henry zerknüllte den Zettel, warf ihn in den Papierkorb und wühlte ihn anschließend unter den anderen Abfall. Dann duschte er, zog sich an und ging nach unten, wo eine Serviererin gerade die Platten des Frühstücksbüfetts abräumte. Sie sah freundlich aus und hätte ihm sicher Kaffee, Butter, Käse und Brot angerichtet, aber weil er keine Lust hatte, sie darum zu bitten, machte er sich auf den Weg zum Rathausplatz. Er setzte sich in ein Straßencafé, bestellte Espresso und eine Winzerplatte mit schwarzer Blutwurst, geräuchertem Schinken und eingelegten Gurken. Während des Frühstücks las er das Lokalblatt und beobachtete über den Rand der Zeitung hinweg die Leute. Das ging eine Stunde gut, dann begann er sich zu langweilen. Gleichzeitig merkte er, wie der Groll gegen Bettina wieder in ihm wuchs.

Er ging zurück ins Hotel, holte sein Notebook, lieh sich abermals das Fahrrad und fuhr dieselbe Strecke wie am Vortag. Auf einer Anhöhe setzte er sich am Wegesrand unter einen Baum. Er wollte ein bisschen an seiner Kolumne arbeiten, aber es war zu hell hier draußen, er konnte nichts auf dem Bildschirm erkennen.

Zurück im Städtchen, kehrte er in ein anderes Gartenlokal ein – es gab hier Dutzende davon – und bestellte einen halben Liter Riesling. Es war kurz nach eins. Das Ganze erinnerte ihn an seinen Besuch in der abgewrackten Kurstadt. Hier schmeckte immerhin das Essen besser, und es war Sommer statt Winter.

Als sich Henry am späten Nachmittag aufs Hotelzimmer begab, um sich für eine Stunde aufs Ohr zu legen, fand er es aufgeräumt und makellos sauber vor. Das Bett war gemacht, der Papierkorb geleert. Auf seinem Kopfkissen lag eine Mitteilung von Bettina, diesmal ohne Illustration: Sie sei endlich dazu gekommen, aufzuräumen, und habe auch dem Zimmermädchen Bescheid gegeben, die Wäsche zu wechseln, Teppich und Bad zu reinigen. Sie sei mit dem Aufbau so gut wie fertig und freue sich, ihm nachher die Installation zeigen zu können. Von nun an werde es besser, würden sie wieder mehr Zeit füreinander haben.

Henry wachte eine halbe Stunde nach dem Beginn der Vernissage wieder auf. Er erfrischte sich kurz im Bad, dann ließ er sich an der Rezeption ein Taxi rufen.

Er kam eine Stunde zu spät, die in der Einladung angekündigten Reden waren bereits gehalten worden, die meisten Leute – es waren um die zweihundert – standen mit Weingläsern vor dem Ausstellungsraum herum, der sich als quadratischer Glaspavillon von zehn Meter Kantenlänge herausstellte und in einer kleinen Parkanlage stand. Sein Inneres hatte Bettina in eine Art begehbare Tropfsteinhöhle verwandelt, die man auf einem Parcours durchlaufen konnte. Die gesamte Oberfläche der Höhle hatte die Struktur von grobem Sandpapier, war dabei aber grellgelb und funkelte im Schein eines Kunstlichtes, dessen Quellen nicht sichtbar waren. Das alles sah nach verdammt viel Arbeit aus, und es roch giftig.

Henry absolvierte den Parcours einmal, dann ließ er sich von einer der herumlaufenden Kellnerinnen ein Bier geben und nahm auf einer Bank Platz, die ein wenig abseits des Geschehens stand. Er sah Bettina, die sich mit einem großen weißhaarigen Mann unterhielt.

Sie sah gut aus, trug ein enges, knielanges Kleid aus dunkelgrauem, glänzendem Stoff. Er hörte sie lachen. Ein Fotograf schoss Bilder von den beiden, während sie sich unterhielten.

Die Sonne begann unterzugehen, der Himmel färbte sich rot, die Kellnerinnen rammten Gartenfackeln in den Boden und zündeten sie an. Henry stand auf, um sich noch ein Glas Bier zu besorgen. Auf dem Rückweg stieß er mit Bettina zusammen. Statt sauer zu sein wegen seiner Verspätung, strahlte sie ihn an. Sie umarmten einander, Bettina gab ihm einen Kuss auf die Wange.

»Und? Wie fandest *du* die Rede?« Sie guckte erwartungsvoll.

»Welche Rede meinst du?«

»Die von Dr. Duttweiler.« Sie zeigte auf den Weißhaarigen, mit dem sie sich gerade unterhalten hatte und der schon in das nächste Gespräch vertieft war.

»Originell«, sagte Henry. Bettina hatte seine Abwesenheit während der Reden also überhaupt nicht bemerkt.

»Ja«, sagte Bettina, »er hat einen ganz speziellen Humor. – Er hat dein Buch gelesen und fand es toll. – Soll ich ihn dir vorstellen?«

»Später vielleicht«, sagte Henry. Sie hatte seine Abwesenheit nicht bemerkt, und der Grund dafür lautete: Ihr war seine *An*wesenheit egal.

»Wie du willst«, sagte Bettina, und ein erstes Partikelchen ihrer Euphorie verpuffte. Henry konnte es förmlich platzen hören.

10.

Schwer zu sagen, ob es die Ausstellung war, die den Ausschlag gab oder nicht. Henry selbst hatte Bettinas Installation für sein Blatt lobend besprochen und dabei allen möglichen kunstphilosophischen Firlefanz aufgefahren, um ja nicht den Verdacht aufkommen zu lassen, es handle sich um eine Gefälligkeitsrezension. Im Laufe der folgenden Woche schrieben zwei weitere überregionale Blätter über die Ausstellung und schlossen sich mehr oder weniger Henrys positivem Urteil an. Bettina war tagelang aus dem Häuschen gewesen.

Drei Wochen jedenfalls nachdem sie aus dem Badischen zurückgekehrt waren, erhielt sie die Zusage für eine Assistentenstelle in Hamburg, auf die sie sich von London aus beworben hatte, eine halbe Stelle im Fachbereich Bildhauerei, die ihr etwas weniger als zweitausend Mark im Monat einbringen würde.

Wenig Geld, wie Henry sagte, als sie am Abend in der Küche bei einer Flasche Rotwein zusammensaßen. Er überschlug, was allein die Zugtickets kosteten, auch wenn sie nur alle zwei Wochen nach Berlin kam. Oder das Benzin. Er malte aus, was es für eine Anstrengung sei, jedes Mal diesen Weg auf sich zu nehmen, und dass die Lehre sie an ihrer eigenen künstlerischen Arbeit hindern werde. Er selber habe Freunde an der Universität, die sich den lieben langen Tag mit Formularen und Anträgen herumschlügen.

Bettina sagte, sie wolle eine Nacht darüber schlafen.

Henrys Anti-Hamburg-Tirade musste ihr den Eindruck

vermittelt haben, er wolle sie bei sich behalten, in Berlin, und dass er das Geld nur vorschiebe, eigentlich aber ihre Trennung zu verhindern suche. Dass es ihm, auch wenn er nicht in der Lage war, es so direkt auszudrücken, also im Grunde um den Erhalt ihre Beziehung gehe, dachte Henry.

Am nächsten Abend verkündete sie ihre Entscheidung: Sie *werde* die Stelle antreten, und zwar zum Wintersemester, das in anderthalb Monaten begann.

»Klar, das *ist* nicht viel Geld«, sagte Bettina, »aber du darfst nicht vergessen: In der Zeit vor den Stipendien hatte ich weniger.«

»Als du nebenbei gekellnert hast?«

»Außerdem könnte es sein, dass im nächsten Jahr aus der halben Stelle eine ganze wird. Ich habe mit dem Professor telefoniert.«

»Dann kannst du ja gleich nach Hamburg ziehen.«

»Ich werde auch mit der halben Stelle nicht jede Woche nach Berlin kommen. Du hast es selber vorgerechnet. Das wird zu teuer.«

»Denk aber bloß nicht, dass *ich* nach Hamburg komme«, sagte Henry.

»Das erwarte ich gar nicht«, sagte Bettina und dann in einem anderen Ton: »Wir kriegen das schon hin.«

Im folgenden Monat vermietete sie ihr Atelier unter und fand ein billiges WG-Zimmer in Hamburg, Henry bot an, ihren Mietanteil für die Berliner Wohnung zu übernehmen. Dann wurde es Herbst, und Bettina war weg.

Henry kam es vor, als trete der Normalzustand wieder ein. Er hatte sich in den vergangenen drei Jahren ans Alleinleben gewöhnt und genoss es nun regelrecht, nicht jeden Abend kochen und den aufmerksamen Partner spielen zu müssen.

Verspürte er Lust auf Gesellschaft, verabredete er sich wieder mit seinen Freunden. Er ließ sich einladen in weitläufige Altbauwohnungen, in denen wenige, aber ausgesuchte Möbel standen, in denen es meterweise Bücherregale gab und wenige, aber originale Arbeiten noch unbekannter Künstler an den weißen Wänden hingen.

Man traf sich im kleinen Kreis, dieselben Leute, die auf den Studentenpartys der Neunzigerjahre zusammen gefeiert hatten. Mittlerweile waren die meisten Mitte dreißig, einige gingen auf die vierzig zu. Man unterhielt sich über Politik, über Literatur, über Kunst und neuerdings über Kinder und Geld. Man saß an langen, eingedeckten Tafeln, zweierlei Weingläser vor sich, zweierlei Gabeln, Stoffservietten in Ringen aus Silber. Die Männer standen in der Küche, denn sie kochten besser als ihre Frauen, und es machte ihnen Spaß, es war für sie ein Ausgleich zu dem, was sie tagsüber taten, um Geld zu verdienen.

Es gab Rucola, Parmesan, dazu alten Balsamico, tropfenweise, und die erste Pressung sizilianischen Olivenöls. Es gab Lammrücken mit Kräutern, Polenta und Kirschtomaten. Die Frauen bereiteten den Nachtisch zu, der Wein kam vom Händler an der Ecke statt aus dem Supermarkt wie früher. Geraucht wurde, wenn überhaupt noch, auf dem Balkon.

Henrys Freunde arbeiteten als Architekten und Ärzte, als Assistenten an der Universität, als Journalisten wie er oder Künstler. Die eine Hälfte war angestellt, die andere nicht. Denjenigen, die arbeitslos waren, merkte man es an. Sie sahen mutlos aus, und das Lamento der Besiegten unterwanderte ihre Sätze, egal, zu welchem Thema sie sich äußerten. Und das ging den anderen auf die Nerven, weil es ihnen Angst machte.

Die, die arbeitslos waren, blieben irgendwann weg, obwohl sie weiterhin eingeladen wurden. Man traf sie stattdessen unter vier Augen, in Kneipen, deren Lärm ihren Vergeblichkeitssermon ein wenig dämpfte, und man bezahlte am Ende das Bier.

Ungefähr einmal in der Woche erhielt er eine E-Mail von Birte aus Korea. Meist ging es ums Taekwondo-Training oder um Sachen, die ihr während der Arbeit am Institut passiert waren. Anfangs hatte in ihren Zeilen noch eine gewisse Leidenschaft mitgeschwungen, ein Subtext, der Henry unangenehm war, weshalb er ihn in seinen kurzen Antworten auch konsequent ignorierte. Das hatte nichts mit Birte zu tun, es ging um das Medium, das Henry unpassend fand. Leidenschaftliche Briefe setzten Papier voraus und Tinte, lange Wege und Zeit, die zu vergehen hatte zwischen Sendung und Empfang. Es gab nichts Grauenhafteres als Flüchtigkeitsfehler in elektronischen Liebesbriefen.

Als sie ihn um seine Telefonnummer bat, überlegte er kurz, ihr von Bettina zu erzählen. Er unterließ es und teilte ihr stattdessen seine Handynummer mit, in die er einen Zifferndreher einbaute. Sollte sie nachfragen, warum er nicht erreichbar sei, könnte er es als Versehen deklarieren. Es war eine kleinere Lüge, als ihr eine völlig falsche Nummer zu geben. Birte bedankte sich in der nächsten E-Mail, erwähnte aber nicht, dass die Nummer nicht funktionierte.

Im November rief Henrys Verleger an und erkundigte sich, ob er Interesse an einem neuen Projekt habe. Sie verabredeten sich zum Abendessen in jenem italienischen Restaurant, in das Henry Bettina damals am Tag des offenen Ateliers geführt hatte.

Alle im Verlag seien mehr als zufrieden mit dem Erfolg seines Buches, lobte der Verleger. Die Verkaufszahlen hätten die Prognosen um ein Weites übertroffen, und von der Taschenbuchausgabe, die im Frühjahr erscheine, erwarte man mindestens noch mal so viele verkaufte Einheiten. Er sei deshalb von der kaufmännischen Geschäftsleitung autorisiert worden, Henry ein neues Angebot zu machen, mit einem dreimal so hohen Vorschuss im Vergleich zum letzten Buch.

Henry sagte, dass er etwas Bedenkzeit brauche, worauf der Verleger erwiderte, dass er diesmal bei der Themenwahl völlig freie Hand habe. Natürlich sehe man es im Verlag gern, wenn das neue Buch ein wenig in der Art des alten daherkäme. Warum auch solle man ein erfolgreiches Konzept grundlos über Bord werfen. Aber das sei nur als bescheidener Wunsch zu verstehen, mehr nicht.

Henry sagte, er brauche dennoch Bedenkzeit.

Der Vorschuss, sagte der Verleger und erhob das Glas, der Vorschuss sei eventuell noch verhandelbar. Und zwar nach oben.

»Geben Sie mir zwei Wochen«, sagte Henry.

»Die sollen Sie haben«, sagte der Verleger. Dann stießen sie mit fünfzehn Jahre altem Grappa an.

Drei Wochen nach diesem Treffen – Henry hatte weder sein Versprechen gehalten, sich zu melden, noch sich Gedanken über ein mögliches Thema gemacht – rief der Verleger an, um seine Entscheidung zu erfragen.

Henry saß gerade an einer Kolumne, die er in zwei Stunden per E-Mail rausschicken musste, und er hatte höchstens die Hälfte des Textes fertig.

Und nicht nur, weil er keine Zeit hatte, sich zu rechtfertigen, sondern auch, weil er nicht zugeben wollte, sich nichts überlegt zu haben, sagte er leicht genervt: »Ja.«

»Sie sind also weiterhin an Bord?«

»Genau.«

»Und ein Thema haben Sie bereits?«

»Ja, klar«, sagte Henry, »das wird aber noch nicht verraten.«

»Dann schicke ich Ihnen die Verträge zu, Sie lesen sich alles in Ruhe durch und schicken sie mir unterschrieben zurück, wenn Sie einverstanden sind.«

»Okay«, sagte Henry, erleichtert, dass das Gespräch zu Ende war.

In den Verträgen, die er in der folgenden Woche erhielt, stand statt eines Buchtitels nur »N. N.«. Der Vorschuss sollte exakt dreimal so hoch sein wie der, den er für das erste Buch erhalten hatte. Henry erinnerte sich, dass der Verleger gesagt hatte, es bestehe Verhandlungsspielraum nach oben. Er begann, die Nummer des Verlages zu wählen, legte aber den Hörer auf, nachdem er bereits die Hälfte der Zahlenreihe eingetippt hatte. Stattdessen unterschrieb er die beiden Vertragsexemplare, steckte sie in einen Umschlag und brachte sie sofort zur Post. Danach war ihm, als habe er sich ein großes Problem vom Leib geschafft.

Von der ersten Hälfte des Vorschusses, die unmittelbar nach Vertragsunterzeichnung auf seinem Konto eingehen würde, konnte Henry bequem ein Jahr leben – wenn er sich ein wenig einschränkte, sogar anderthalb bis zwei. Hinzu kamen die Honorare der Lesungen, für die er immer noch gebucht wurde, wenngleich nicht so oft wie noch vor einem halben Jahr. Der eine oder andere Artikel ließ sich nebenbei sicherlich auch noch unterbringen. Diese Überlegungen im Hinterkopf, sprach Henry bei seinem Chef vor und bat um die Freistellung für ein Jahr, um sich auf die Arbeit an seinem zweiten Buch konzentrieren zu können.

Sein Chef reagierte weniger enttäuscht, als Henry insgeheim gehofft hatte. Im Gegenteil. Er sagte, er sei froh, dass Henry von sich aus zu ihm komme, um zu kündigen.

Henry erhob Einspruch und wollte erklären, dass er nicht kündige, sondern eine Auszeit nehme, einen längeren unbezahlten Urlaub, doch sein Chef ließ ihn nicht ausreden.

Wie er ja selbst wisse, gingen seit einiger Zeit sowohl die Verkaufszahlen als auch die Anzahl der Abonnements kontinuierlich zurück, was naturgemäß einen Negativeffekt auf die Werbeerlöse habe. Auch ihre, die Berliner Redaktion habe an diesem Abwärtstrend nichts ändern können, gleichwohl sie dem Blatt enorme *credibility* bei der akademisch gebildeten Zielgruppe bis vierzig eingebracht habe. Das bestätige sogar die Konzernleitung, deren neuem rigiden Sparkurs man nichtsdestotrotz zum Opfer falle. Der langen Rede kurzer Sinn: Bis zum Frühjahr würden sämtliche Feste Freie gekündigt, was die faktische Auflösung der Redaktion bedeute. Lediglich er selbst, als ehemaliger Chefredakteur, behalte seinen Job, müsse sich aber ins Feuilleton des Stammhauses eingliedern lassen.

»Manchmal ist der Kapitalismus eben doch zum Kotzen«, sagte sein Chef. »Lass uns was essen gehen, Henry. – Und du weißt: Solange *ich* was zu sagen habe, werden *deine* Texte weiterhin bei uns erscheinen.«

11.

Toter Mann im Park – Fragen der Mordkommission Pankow
 # 1773

Nach dem Fund einer Männerleiche im Volkspark Friedrichshain vor zwei Wochen laufen die Ermittlungen von Mordkommission und Staatsanwaltschaft auf Hochtouren.
Inzwischen liegen erste Ergebnisse der Obduktion vor. Dabei haben die Rechtsmediziner eine schwere Verletzung in der Herzgegend festgestellt, die einige ungewöhnliche Merkmale aufweist, weshalb noch nicht abschließend geklärt werden konnte, woher sie rührt.
Außerdem ist noch völlig unklar, was sich vor dem Tod des Mannes zugetragen hat. Die Ermittler hoffen, dass weitere Untersuchungen Aufschluss über die Todesursache geben.
Eine Passantin hatte den toten Jogger entdeckt. Die Umstände am Fundort lassen den Ermittlungserkenntnissen zufolge den Schluss zu, dass der Mann vor seinem Tod möglicherweise Opfer eines Überfalls geworden ist. So konnten nach bisherigen Feststellungen weder Papiere oder Geld noch Schlüssel bei dem Toten gefunden werden. Außerdem waren in seine Ohren weiße Kopfhörer gestöpselt, ein Gerät zum Abspielen von Musik konnte allerdings nicht entdeckt werden. Schürfwunden und eine Prellung im Gesicht deuten auf eine Auseinandersetzung im Vorfeld der Tötung hin.
Bislang ist das Opfer noch nicht identifiziert.
Der Mann ist ca. 35 Jahre alt, etwa 1 Meter 80 groß und 90 Kilo-

gramm schwer. Er war bekleidet mit einem türkisfarbenen Jogginganzug der Firma »Adidas« sowie silberfarbenen Laufschuhen.
Im Zusammenhang mit dem Vorfall haben die Ermittler folgende Fragen:
Wer kennt den beschriebenen Mann?
Wo wird ein Mann, auf den diese Beschreibung passt, vermisst?

Der Meldung war ein kleines Foto des Toten angefügt, das auf dreifache Größe anwuchs, nachdem Henry es angeklickt hatte.

Der Tote hatte die Augen geöffnet und die Lippen leicht geschürzt. Sein Gesicht war von einem schwefligen Gelb, und es wirkte leicht verzogen, wie deformiert, was dem Umstand geschuldet schien, dass er liegend fotografiert worden war, vermutlich auf einer Bahre.

Henry sah es sofort: Der Tote war Peter. Und er kannte den lächerlichen Jogginganzug, von dem Peter behauptet hatte, es gebe ihn nur in einer limitierten Auflage. Er hatte ihn während eines Floridaurlaubs mit Cynthia gekauft, vor vier Jahren. Henry erinnerte sich noch sehr gut daran, wie Peter, bekleidet mit dem türkisfarbenen Ungetüm, in der Klinik aufgetaucht war, wo Birte gerade Johanna zur Welt gebracht hatte.

Es war früher Nachmittag, und Henry überlegte, ob er Cynthia anrufen sollte. Oder die Polizei. Er wog das Für und Wider so lange ab, bis es draußen dunkel geworden war. Er beschloss, sich am nächsten Morgen zu entscheiden. Bis dahin hätte ohnehin jemand aus der Kanzlei oder einer seiner anderen Freunde Peter identifiziert. Schließlich wurde er vermisst.

Er ging runter zu dem Imbiss und fragte den Türken, ob

er eine Flasche Raki anschreiben lassen könne. Der Türke musterte ihn abschätzig, obwohl Henry Stammkunde war, und verlangte schließlich seine Armbanduhr als Pfand.

»Hallo, Nachbar!«, sagte Henry, reichte die Uhr über die Theke und nahm die Flasche.

In seiner Wohnung machte er den Schnaps auf und löschte das Licht. Als er das Notebook abschalten wollte, erwachte es aus dem Stand-by-Modus, und auf dem Bildschirm erschien abermals das Foto mit Peters gelbem, totem Gesicht. Er merkte, wie ihm der Mageninhalt in den Hals schoss. Reflexhaft schluckte er und kippte ein Glas Raki hinterher. Dann schaltete er das Gerät aus und zündete sich eine Zigarette an: Die Nacht konnte beginnen.

Ungefähr ein Jahr nach Henrys Vortragswoche in Korea zog Birte nach Berlin. Sie kündigte es per E-Mail an, und Henry, der es leid war, Bettina treu zu bleiben (was er, abgesehen von der einen Mittagspause im Hotel, geschafft hatte, ohne sich anstrengen zu müssen), schrieb zurück, dass sie sich unbedingt bei ihm melden solle. Er werde ihr gern die Stadt zeigen, als Dank, dass sie ihn durch Seoul begleitet habe. Falls sie seine Handynummer noch nicht habe, hier sei sie.

Diesmal schrieb er die korrekte Ziffernfolge auf, und Anfang August rief Birte tatsächlich an und fragte, ob er sie nicht in ihrer neuen Wohnung besuchen wolle. Sie sei erst gestern eingezogen, sagte Birte und nannte die Adresse. Ihre Wohnung lag zehn Fußminuten von seiner entfernt.

»Das ist gleich um die Ecke«, sagte Henry.

»Was *wir* für ein Glück haben«, sagte Birte.

»So gegen acht?«

»Du kannst kommen, wann du willst. Ich bin die ganze Zeit da. Ich muss Kisten ausräumen.«

»Na, dann bring ich eine Flasche Wein mit und helfe dir.«

»Soll ich was kochen?«

»Was Koreanisches?«

»Ich dachte eher an Nudeln oder so was. Was Einfaches.«

»Wir können auch Pizza bestellen«, sagte Henry.

»Ich freu mich.«

»Bis gleich.« Henry klappte sein Handy zu.

Sie hatten seit Seoul nicht mehr miteinander gesprochen, lediglich E-Mails gewechselt, die jedoch zunehmend den Charakter offizieller Bulletins angenommen hatten. Und plötzlich dieses zwanglose Verabredungstelefonat, diese banale Vertrautheit, als würden sie sich jede Woche treffen, als wären sie gute Freunde. Auf diese Art unterhielt sich Henry normalerweise nur mit Bettina, manchmal noch mit seinen Eltern und mit Freunden, die er schon sehr lange kannte. Es war ein Sprechen ohne Vorsicht, ohne die Deckung der Ironie, ohne die Angst, etwas Falsches zu sagen oder etwas falsch zu formulieren. Es war das Gegenteil eines Vorstellungsgespräches, eines Verhörs, und diese Art zu sprechen war im Alltag so selten geworden, dass man sie sofort bemerkte, wenn sie einem unterlief.

Die Semesterferien hatten begonnen, und Bettina weilte gerade in Brno, um eine Installation aufzubauen, die im Rahmen einer deutsch-tschechischen Gruppenausstellung gezeigt werden sollte. Direkt von dort wollte sie auf eine griechische Insel fliegen und drei Wochen in einem Ferienhaus Urlaub machen. Eigentlich hätte Henry sie begleiten sollen, der Ferienaufenthalt sei ein Geschenk für ihn, besser gesagt, für sie beide, für ihre Beziehung, hatte Bettina gesagt.

Da Henry aber nur wenig Lust verspürte, zwanzig Tage am Stück mit Bettina zu verbringen, gefangen in einem Haus, das auf einer Insel stand, schob er die Arbeit an seinem Buch vor, die endlich aufzunehmen auch tatsächlich geboten war. Es kam ihm überhaupt nicht in den Sinn, dass ein gemeinsamer Urlaub auch harmonisch verlaufen könnte. Er hatte vergessen, dass sie die zehn Tage in London blendend miteinander ausgekommen waren.

Bettina sagte, sie verstehe sehr gut, dass die Arbeit Vorrang habe, und lud statt seiner eine Freundin in das Ferienhaus ein.

Die Wohnung befand sich in einem frisch renovierten Altbau, verfügte über zwei große Zimmer mit Stuck an der Decke und einen Balkon, der auf eine Seitenstraße ging. Sie lag in der teuersten Gegend des Stadtbezirks, in der subalterne Parlamentsmitarbeiter wohnten, die Hiwis der Abgeordneten, die Stellvertreter der Stellvertreter von Staatssekretären, Serienschauspieler, Leute, die in der Werbung waren oder irgendwas mit Medien machten, die Besitzer von Steuerberatungskanzleien und C3-Professoren der Sozialwissenschaften.

Einen Block weiter lag die Dachterrassenwohnung von Henrys ehemaligem Chef. Wo andere Häuser einen kleinen Spielplatz im Hof hatten oder einen Garten, besaß dieses einen Parkplatz, auf dem Porsche, S-Klasse-Benze oder Audi-Cabriolets standen. Dieses Viertel war, bei aller Gleichmut, die sich Henry mittlerweile antrainiert hatte, nur schwer zu ertragen. Es mochte an seiner bäuerlichen Herkunft liegen, vielleicht auch an der sozialistischen Schule, durch die er gegangen war, aber diese Leute bereiteten ihm Unbehagen, und das, obwohl er selbst aussah wie einer von ihnen.

Henry lächelte in die Kamera, die über dem Klingelbrett hing, als Birtes Stimme in der Gegensprechanlage fragte, wer dort sei, und sagte: »Ich bin's.«

»Vorderhaus, dritter Stock. Wenn du den Aufzug nehmen willst, musst du auf den Hof.«

»Ich nehm die Treppe.«

Die Wohnung passte nicht zu Birtes Status, die nach Berlin gezogen war, um bei einer gemeinnützigen Stiftung zu arbeiten, die Entwicklungshilfeprojekte in der Dritten Welt initiierte. Es handelte sich abermals um eine Praktikantenstelle, wenngleich eine bezahlte, die Birte bei 38 Stunden Arbeit in der Woche sechshundert Mark im Monat einbringen werde, wie sie erzählte. Sie saßen auf einem cremefarbenen Ledersofa und tranken einen Wodka zur Begrüßung.

»Was kostet die Wohnung denn?«

»Frag bloß nicht«, sagte Birte und winkte ab. »Ich hatte keine Zeit, lange zu suchen, es musste schnell gehen. Vielleicht finde ich demnächst was Billigeres.«

Die Wände waren weiß gestrichen, das Licht war warm, unaufdringlich und dennoch hell genug. Möbel gab es nur wenige, neben dem Ledersofa einen alten Esstisch, ein breites Futonbett aus dunkel gebeiztem Holz, samtbezogene Stühle und eine antike Anrichte. Die eine Wand ihres Wohnzimmers bedeckte ein schlichtes weißes Bücherregal, das zu einem Drittel gefüllt war. Davor standen Umzugskartons mit den restlichen Büchern und eine Klappleiter.

»Sollen wir das Regal einräumen?«, fragte Henry und stellte sein Glas auf dem Esstisch ab.

»Gut. – Ich geh auf die Leiter, und du reichst mir die Bücher hoch.«

»Irgendein Prinzip, nach dem du sie ordnest?«

Sie brauchten zwei Stunden, dann war das Regal bestückt, und die Kartons lagen zusammengefaltet im Flur. Zwischendurch hatten sie Pizza bestellt und ein Sechserpack Bier.

Es war Mitternacht, als sie in der offenen Wohnungstür standen, um sich zu verabschieden.

Henry sagte: »Wenn du willst, nehm ich die Kartons noch mit runter.«

»Brauchst du nicht. – Morgen Abend kommt jemand von der Spedition vorbei und holt alles ab. – Trotzdem: Danke.«

»Na dann«, sagte Henry, trat einen Schritt in den Hausflur und machte das Licht an.

»Es wäre schön, wenn wir uns jetzt öfter sehen könnten.«

»Finde ich auch«, sagte Henry.

Birte kam ebenfalls in den Hausflur. Sie war nur noch wenige Zentimeter von ihm entfernt. »Gibst du mir deine Adresse? – Dann besuche ich dich mal.«

»Ich ruf dich an«, sagte Henry.

»Du wohnst nicht allein, kann das sein?«, sagte Birte und trat in die offene Wohnungstür zurück. Das erste Mal an diesem Abend vibrierte ihre Stimme leicht. Henry, der vergessen hatte, dass sie so klingen konnte, erschrak.

»Doch«, sagte Henry, »das heißt: meistens jedenfalls.«

»Und wenn *nicht*? – Dann zusammen mit einer Frau, oder wie?«

»Mit *Bettina*«, sagte Henry und wunderte sich, wie schnell er in die Defensive geraten war.

»Ich würde sie gern mal treffen«, sagte Birte, »deine *Bettina*.« Ihr Ton war demonstrativ sachlich. »Bring sie beim nächsten Mal einfach mit. – Dann können wir uns einen schönen Abend zu dritt machen.«

»Ich gehe jetzt«, sagte Henry und wandte sich der Treppe zu, »das wird mir zu blöd.« Er hasste es, wenn Menschen sarkastisch wurden. Das waren meist die Grobschlächtigen, für die feinere Ironie Unbegabten. Sarkastische Frauen waren noch schlimmer als sarkastische Männer.

Das Flurlicht ging aus. Henry stieg vier Stufen hinunter, blieb dann noch mal stehen und sah sich um. Birte stand im Licht, das aus ihrer Wohnung fiel. Ihr Gesicht sah irgendwie verzerrt aus, sie hatte rote Flecken auf den Wangen, jegliche Grazie war verloren.

»Tschüss«, sagte Henry, drehte sich um und lief weiter.

»Hau ruhig ab«, rief ihm Birte hinterher.

Am nächsten Morgen klingelte um acht das Telefon. Es war Birte. Sie klang betrübt. Sie stammelte Entschuldigungen in den Hörer. Sie verdächtigte den Wodka, das Bier und den Umzugsstress, ihr Verhalten beeinflusst zu haben. Sie bat Henry, sich am Abend mit ihr zu verabreden, irgendwo draußen auf der Straße, in einem Café.

»Ich hab heut keine Zeit«, sagte Henry, »ich muss am Exposé für mein Buch schreiben.«

»Und morgen?«

»Morgen?«

»Bitte!«

»Na gut, meinetwegen.«

»Das Ganze tut mir echt leid«, sagte Birte, und trotzdem wurde Henry, nachdem sie aufgelegt hatte, das Gefühl nicht los, *er* hätte sich entschuldigen sollen, weil sie insgeheim ihm die Schuld an der gestrigen Szene gab.

Mittags – Henry hatte sich eine Kleinigkeit vom Imbiss geholt und saß damit vor dem Notebook – rief Bettina an, um mitzuteilen, dass sie und ihre Freundin soeben auf der Insel angekommen seien. Henry freute sich, ihre Stimme zu hören, und er sagte ihr das.

»Du wirst es nicht glauben«, sagte Bettina. »Ich hab schon zwei Pastis getrunken.«

»*Ich* ess grad mittag«, sagte Henry.

»Was gibt's denn?«

»Frühlingsrollen, vom Vietnamesen unten.«

»*Wir* grillen heute Abend.«

»Und was?«

»Fisch, Souvlaki, Gemüse. – Wissen wir noch nicht genau. Sieht alles sehr gut aus, was es hier gibt.«

»Ich beneide euch.«

»Warum kommst du nicht einfach her? Wir können verlängern, um eine Woche oder zwei. Platz ist hier für mindestens vier Leute.«

»Ich muss arbeiten. – Du weißt doch. Ich komm einfach nicht voran.«

»Dann nimm deinen Laptop doch einfach mit. Keiner wird dich stören. Du kannst den ganzen Tag arbeiten. Und wenn dir danach ist, gehst du ein bisschen schwimmen. Es sind nur hundert Meter bis zum Strand. Du kannst dich auf die Terrasse setzen zum Arbeiten. Und abends grillen wir dann zusammen und trinken Retsina ...«

»... und Ouzo ...«

»Genau. – Also, was ist? Kommst du?«

»Es geht nicht«, sagte Henry.

»Schade«, sagte Bettina, »überleg es dir noch mal in Ruhe. – Wie gesagt, wir können verlängern.«

»Das wird nichts. Nicht in diesem Jahr.«

»Du fehlst mir«, sagte Bettina.

»Ja«, sagte Henry.

Birte kam in einem weißen, eng geschnittenen Leinenkleid zum vereinbarten Treffen. Sie trug denselben Strohhut, den sie bei ihrer ersten Begegnung in Seoul getragen hatte. Henry bemerkte, während sie auf seinen Tisch zulief, die Sonnenbrille abnahm, lächelte und ihm winkte, dass ihre Oberarme muskulöser geworden waren. Das stand ihr gut.

Überhaupt sah sie heute phänomenal aus, die sonnengebräunte Haut, das schneeweiße Kleid, die kirschrot geschminkten Lippen, das zum Pferdeschwanz gebundene Haar, das im Sonnenlicht schimmerte.

Henry stand auf, als Birte an den Tisch trat. Er umfasste leicht ihre Taille und gab ihr einen Kuss auf die Wange. Sie bestellte einen Weißwein und erzählte, dass am nächsten Montag ihre Arbeit in der Stiftung beginne. Ihre Eltern hätten angeboten, ihr einen Kleinwagen zu kaufen, so wie den Fiat damals beim Studium, einen gepflegten Gebrauchtwagen, und nun überlege sie, ob man in Berlin ein Auto benötige. Zur Arbeit könne sie genauso gut mit der Straßenbahn fahren oder mit dem Fahrrad. Schon in Hamburg sei es immer schwierig gewesen, einen Parkplatz zu finden. Von den Spritkosten mal ganz abgesehen, und eigentlich wolle sie sich auch von den Eltern ein wenig unabhängig machen. Die hätten nicht nur den Umzug bezahlt und einige der neuen bzw. antiken Möbel, sondern würden während ihrer Zeit bei der Stiftung obendrein die Wohnungsmiete übernehmen. Das sei ihr etwas unangenehm. Sie sei jetzt achtundzwanzig Jahre und habe noch nie eigenes Geld verdient, das heißt, noch nie *so* viel, dass es für die Miete gereicht hätte *und* für Strom *und* für Klamotten *und* fürs Essen. Sie könne sich überhaupt nicht vorstellen, wie das andere handhabten. Die, die ohne ihre Eltern auskommen müssten. Sie stelle sich das furchtbar vor, furchtbar anstrengend.

Birte erzählte mit ruhiger, gleichmäßiger Stimme. Henry, zurückgelehnt auf seinem Stuhl, nippte am Gin Tonic und rauchte ohne Hast Zigaretten. Einmal hatte Birtes Stimme so dunkel geklungen, so samtig, dass Henry ein Schauer über den Rücken gelaufen war. Er konnte die Gänsehaut auf seinem Unterarm sehen, die hochstehenden Härchen.

»Und übrigens«, sagte Birte und trank einen Schluck

Wein, zog an ihrer Zigarette, nahm die Sonnenbrille vom Tisch und setzte sie sich auf die Nase, »das neulich Nacht …«

»Lass uns nicht mehr darüber reden, okay?«, sagte Henry.

»Okay«, sagte Birte und setzte die Sonnenbrille wieder ab.

12.

Man konnte ja nicht sagen, dass Henry ein kleines Licht war, ein Niemand. Natürlich hatte er seine feste Stelle verloren, aber – da gab Henry seinem Chef im Nachhinein recht –, er hatte schließlich selbst darum gebeten, entlassen zu werden, wenn auch nur befristet.

Würde sein zweites Buch annähernd so erfolgreich werden wie das erste, standen ihm eine Menge weiterer Optionen offen. Er konnte sich vorstellen, beim Film zu arbeiten, Drehbücher zu schreiben, oder beim Fernsehen, in einer zeitgeschichtlichen Redaktion, wofür er als studierter Historiker bestens qualifiziert war. Zur Not sogar in der Werbung, als Texter vielleicht. Seine Kolumnen und das Buch sollten als Referenzen genügen.

Henry *hatte* es doch schon geschafft, weshalb nur beschlich ihn in letzter Zeit wieder dieses Gefühl, das er bereits aus seiner Studienzeit kannte. Er hatte damals, mit einem Kommilitonen zusammen, eine Wohnung mieten wollen. Sie saßen im Büro des Vermieters, der ihnen erklärte, dass er einen Einkommensnachweis benötige, bzw. eine Bürgschaft der Eltern, um den Vertrag vorzubereiten. Sie sollten ihm die entsprechenden Dokumente mit der Post schicken, er werde sie dann in zwei Wochen zur Unterzeichnung erwarten.

Henry besaß kein festes Einkommen und wagte nicht, seine Eltern zu fragen, ob sie für ihn bürgten. Zwei Wochen schlich er durch die Gegend, ebenso unfähig, sich auf das Studium zu konzentrieren, wie dafür, eine Lösung für das

Problem zu finden. Er konnte nachts nicht einschlafen und hatte morgens keine Lust aufzustehen, bis sich die Sache einfach dadurch löste, dass die Eltern des Kommilitonen die Bürgschaft übernahmen.

Und ein ganz ähnliches Gefühl befiel Henry an einem trüben Februarsonnabend, als er vor einer zweistöckigen, elfenbeinfarbenen Villa aus dem Taxi stieg. Die Villa war im amerikanischen Landhausstil gehalten und stand auf einem kleinen Hügel, inmitten eines Gartens von Parkausmaß.

Henry hielt den Atem an: Es war still hier draußen, das Geräusch des Taximotors klang wie gedämpft, was an der grauen, tief hängenden Wolkendecke lag und an der zwei Zentimeter hohen Schneedecke, mit der die Landschaft überzogen war. Noch immer fielen einzelne Flocken, am Horizont, wo das Wasser sein musste, von dem Birte erzählt hatte, stieg ein Krähenschwarm auf.

Henry nahm die beiden Reisetaschen aus dem Kofferraum und stellte sie auf die Straße. Dann sah er abermals zum Haus hinüber, wo gerade ein hochgewachsener, weißhaariger Mann aus der Verandatür trat.

Der Mann ließ den Blick über seinen Garten schweifen und winkte dann herüber. Und genau in diesem Moment übermannte Henry das komische Gefühl, und es verhinderte, dass er zurückwinkte, und ließ ihm stattdessen die bleischweren Arme reglos vom Körper hängen.

Das Taxi fuhr ab, und Birte, die die Rechnung bezahlt hatte, trat von hinten an Henry heran. Sie legte ihm die Hand auf die Schulter und schrie in Richtung Haus: »Papa, huhu. – Wir kommen hoch.« Sie winkte, und ihr Vater auf der Veranda winkte zurück.

Birte durchschritt das schmiedeeiserne Gartentor und

lief, an einer frei stehenden, massiven Garage vorbei, Richtung Veranda, zu der ein schmaler, vom Schnee geräumter Weg hochführte. Henry nahm die Reisetaschen und folgte ihr. Einmal blieb Birte kurz stehen, drehte sich um und lächelte ihm zu. Sie sah zufrieden aus und gesund. Ihr Gesicht war voller geworden in den letzten Monaten, runder, was ihr gut stand, wie Henry fand. Sie hatte ein wenig von der antrainierten Muskelmasse abgebaut, seit sie nicht mehr zum Taekwondo ging, vor allem an den Oberarmen und an den Schenkeln, dafür waren ihre Brüste größer geworden. Unter ihrem fersenlangen Wollmantel zeichnete sich deutlich die kleine Kugel ihres Bauches ab. Auch das stand ihr gut. Seit einer Woche wussten sie, der Embryo, der dort seit fünf Monaten wuchs, würde ein Mädchen werden. Auf der Zugfahrt hatten sie sich Namen überlegt, spaßeshalber, so wie sie es in letzter Zeit oft machten.

Die letzten Meter vor dem Haus kam ihnen Birtes Vater entgegen. Er trug eine karierte Strickjacke über einem hellblauen Hemd, eine dunkle Bundfaltenhose und Hausschuhe aus Leder. Er umarmte seine Tochter, Henry nickte er zu, dann legte er den Arm um Birtes Schulter und führte sie ins Haus. Er war einen Kopf größer als sie und, da Birte und Henry fast gleich groß waren, auch einen Kopf größer als Henry.

Henry stellte die Taschen auf dem Weg ab, kramte eine Zigarette hervor und begann zu rauchen.

Er dachte an Bettina, die wahrscheinlich nicht weit von hier entfernt in der Hamburger Innenstadt wohnte. Er kannte ihre genaue Anschrift nicht, wusste nur, dass sie eine kleine Wohnung in Hochschulnähe gefunden hatte. Nur drei Wochen nach dem Ende ihres Griechenlandurlaubs war sie dorthin gezogen, einen Monat vor Beginn des neuen Semesters.

Braun gebrannt und erholt war Bettina vom Mittelmeer zurückgekommen. Henry hatte sie vom Flughafen abgeholt, er war zerstreut, angefressen von dem Gedanken, ihr die Wahrheit sagen zu müssen: dass er seit fast drei Wochen Birte traf und auch in Zukunft lieber mit ihr zusammen sein wolle, da die Beziehung mit Bettina schon seit Langem stagniere, nicht zuletzt ihrer ständigen Abwesenheit wegen. Letzteres war eine Hypothese, die es ihm erleichtern sollte, den harten Schnitt zu setzen. Es war nicht so, dass ihn Birte drängte, eine Entscheidung zu ihren Gunsten zu fällen. Doch sie kam immer wieder mit diesen sarkastisch eifersüchtigen Spitzen, und obwohl sie dabei nie wieder so aus der Fassung geraten war wie beim ersten Mal, machte es sie jedes Mal aufs Neue hässlich und ihre Stimme schrill, und Henry ließ es zweifeln, ob Birte tatsächlich die richtige Wahl war. Dem wollte er ein Ende bereiten.

Sie fuhren mit dem Taxi vom Flughafen in die Stadt, und Henry überlegte, wann der beste Zeitpunkt sei, mit der Sprache herauszurücken, wann Bettina am wenigsten gekränkt und der Schmerz am geringsten sei, den er ihr zufügen musste.

Er hatte ein kleines Essen vorbereitet, einen grünen Salat, über den er das Dressing goss, nachdem sie zu Hause angekommen waren, einen Auflauf aus Auberginen, Hackfleisch, Tomaten, den er in den Ofen schob. Er goss Bettina ein Glas Wein ein, und sie gab ihm seine Geschenke: einen kleinen Kanister Olivenöl, eine Flasche Ouzo, fein gemahlenes griechisches Mokkapulver. Es war ein schlechter Zeitpunkt, mit dem herauszurücken, was er für die Wahrheit hielt.

Das traute er sich erst Stunden später, als sie auf dem Balkon saßen und rauchten. In der Küche standen drei leere Weißweinflaschen, und auch ein Drittel des Ouzos fehlte bereits. Henry merkte, dass er endlich betrunken genug war, und er hoffte, Bettina sei es auch. Er zündete sich eine Zigarette an und sagte, dass er dringend mit ihr reden müsse. Die Sache vertrage keinen Aufschub.

Bettina hörte augenblicklich zu lächeln auf. Sie sah ihn an, und Henry merkte, dass da keine Furcht in ihrem Blick lag. Er hätte gern einen weiteren Ouzo getrunken, und er hätte gern gesagt: Ach, vergiss es. Aber Bettina sah ihn weiter an, unverwandt, während die Sekunden verstrichen und ihr Blick härter wurde und die Augen schmaler und sie endlich sagte: »Na los, komm schon, sag mir, was sich da nicht aufschieben lässt.«

Sie war bei Weitem nicht so betrunken, wie Henry gehofft hatte. Und das, was er in der folgenden Minute bot, war an Erbärmlichkeit nur schwer zu übertreffen, war mies in Form und Inhalt.

Er lallte, er stotterte, er zerrte sich all die auswendig gelernten Ausflüchte aus dem Gedächtnis, die nur einen Zweck hatten: die Schuld am Ende der Beziehung Bettina in die Schuhe zu schieben. Kein Wort von Birte, von Überdruss, von Langeweile. Es war der klägliche Versuch, den Betrug, der schon passiert war, im Nachhinein zu objektivieren.

Als Bettina schließlich türenschlagend die Wohnung verlassen hatte, kam sich Henry vor wie einer der pubertierenden Waschlappen aus den Vorabendserien. Er überlegte, Bettina hinterherzulaufen, sie zu beruhigen. Aber wie? Was konnte er ihr anbieten zum Trost, als Ersatz? Er setzte sich stattdessen in die Küche und trank den Ouzo aus.

Danach redeten sie noch ein einziges Mal am Telefon, bevor Bettina nach Hamburg ging. Das Gespräch betraf ihren Umzug. Sie wollte nicht, dass Henry in der Wohnung war, wenn sie ihre Sachen holte. Henry sagte, er finde es schade, dass das Ganze auf diese Art zu Ende gehe. Bettina am anderen Ende der Leitung schluchzte kurz, bevor sie mit fester Stimme sagte, so sei das nun mal.

Der Krähenschwarm kam vom Wasser herübergeflogen und ließ sich auf dem Nachbargrundstück nieder. Die Vögel stießen heisere, krächzende Laute aus. Henry warf die Zigarettenkippe in den Schnee und nahm die Taschen wieder auf.

An der Verandatür stand Birtes Mutter, eine kleine, schlanke Frau mit Kurzhaarfrisur, die einen schwarzen Hausanzug mit fernöstlichen Applikationen trug. Sie schien auf ihn gewartet zu haben, sie sagte: »Herzlich willkommen in unserem Haus.«

Henry stellte die Taschen ab und dankte ihr, dann gaben sie sich die Hand.

»Soll ich Ihnen was verraten?« Sie sah Henry erwartungsvoll an, wie ein aufgeregtes Kind.

Henry musste lachen. »Ja, bitte.«

»Ich habe mir sofort Ihr Buch besorgt, nachdem Birte uns von Ihnen erzählt hat. – Dass Sie beide ein Paar sind.«

»Ah.«

»Und wissen Sie was, es hat mir ganz ausgezeichnet gefallen. Wir in Korea haben ja ganz ähnliche Probleme, immer noch, da gibt es viele Parallelen.« Sie sprach ein nahezu akzentfreies Deutsch.

»Danke«, sagte Henry, »deswegen war ich seinerzeit auch in Seoul, wo ich Birte am Goethe-Institut getroffen habe.«

»Ich weiß, ich weiß«, sagte Birtes Mutter und tätschelte Henry den Ellbogen.

»Darf ich Ihnen auch ein Kompliment machen?«

»Ich höre?« Sie strahlte ihn an.

»Sie sprechen ausgezeichnet Deutsch.«

»Das höre ich oft. – Ich habe schon sehr früh mit dem Unterricht angefangen, in der Schule, in Korea, als ich noch ein kleines Kind war.«

»Ach so.«

»Ich bin schon gespannt auf Ihr nächstes Buch. Birte hat uns verraten, dass Sie daran schreiben. – Wissen Sie, seit ich keinen Unterricht mehr gebe, habe ich sehr viel Zeit zum Lesen. Und für den Garten. Erst recht, seit Birte aus dem Haus ist. – Haben *Sie* Geschwister?«

»Nein, leider nicht.«

»Birte ist auch ein Einzelkind. Damals wollten wir kein zweites, aber im Nachhinein ... Vielleicht bekommt ja die Kleine noch ein Geschwisterchen. Irgendwann. – Ach, ich freue mich so. Ich bin so aufgeregt, als wäre es mein eigenes.«

»Ehrlich gesagt, hab ich auch ein bisschen Angst«, sagte Henry.

»Die brauchen Sie nicht zu haben. – Kommen Sie, ich zeige Ihnen das Gästezimmer. Sie sind erschöpft von der Fahrt, und ich rede auf Sie ein wie ein Wasserfall.«

»Wo ist denn Birte?«, sagte Henry und nahm die Taschen wieder auf.

»Die hockt bestimmt mit ihrem Vater zusammen. Sie haben sich seit Weihnachten nicht gesehen und müssen sich wahrscheinlich viel erzählen.« Dann dämpfte sie die Stimme und sagte fast im Flüsterton: »Die beiden haben ein ganz besonderes Verhältnis, müssen Sie wissen. Schon immer.«

Vom Gästezimmer aus, das in der zweiten Etage des Hauses lag, konnte man die Elbe sehen, die breit und schwarz dahinfloss. Von Zeit zu Zeit fuhren riesige Containerschiffe vorbei. Das Zimmer besaß ein eigenes Bad und eine große

Flügeltür, durch die man auf eine überdachte Terrasse gelangte. Hier stand Henry zig Male am Tag, rauchte und sah auf das winterliche Wasser hinab. Birte war meist mit ihrem Vater unterwegs, der sich eigens Urlaub genommen hatte für die Zeit ihres Aufenthalts. Sie fuhren nach Hamburg, gingen in Museen und aßen in Restaurants zu Mittag. Sie machten einen Tagesausflug nach Lübeck, wo sie das Günter-Grass-Museum besichtigten. Von der Seehundstation in Friedrichskoog brachte Birte einen Seehund aus Plüsch mit, einen weiteren Tag lang durchstreifte sie mit ihren Eltern die Kinderboutiquen der Innenstadt und kam mit einem Dutzend gefüllter Tüten zurück.

Henry lehnte mit Hinweis auf seine Arbeit stets dankend ab, wenn er gefragt wurde, ob er mitkommen wolle, und er hatte den Eindruck, dass dies vor allem Birtes Vater nicht unrecht war. Auch Birtes Mutter fuhr nach dem Frühstück mit ihrem eigenen Kleinwagen fort, um Besorgungen zu machen oder sich mit Freundinnen zu treffen, entweder in der Hamburger City oder in einem der voluminösen Häuser des Vorortes.

Wenn dann endlich Ruhe eingekehrt war, machte sich Henry einen Espresso, ging damit nach oben und setzte sich an den Biedermeiersekretär, der dort stand. Er klappte sein Notebook auf und öffnete das Textdokument, das den Namen »Zweites Buch« trug. Dann trat er mit dem Espresso auf die Terrasse, rauchte ein, zwei Zigaretten, und wenn er wieder ins Zimmer kam, war das Notebook schon in den Ruhezustand gefallen, der Bildschirm schwarz, und Henry ging nach unten und setzte sich vor den Fernseher.

Gegen halb elf kam die Haushälterin vorbei, mit der Henry manchmal ein kleines Schwätzchen hielt, bevor er den Mantel anzog und spazieren ging, den Uferweg entlang bis zum Fähranleger, weiter zum Jachthafen, wo die Segelboote gut verpackt auf den Sommer warteten.

Abends nach dem gemeinsamen Essen, das stets Birtes Mutter kochte, setzte sich Birtes Vater in jenen Teil des Erdgeschosses, wo sich neben einem offenen Kamin, einem riesigen Fernseher, einer Musikanlage und Regalen mit Schallplatten und CDs eine Sitzecke aus nachgemachten Le-Corbusier-Möbeln befand, von denen Birtes Vater behauptete, sie seien echt. Er stellte sein Rotweinglas auf einem von vier nachgemachten Eileen-Gray-Tischen ab und saß dann einfach da und starrte vor sich hin. Manchmal blätterte er in einem politischen Wochenmagazin, manchmal ging er nach draußen, um ein paar Züge von einem Zigarillo zu rauchen. Oder er stand am Kamin und stocherte mit dem Schürhaken in der Glut oder legte frische Scheite nach. Manchmal setzte sich Birte dazu und schaltete den Fernseher ein, manchmal unterhielt sie sich mit ihrem Vater.

Henry drückte sich, so lange wie möglich, bei Birtes Mutter in der Küche herum. Er ging ihr ein wenig zur Hand, sie plauderten miteinander. Aber irgendwann sagte sie dann doch: »Kommen Sie, Henry, und nehmen Sie Ihr Glas bitte mit. Wir setzen uns rüber zur Familie, da ist es gemütlicher.«

Henry schien es, als wolle sich Birtes Vater ständig mit ihm messen. Das begann beim Scrabble, das Birte eines unglückseligen Abends aus dem Keller geholt hatte, um das drückende Schweigen zu brechen, das aus dem Nichts die Sitzecke erfasst hatte. Das setzte sich fort, ging es um politisches Wissen oder Weinkennerschaft oder um die absurde Frage, ob Zigarillos stärker seien als Zigaretten. Henry war das egal, Birtes Vater anscheinend nicht.

Auf der anderen Seite behandelte er Henry wie einen

Unmündigen, fragte, wann immer sich die Gelegenheit ergab und weder Birte noch ihre Mutter in Hörweite waren, nach seiner beruflichen Situation im Allgemeinen und den Finanzen im Speziellen. Birtes Mutter schien, anders als ihre Tochter, die leichte Spannung zwischen ihnen wahrzunehmen. Sie versuchte, unauffällig zu vermitteln, sagte etwa: »Irgendwann musst du auch mal Henrys Buch lesen, Richard. Das ist ganz ausgezeichnet.«

»Ich lese nur Fachbücher«, sagte Birtes Vater dann schroff. »Ich kann es mir nicht leisten, mich mit Romanen zu beschäftigen. Das überlasse ich lieber meiner Frau.«

»Das ist kein Roman«, sagte Henry, »eher ein Essay.«

»Dafür habe ich *noch* weniger Zeit, das bin ich schon meinen Patienten schuldig. Bei mir geht es nicht um Trallala und Firlefanz, sondern um Leben und Tod.«

»Jetzt übertreibst du aber, Richard«, sagte Birtes Mutter.

»Mag sein.«

»Du könntest ja mit ein paar von Henrys Kolumnen beginnen, Papa, wenn du was von ihm lesen willst. Die aus der Zeitung, von denen ich dir erzählt hab.«

»Das fehlte noch«, sagte Birtes Vater, »ausgerechnet in diesem reaktionären Schmierblatt, das ich schon als Student gehasst habe.«

»Mensch, Papa!«, sagte Birte.

»Wieso? Wie meinen Sie das?«, fragte Henry. »*Sie* sind gerade der Richtige, mich als reaktionär zu bezeichnen.«

»Ruhig, Kinder, ruhig«, sagte Birtes Mutter dann immer und hielt die Rotweinflasche hoch, um nachzuschenken.

Als die Besuchswoche vorüber war, machte Henry drei Kreuze.

13.

Eine Woche nach Bettinas Auszug war es passiert, in einer Nacht, die auf einen warmen Spätsommertag folgte.

Wenigstens behauptete Birte das. Henry dagegen hatte keine Ahnung, wann genau das Kind gezeugt worden war. Er glaubte nicht an Birtes Instinkte, aber um des lieben Friedens willen akzeptierte er den von ihr ausgemachten Termin.

Sie hatten einen Sonntagsausflug nach Potsdam unternommen, waren durch die Schlösser und Parks spaziert, an Seeufern entlanggelaufen und zum Mittagessen in ein Restaurant des Holländischen Viertels eingekehrt.

Während der Rückfahrt am späten Nachmittag, sie saßen in der S-Bahn, zog sich der Himmel zu, und als sie am Alexanderplatz ausstiegen und die dreihundert Meter bis zur Straßenbahnhaltestelle liefen, goss es bereits in Strömen. Es war dunkel wie in der Nacht. Nass bis auf die Haut, erreichten sie das Wartehäuschen der Straßenbahn, sie stiegen, als die Bahn endlich kam, in den fast leeren Waggon, dessen kaltblaues Deckenlicht angeschaltet war. Birte klammerte sich an eine Haltestange, die nassen Haare hingen ihr ins Gesicht, das Kleid klebte ihr am Körper, und wenn sie Henry anstrahlte, sah sie aus, als wäre sie einem Nouvelle-Vague-Film entstiegen.

Noch in der Straßenbahn gab Henry den Plan auf, die Nacht arbeitend in seiner Wohnung zu verbringen, die seit Bettinas Auszug so gut wie leer war. Fast alle Möbel hatten ihr gehört, und so waren Henry nur sein alter Stasi-Schreibtisch geblieben und ein paar Bücherregale.

Bei Birte hingegen war es warm, hell und aufgeräumt, das indirekte Licht fiel weich in die Räume. Ihre Wohnung war auf sorgfältige, fast penible Art mit Blumenvasen und Fotos dekoriert, mit gerahmten Bildern, kleinen Souvenirs und Nippes, was ihr etwas Gemütliches gab, etwas Heimisches. Etwas, für das Bettina mit ihrem Pragmatismus nie ein Gespür haben würde, weshalb sich die Wohnräume, die Bettina einrichtete, lediglich in Deckenhöhe und kleinerer Grundfläche von Ateliers oder von Werkhallen unterschieden.

Oben angekommen, reichte Birte Henry ein Handtuch, das nach Lavendel roch, und sagte, er solle es sich gemütlich machen. Sie würde nur schnell eine heiße Dusche nehmen, um sich nicht schon im ersten Arbeitsmonat krankmelden zu müssen.

Henry trocknete sich Gesicht und Haare ab, zog sein Hemd aus. Im Bad rauschte das Wasser. Er ging in die Küche, entkorkte eine Flasche Weißwein und begab sich mit dem gefüllten Glas auf den Balkon, um eine Zigarette zu rauchen.

Der Regen hatte aufgehört, und die Menschen traten aus den Häusern, um in der frischen, duftenden Luft einen Spaziergang zu machen oder in einem Straßencafé ein Glas Bier zu trinken, all die Steuerberater, Ministerialbeamten und Eventmanager.

Als Birte aus dem Bad kam, hatte sie die Haare zu einem Dutt hochgesteckt. Sie trug ein seidenes Unterkleid, das nur knapp ihre Oberschenkel bedeckte. Henry beobachtete eine Weile, wie sie sich im Wohnzimmer bewegte. Dann warf er die Kippe über die Balkonbrüstung und ging wieder ins Zimmer. Er setzte sich aufs Sofa und betrachtete Birte, wie sie hier etwas nahm, da eine Schublade aufzog, dort etwas zurechtrückte, wie sie das Zimmer verließ und wieder hereinkam. Ihre Bewegungen waren weich, ein wenig langsamer als gewöhnlich, ihre Haut glänzte matt vom Kokosöl, mit dem sie sich eingerieben hatte.

Dann nahm Birte eine CD aus dem Regal und beugte sich zur Musikanlage hinunter, um sie in den Player zu legen. Dabei rutschte ihr das Unterkleid hoch: Henry sah ihren Po und ihre Schamlippen, die glatt waren und weich aussahen und genauso glänzten vom Öl wie der Rest des Körpers.

Er stand auf, ging zu ihr hinüber und fuhr mit der Rückseite seines Zeigefingers vorsichtig über die Schamlippen. In diesem Moment ging die Musik los, ein langsamer, scheppernder Folksong, in dem eine raue Frauenstimme von nächtlichen Städten sang. Birte verblieb in der vorgebeugten Haltung. Ihr Becken begann sich im Rhythmus der Musik zu bewegen, ihr Geschlecht drängte gegen Henrys Finger. Henry legte sein Gesicht an ihren Nacken, er tastete nach ihren Brüsten, er rieb die Brustwarzen zwischen Daumen und Zeigefinger. Birte richtete sich ein wenig auf und zerrte an seinem Gürtel.

Eine halbe Stunde später lag Henry rücklings auf dem Bett, und Birte saß auf ihm drauf, das Gesicht seinen Füßen zugewandt. Sie hob und senkte das Becken. Sie stöhnte, und Henry versuchte, sich im Rhythmus ihres Stöhnens zu bewegen, tiefer hineinzugelangen, sodass er es endlich zu Ende gehen lassen konnte. Immer wenn Birtes Po auf seinem Bauch aufschlug, gab es ein klatschendes Geräusch, und eine Welle der Erschütterung ging durch ihr Fleisch. Er griff nach Birtes Hüften. Er wünschte sich, sie wäre etwas leiser. Er dachte, was die Nachbarn wohl denken mochten.

Birte bewegte sich schneller, ihr Atem wurde flacher und gleichzeitig lauter. Henry wusste: Das Ende stand unmittelbar bevor. Er hörte auf, sich zu konzentrieren, er ließ raus, was raus sollte, Birtes Keuchen endete in einem unterdrückten Schrei. Sie wurde weit und ließ ihn los.

So war es in der Nacht gewesen, in der angeblich Johanna gezeugt wurde.

14.

An einem Oktobertag – Henry saß über seinem Exposé und kam nicht voran – rief Birte ihn aus der Stiftung an, um ihm mitzuteilen, dass sie ihre Tage nicht bekommen habe. Sie sei schon eine komplette Woche überfällig. Außerdem habe sie am Vorabend im Supermarkt eine alte Schulfreundin getroffen, die keine zweihundert Meter entfernt von ihr wohne und – was das Beste sei –: die ihren langjährigen Freund geheiratet habe. Das finde sie unglaublich romantisch.

»Was genau«, fragte Henry, »das mit den zweihundert Metern oder dass du deine Tage nicht gekriegt hast?«

»*Dir* erzähl ich nichts mehr«, sagte Birte beleidigt.

»Hast du die Pille vergessen?«

»Wie kommst du darauf, dass ich die Pille *nehme*? Ich habe *nie* gesagt, dass ich die Pille nehme.«

»Nein, hast du nicht, aber du hast auch gesagt, dass ich mir keine Gedanken zu machen brauche. Du hast wörtlich gesagt: Lass das meine Sorge sein, als ich dich gefragt hab von wegen Verhütung. – Erinnerst du dich?«

»Ja, ja, ich weiß. – Aber du hättest ohne Weiteres Kondome benutzen können, wenn du mir nicht glaubst. *Ich* hätte dich bestimmt nicht daran gehindert. – Warum müssen sich immer die Frauen darum kümmern.«

»Also komm, ich dachte doch ...«, sagte Henry. »Du hattest doch selber gesagt, dass ...«

»Ist ja gut«, unterbrach ihn Birte, »jetzt krieg dich mal wieder ein. Noch ist gar nicht *entschieden*, ob ich schwanger bin.«

»Und falls doch?«

»Was erwartest du?«

»Ich ... ich hab keine Ahnung«, sagte Henry.

»Ich würde jedenfalls eine *gute* Mutter sein«, sagte Birte bestimmt, »und das Kind zur Not auch ohne Vater großkriegen. Von daher gilt immer noch, was ich damals angeblich gesagt haben soll: Du *brauchst* dir keine Gedanken zu machen.«

Henry sagte nichts. Und auch Birte schwieg für ein paar Sekunden. Dann sagte sie: »Hallo, bist du noch dran?«

»Du hast es darauf angelegt, stimmt's?«, fragte Henry. »Du wolltest eigentlich ein Kind, das heißt: Du willst immer noch eines.«

»Na und? – Und wenn schon? Ich bin fast dreißig. Kinder zu kriegen wird nicht unbedingt einfacher, je älter man wird.«

»Noch mal zur Vergewisserung: Gedanken brauch ich mir keine zu machen, aber zahlen müsste ich trotzdem, Unterhalt und so weiter?«

»Das regeln die Gesetze«, sagte Birte, »dafür gibt's eindeutige Bestimmungen.«

»Na, Prost Mahlzeit.«

»Ich muss jetzt Schluss machen«, sagte Birte, »meine Chefin kommt gerade rein.«

Drei Tage hörte Henry nichts von Birte, am vierten kaufte er einen Schwangerschaftstest. Die Apothekerin verneinte seine Frage, ob sie den Test als Geschenk einwickeln könne, aber sie gratulierte ihm und beschrieb ihm den Weg zum nächsten Schreibwarenladen. Am Abend machte sich Henry mit einer Flasche Champagner, einem Blumenstrauß und dem in Weihnachtspapier eingeschlagenen Schwangerschaftstest auf den Weg zu Birtes Wohnung.

Er lächelte in die Kamera, nachdem er die Klingel gedrückt hatte.

»Ich hab dich vermisst«, flüsterte Birte durch die Gegensprechanlage und drückte den Türöffner.

Leider war sie nicht allein in der Wohnung, und leider konnte Henry ihre beiden Gäste vom ersten Moment an nicht leiden, weder sie noch ihn, weder Cynthia noch Peter. Birte hätte ihn warnen sollen, als er unten an der Haustür gestanden hatte.

Und sie hätte nicht darauf bestehen sollen, das vermeintliche Geschenk im Beisein von Cynthia und Peter auszupacken. Henry versuchte, sie davon abzuhalten, vermutlich nicht energisch genug, aber immerhin so lange, bis Birtes widersprechende Stimme leicht zu zittern begann. Dann gab er auf und reichte ihr das Päckchen. Die Spannung war jetzt unangemessen groß, Cynthia und Peter starrten das Päckchen an und erwarteten wer weiß was für eine große Sache darin. Birte nahm es hoch, setzte einen konzentrierten Gesichtsausdruck auf und schüttelte es leicht. Man hörte es klappern.

»Es ist sehr persönlich«, sagte Henry zu Birte, »du solltest es wirklich erst nachher aufmachen, wenn du alleine bist.«

»Sei doch kein Spielverderber«, sagte Birte, »erst spannst du uns auf die Folter, und dann willst du kneifen.«

»Mach doch, was du willst«, sagte Henry und ging in die Küche, um den Champagner ins Tiefkühlfach zu legen. Er fand eine offene Flasche Prosecco und goss sich ein Glas ein. Als er ins Wohnzimmer zurückkam, knüllte Birte gerade das Weihnachtspapier zusammen und hielt ihren Freunden den Schwangerschaftstest entgegen.

»Süß«, sagte Cynthia.

»Das ist wirklich wahnsinnig nett von dir«, sagte Birte.

»Und ich werde Patentante«, sagte Cynthia, stand vom Sofa auf, ging zu Birte, die im Sessel saß, und gab ihr einen Kuss auf den Scheitel.

»Vielleicht solltest du ihn erst mal ausprobieren, bevor wir anfangen, die Rollen zu verteilen«, sagte Henry und zeigte auf den Test, den Birte noch immer in der Hand hielt.

»Da ich der Vater nicht mehr werden kann, mach ich den passenden Onkel zur Tante«, sagte Peter lachend. Cynthia lachte ebenfalls.

»Ich habe schon vor zwei Tagen einen Test gemacht«, sagte Birte zu Henry, »und der war positiv. Und gestern noch einen, von einer anderen Firma, und der war gleichfalls positiv.«

»Aber probier besser diesen hier auch noch aus«, sagte Peter, »aller guten Dinge sind drei.«

»Sicher ist sicher«, sagte Cynthia.

»Okay«, sagte Birte, »für Henry, damit er sich mit eigenen Augen überzeugen kann.« Sie ging ins Bad, Peter und Cynthia schwiegen, Henry hielt sich an seinem Glas fest. Man konnte deutlich hören, wie Birte in die Kloschüssel pinkelte.

»Wollt ihr Champagner?«, fragte Henry laut und stand auf. »Der müsste jetzt die richtige Temperatur haben.«

»Immer her damit«, sagte Peter, und Cynthia sagte: »Da sag ich nicht Nein.«

Henry ging in die Küche, schenkte vier Gläser voll und stellte sie auf eines von Birtes Silbertabletts, die von ihrer Großmutter stammten. Dann rauchte er am offenen Küchenfenster eine halbe Zigarette und ging anschließend mit dem Tablett ins Wohnzimmer zurück. Birte hatte wieder im Sessel Platz genommen. Sie hielt etwas in der Hand, das aussah wie ein Plastikthermometer, und schüttelte es alle paar Sekunden, so wie man früher Polaroidfotos geschüttelt hatte, um ihre Entwicklung zu beschleunigen.

Henry verteilte die Gläser.

Birte sagte: »Ich darf doch jetzt nicht mehr.«

»Klar darfst du noch«, sagte Cynthia, »Champagner läuft unter Medizin.«

»Also«, sagte Peter und hob sein Glas, »auf die werdende Mutter und das Kind. Und natürlich auf den Vater: Treffer versenkt!«

»Hier«, sagte Birte, »man kann ihn deutlich sehen.«

»Und er wird dicker?«, sagte Cynthia.

»Was wird dicker«, fragte Henry und versuchte über Birtes Schulter einen Blick auf das Thermometerding zu werfen.

»Der Strich«, sagte Birte, »der Strich, der besagt, dass ich schwanger bin.«

»Dann steht's jetzt also drei zu null für schwanger«, sagte Peter.

Innerhalb von nur einer Woche hatte sich Henry an den Gedanken gewöhnt, Vater zu werden. Er fand ihn nicht mehr schlimm, und je intensiver er sich einzelne Situationen ausmalte, in denen er und sein künftiger Sohn vorkamen, desto reizvoller fand er die Sache sogar.

Diese Tagträume halfen ihm außerdem, die kleinen Ängste zu verdrängen, die nun regelmäßig in ihm aufstiegen und die sich um Geld drehten, um Verantwortung, die man nicht wollte, und um Freiheit, die man verlor, Gedanken, die sich um sein zweites Buch drehten, mit dem er nicht von der Stelle kam, und um Birtes Stimme, wenn sie hektisch wurde und schrill.

Aber ansonsten: Was sollte ihm schon passieren?

15.

Weihnachten fuhr Birte zu ihren Eltern. Henry, der auch eingeladen war, ließ sich entschuldigen. Er verbringe traditionell das Weihnachtsfest bei seinen Eltern in der Uckermark. Dabei hatte sich diese Tradition nur herausgebildet, weil Henry nicht wusste, wo er die verdammten Feiertage sonst verbringen sollte.

Am Vormittag des 24. Dezember ging er in das Kaufhaus am Alexanderplatz, um Geschenke zu besorgen. In den vorangegangenen Jahren hatte er es mit einem Fotoapparat versucht, mit einem Notebook, mit einem Handy. Aber von allen technischen Geräten, die er seinen Eltern mitgebracht hatte, benutzten sie nur den Gettoblaster, um Schlager-CDs abzuspielen. Alles andere stand in Originalkartons auf dem großen Schlafzimmerkleiderschrank.

Henrys Eltern waren interesselos, sie lasen keine Bücher, und statt der Tagesschau guckten sie die Boulevardnachrichten der Privatsender. Sie verreisten nicht, obwohl sie, anders als Henry, ein Auto besaßen, mit dem sie einmal im Monat vor die Tore der zehn Kilometer entfernten Kreisstadt fuhren, wo es einen fünf Hektar großen Parkplatz gab, um den sich die Hallen konkurrierender Lebensmitteldiscounter gruppierten. Ihre Kühltruhe war vollgepackt mit Selbstgeschlachtetem, und dennoch kauften sie abgepacktes Industriefleisch hinzu. Seit der D-Mark-Einführung benutzte seine Mutter künstliche Soßen und rührte Püree aus der Tüte an, obwohl sein Vater auf dem kleinen Privatacker neben Kohl und Zwiebeln auch Kartoffeln anbaute.

Jedes Mal, wenn Henry seine Eltern besuchte, fragte er sich, ob sie schon beim letzten Mal so teilnahmslos gewesen waren. Nach der Wende hatte der Vater zusammen mit zwei Kollegen versucht, die LPG zu übernehmen. Es dauerte sieben quälende Jahre, ehe sie endlich scheiterten und sein Vater in Frührente gehen konnte, ebenso wie die Mutter, die bis zum Ende als Sekretärin dort gearbeitet hatte. Mittlerweile bezogen beide ihre reguläre Rente, von der Henry nicht wusste, wie hoch sie war und ob sie reichte, um sorglos zu leben.

Nur wenige Minuten nachdem er bezahlt hatte, ging Henry in die Parfümerie zurück und bat die Verkäuferin, den Chanel-Flakon in eine Großflasche 4711-Kölnischwasser umzutauschen. Seine Mutter würde nie den französischen Duft auflegen, und im Grunde gab ihr Leben auch keinen Anlass dafür her. Kölnischwasser dagegen kannte sie noch aus den Westpaketen von früher, winzige Fläschchen, Gratisproben vermutlich.

Unten in der Lebensmittelabteilung entschied sich Henry dagegen, einen Blick ins Malt-Whisky-Regal zu werfen, sondern ging geradewegs zur Fuselabteilung und griff nach einer Flasche Chantré für seinen Vater.

Zu Hause wickelte er die Geschenke ein und packte seine Reisetasche. Er nahm das Notebook mit, er wollte arbeiten, frei von den Ablenkungen der Stadt, vor allem frei von Birtes Schwangerschaftsgenerve, von ihren Schwäche- und Übelkeitsanfällen, die Henry stets aufs Ausführlichste würdigen musste, wollte er keinen Streit riskieren.

Am Ostbahnhof stieg Henry in den Regionalexpress. Die wenigen Passagiere waren meist einzelne Männer mit Baseballmützen auf den Köpfen und Bierbüchsen in den Fäusten. Sie rauchten auch in den Abteilen, in denen es verboten war.

Kurz nach acht hielt der Zug in der Kreisstadt. Aus dem Schatten des Bahnhofsgebäudes trat Henrys Vater hervor und hob zum Zeichen, dass er ihn erkannt hatte, die rechte Hand. Henry winkte zurück. Vom Himmel fielen große Flocken.

Ihre Begrüßung war zurückhaltend, gerade, dass sie einander die Hand gaben.

»Wie war die Fahrt?«

»Normal. – Es waren kaum Leute im Zug.«

»Ist auch schon spät, die meisten sitzen daheim unterm Baum.«

»Vermutlich.«

»Komm, gib mir die Tasche.«

»Das geht schon, danke.«

Sie gingen durch die leere Bahnhofshalle. Die Steinfliesen waren bedeckt mit feuchten, dreckigen Fußabdrücken, die Schritte hallten. Henry mochte den Bahnhof. Von hier war er mit den Großeltern nach Zingst gefahren, wo die LPG ein Ferienobjekt besessen hatte, drei Sommer hintereinander in den späten Siebzigerjahren. Die Fahrkarten damals waren kleine harte Pappkärtchen gewesen, die der Schaffner mit dem kräftigen Druck einer Zange lochte. In der Ecke neben dem Fahrkartenschalter hatte es eine Personenwaage gegeben, in die man Münzen werfen musste, wollte man sich wiegen.

»Mutter hat Kartoffelsalat gemacht.«

»Da freu ich mich schon den ganzen Tag drauf. – Mit Würstchen?«

»Mit Wienern.«

»Von Fleischer Mischke?«

»Von Plus diesmal, die warn im Angebot.«

»Ah«, sagte Henry. »Wo steht denn das Auto?«

»Da hinten, neben der Haltestelle.«

Die Kreisstadt, in der Henry zwölf Jahre lang zur Schule gegangen war, hatte in den letzten zehn Jahren fünftausend Einwohner verloren, ein Fünftel der Bevölkerung.

Im Dorf sah es nicht besser aus. Der Konsum hatte ein Jahr nach der Wende zugemacht, das Gasthaus und die Poststelle im Jahr darauf. Nur einmal am Tag, morgens um halb neun, ging ein Bus in die Stadt, der um sechzehn Uhr dann zurückkehrte, sonn- und feiertags fuhr er gar nicht. Schulkinder gab es keine mehr, zweimal pro Woche kam ein fahrender Tante-Emma-Laden vorbei und parkte dort, wo in Henrys Kindheit die Fahrbibliothek gehalten hatte.

Henrys Großeltern waren schon lange tot, seine Cousinen, beide Verwaltungsangestellte, lebten mit ihren Männern und Kindern in westdeutschen Kleinstädten, Onkel und Tante führten ein ähnlich stilles Leben wie seine Eltern.

Ein paar Zugezogene aus Berlin lebten seit einigen Jahren im Dorf, ein Künstler, ein Architektenpaar und ein Rechtsanwalt im Ruhestand, Fremde, die von der Dorfgemeinschaft ignoriert oder mit üblem Klatsch überzogen wurden. Die Fremden setzten Solaranlagen auf ihre Dächer und bauten Schweineställe zu Ateliers um. Das wollten die Dörfler nicht verstehen, und auch Henry fand – bei allem Hass auf das Land –, dass die Zugezogenen das soziale Gefüge der Alteingesessenen bedrohten, dessen Basis das gemeinsame niedrige materielle Niveau war.

Die Mutter wartete schon in der offenen Haustür, als Henry und sein Vater vom dunklen Hof herüberkamen, wo das Auto parkte. Sie trug eine geblümte Kittelschürze, unter der ihre Festtagsbluse hervorschaute, und Henry bemerkte während der Umarmung einen dezenten Hauch von Kölnischwasser.

Sie nahm ihm den Mantel ab, stellte seine Schuhe weg und reichte ihm die karierten Filzpantoffeln.

»Ich bring die Tasche auf dein Zimmer, Henry.«

»Warte, ich komm mit.«

»Willst du auch ein Bier?«, fragte sein Vater.

»Ja«, sagte Henry und stieg die Treppe zur ersten Etage hoch, wo neben seinem alten Kinderzimmer, das noch immer so aussah wie damals, als er es verlassen hatte, um in Berlin zu studieren, das Schlafzimmer seiner Eltern lag.

Im Erdgeschoss befanden sich eine große Küche, das *Stube* genannte Wohnzimmer und eine Toilette mit Handwaschbecken. Das Badezimmer lag im Keller und war von Henrys Onkel in den frühen Achtzigerjahren dort eingebaut worden.

Erst diesen Sommer hatte der Vater im Haus renoviert, die alten Muster- durch weiße Raufasertapeten ersetzt, die Mutter wusch und putzte nach der traditionellen Art, die sie auf der Hauswirtschaftsschule gelernt hatte, und trotzdem wirkte das gesamte Interieur ein wenig heruntergekommen. Alles war leicht beschädigt, angekratzt, fadenscheinig, ausgebleicht. Genauso wie draußen – in der Werkstatt, im Stall, auf dem Hof –, wo alles irgendwie verbogen war oder verwittert oder verrostet. Der Putz fiel in großen Fladen vom Haus, die Regenrinne hatte Löcher, und die drei ausgetretenen Stufen, die vom Vorgarten zur Haustür führten, bildeten bei nassem Frostwetter eine Todesgefahr.

»Es wird ja doch alles ein bisschen staubig, wenn niemand hier wohnt«, sagte Henrys Mutter und machte das Fenster des Kinderzimmers auf, das nach hinten auf den Hof ging.

»Geht's Vater gut?«

»Wenn ich das wüsste«, seine Mutter lachte. »Er klagt nicht mehr so viel wie früher. – Er hat seine Tiere und das Feld. Und sein Bier natürlich.« Sie öffnete Henrys Tasche und reichte ihm das Notebook, das ganz oben lag. Dann begann sie, seine Sachen in den leeren Kleiderschrank zu räumen.

Henry stellte das Notebook auf dem schmalen Schreibtisch ab, an dem er früher Hausaufgaben gemacht hatte. »Ich will ein bisschen arbeiten in den nächsten Tagen, an dem zweiten Buch.«

»Aber nicht, dass du wieder alles so schlechtredest, Henry, und dann der ganze Ort über uns spricht.«

»Keine Angst. – Ich überlege, ob ich was über die Natur schreiben soll, über die Landschaft.«

»Aber doch nicht über *unsere* hier!«

»Warum denn nicht?«

»Ach, Henry, die ist doch nichts Besonderes.« Sie klappte die Schranktür zu. »Geh schon mal runter zum Vater in die Stube. Ich deck in der Küche den Tisch. – Oder soll ich in der Stube decken, was meinst du?«

»In der Küche. Wir können ja morgen Mittag die Gans in der Stube essen.«

»Solln wir zuerst essen oder zuerst bescheren?«

»Essen«, sagte Henry, »ich freue mich schon den ganzen Tag auf den Kartoffelsalat.«

Henrys Vater saß im Wohnzimmer auf dem braunen Cordsofa und sah fern: singende Menschen, Weihnachtsdekoration, Freude, Zufriedenheit. Auf dem Couchtisch standen zwei Bierflaschen und zwei Gläser. Henry setzte sich neben seinen Vater und goss sein Glas voll.

»Du kannst ruhig was anderes einschalten«, sagte sein Vater und hielt ihm die Fernbedienung hin, »ich gucke sowieso nicht richtig.«

»Nee, lass mal, ist schon gut so.«

Neben dem Fernseher hatte Henrys Vater den Weihnachtsbaum aufgestellt, der jedes Jahr ein paar Zentimeter kleiner zu sein schien. In der Kindheit hatten die Baumspitzen bis zur Decke gereicht. An der kleinen Blautanne leuchteten elektrische Kerzen, und sie war bedeckt mit Lametta, das seine Mutter nach den Feiertagen sorgsam wieder abnahm, glatt strich und für das nächste Jahr aufbewahrte.

»Nächstes Jahr kaufen wir die Würstchen wieder bei Mischke, das sag ich euch«, sagte der Vater am Tisch.

»Ich tu euch schnell ein paar Fischstäbchen in die Pfanne«, sagte die Mutter und stand auf, »die kann man auch gut zum Salat essen.«

Die Bescherung war eine lästige Pflicht, ein schon lange leeres und deshalb peinliches Ritual, das niemand abzuschaffen wagte. Man konnte es nur so schnell wie möglich hinter sich bringen.

Henry bekam einen schwarzen Rollkragenpullover (von Plus, wie seine Mutter sagte), eine Flasche Sekt (akzeptabel, trockener Riesling, Flaschengärung) und das Beste: zwei Gläser selbst gemachte Leberwurst.

Dann überreichte Henry seine Mitbringsel. Der Vater murmelte in seinen Bart, nachdem er die Schnapsflasche ausgewickelt hatte, und die Mutter sagte, sie sei froh, dass Henry dieses Jahr nicht wieder so etwas Teures angebracht habe, sondern etwas Nützliches und für den Vater etwas zum Feierabend.

Den Gänsebraten mit Rotkohl aßen sie am nächsten Tag im Wohnzimmer. Im Fernsehen liefen ab dem Morgen Weihnachtssendungen: durch verschneite Landschaften stapfende Sänger, Spielfilme, in denen arme Kinder große Augen machten. Zum Abendbrot gab es Bratkartoffeln mit Speck und marinierten Matjes.

Am zweiten Feiertag wärmte die Mutter die Bratenreste auf. Die Filme im Fernsehen waren weltlicher und um einiges lauter. Abends stellte die Mutter eine Platte mit Wurstbroten auf den Couchtisch, und der Vater holte Bier aus dem Keller. Henry fragte, ob er Senf haben könne, denn auch der Aufschnitt war nicht von Fleischer Mischke. Als Digestif nötigte ihm sein Vater einen Chantré auf.

Am 27. Dezember fuhren sie gemeinsam nach Polen, wo es bei Stettin einen Markt gab, auf dem man schier *alles* kaufen konnte. Henry erstand zwei Stangen Zigaretten und aus purem Jux eine gefälschte Rolex (die er vier Jahre später, nachdem er seine wertvolle Glashütte-Uhr versetzt hatte, tatsächlich eine Weile tragen sollte, ehe sie der Imbissbesitzer als Pfand für eine Flasche Raki verlangte).

Außerdem überredete Henry seine Mutter, polnische Wurst zu kaufen, geräucherte und gebrühte, Krakauer aus Rindfleisch und frische Mortadella. Der Vater tankte das Auto voll, sie gingen in ein Restaurant, aßen Schaschlik, tranken Bier und fuhren anschließend nach Hause, wo das Fernsehprogramm wieder frivol geworden war.

Am nächsten Tag machte sich Henry auf den Weg nach Berlin, und erst als der Regionalexpress am Ostbahnhof einfuhr, fiel ihm ein, was er vergessen hatte, seinen Eltern zu sagen: dass sie in sechs Monaten Großeltern werden würden.

16.

Schwer zu sagen, woher ihr plötzlicher Sinneswandel kam, in einer Situation, die ungünstiger nicht sein konnte, und nach fast dreißig Jahren, in denen es mit Sicherheit bessere Zeitpunkte gegeben hatte, ausgerechnet *das* zu verkünden. Birtes Verhalten war in hohem Maße irrational, ein rebellischer Akt, der in die Pubertät gehört hätte.

Im März, einen Monat nach dem ersten gemeinsamen Besuch bei ihren Eltern, erklärte Birte mit großer Pose, sie wolle die Geburt ihrer Tochter nutzen, um sich endlich auf die eigenen Beine zu stellen, sich frei zu machen von den Abhängigkeiten, in denen sie gefangen sei.

»Schön«, sagte Henry, »und was heißt das konkret?«

»Also«, sagte Birte, holte tief Luft, lehnte sich in den cremefarbenen Ledersessel zurück und begann, mit der flachen Hand über ihren Bauch zu streichen, »das bedeutet zuallererst einmal, dass wir eine neue Wohnung brauchen.«

Henry wollte etwas entgegnen, aber Birte schob schnell nach: »Für den Fall, dass du *nicht* mit mir zusammenziehen willst: Ich hab es schon mal gesagt, ich bekomme meine Tochter auch alleine groß.«

»*Unsere* Tochter«, sagte Henry und dann: »Auch wenn ich es nicht zehnmal am Tag wiederhole, dass ich mit dir und dem Baby zusammenleben will, es ist trotzdem so. – Hast du gehört: Ich *will*. Punkt.«

»Dann *zeig* es mir doch auch mal«, sagte Birte und zog die Nase hoch, »langsam wird mir das alles ein bisschen zu viel. *Ich* muss zu den Voruntersuchungen, *ich* muss zum Geburtsvorbereitungskurs, und ich bin wirklich die Einzige, die dort ohne Mann hinkommt. Und dann noch diese Scheißarbeit. – Und wofür das alles?« Sie schniefte, Henry reichte ihr ein Papiertaschentuch.

Statt inhaltlich zu arbeiten, wie sie gehofft hatte, verrichtete Birte Handlangerdienste in der Stiftung. Sie kochte Kaffee, baute Veranstaltungstechnik auf und wieder ab, sie dekorierte kalte Platten mit frischen Kräutern, wenn ihre Chefin fand, dass das nötig sei. Birte schenkte Getränke aus und entkorkte Weinflaschen, sie lief mit Tabletts durch die Gegend und musste, wenn es eng wurde, der afrikanischen Spülkraft in der Teeküche zur Hand gehen. Sie machte Mikrofonproben und riss Eintrittskarten ab, genau wie im Goethe-Institut.

Glaubte Henry Birtes Klagen, so bestand die Arbeit der Stiftung hauptsächlich darin, am kalten Büfett Propaganda zu betreiben: Vorträge und Konferenzen, Rechenschaftsberichte und Selbstdarstellungen, die Herausgabe von Broschüren und Faltblättern, Fundraising-Veranstaltungen mit Bundestagsabgeordneten sich fortschrittlich gebender Parteien. Allerdings brachte Birte so oft übrig gebliebenes Edelessen mit nach Hause, dass ihre Beschreibungen zu stimmen schienen. (Später, als ihr Frust noch größer wurde – die Arbeit konnte sie wegen des wachsenden Babybauches nur noch unter großer körperlicher Anstrengung erledigen –, begann sie, Teile des stiftungseigenen WMF-Küchenzubehörs zu klauen, unter anderem Suppenkellen, Schüsseln, einen Eisportionierer, zwei Pfeffermühlen. Manchmal brachte sie eine volle Weinkiste mit oder eine Flasche Olivenöl, und als Henry fragte, was das solle, behauptete Birte, das würden alle so machen. Noch bevor sie auffliegen konnte, war der Juni angebrochen, Monat der Niederkunft, und die Kündigung, die Birte im Winter eingereicht hatte, wurde wirksam.)

»Wir brauchen keine neue Wohnung«, sagte Henry und strich jetzt ebenfalls über Birtes Bauch. »Meine Wohnung ist doch in Ordnung. Drei Zimmer, Gasetagenheizung. Und die Miete ist auch akzeptabel für diese Yuppie-Gegend.«

»Ich *will* da aber nicht wohnen.«

»Und warum nicht? – Kannst du mir *einen* vernünftigen Grund nennen?«

»Ich will einen Neuanfang.«

»Den kriegst du doch. – Ich werd die Wohnung streichen lassen.«

»Ich müsste trotzdem immer daran denken, wie du mit dieser anderen Frau in der Wohnung gelebt hast. Das will ich nicht.« Birte nahm Henrys Hand von ihrem Bauch.

»*Darum* geht's also?«

»Außerdem zeigt deine Wohnung nach Norden. Es ist morgens dunkel und mittags und nachmittags auch. Davon bekomme ich Depressionen.«

»Wir können mehr Lampen kaufen, das soll nicht das Problem sein.«

»Natürlich, typisch: *Du* denkst, das lässt sich mit ein paar Lampen regeln. – Weißt du was? Du kannst da gerne wohnen bleiben, in deiner tollen Wohnung, aber ohne mich und ohne meine Tochter«, sagte Birte. »Ich will nicht. – Ende der Diskussion.«

Henry stand auf und holte sich eines der drei Biere aus dem Kühlschrank, die er auf dem Weg zu Birtes Wohnung in einem Imbiss gekauft hatte.

»Willst du auch was trinken, einen Saft, ein Wasser?«, fragte er und setzte sich Birte gegenüber aufs Sofa.

»*Das* finde ich jetzt echt unverschämt«, sagte Birte, und

ihre Stimme klang gar nicht gut in Henrys empfindlichen Ohren.

»Was? Dass ich dir anbiete, was zu trinken zu holen?«

»Ich habe dir schon x-mal gesagt, dass ich den Geruch von Alkohol nicht vertrage. Mir wird davon schlecht. Geht das nicht in deinen Kopf rein?«

»Bier riecht ganz anders als Wein«, sagte Henry, »letztes Mal hast du dich beschwert, als ich Wein getrunken hab.«

»Außerdem stinkst du nach Zigarettenqualm.«

»Ach so, ich vergaß: Von dem Waschmittel, das ich benutze, musst du dich ja auch übergeben.«

»Arschloch«, sagte Birte, wand sich aus dem Sessel hoch und verschwand im Bad.

Henry ging auf den Balkon, um eine zu rauchen. Sein Bier nahm er mit.

»Okay, zurück zum Thema«, sagte er nach einer halben Stunde, in der sie sich angeschwiegen hatten.

Birte saß im Sessel, eine Wolldecke um die Beine geschlungen, und knabberte Gummibärchen. Wenn sie nichts sagte, wie jetzt, sondern ruhte und nur für ihre Schwangerschaft da zu sein schien, auf sich selbst konzentriert und besorgt, war sie äußerst sexy, fand er.

»Gut, wo waren wir stehen geblieben?« Der Argwohn kehrte in Birtes Blick zurück.

»Es ging um die Wohnung«, sagte Henry, »dass du auf keinen Fall in meine Wohnung ziehst.«

»Genau.«

»Und wie wäre es, wenn wir erst mal hier einziehen?« Er zeigte vage in den Raum. »Ich könnte mir einen Büroplatz mieten und dann dort arbeiten. Dann bräuchten wir kein extra Arbeitszimmer.«

»Kommt gar nicht infrage. Das sind nur zwei Zimmer«,

sagte Birte, »und wie kommst du eigentlich darauf, dass ich *keinen* Schreibtisch brauche. – Soll ich mir auch einen Büroplatz mieten?«

»Ich dachte nur, bis wir etwas anderes gefunden haben. Wir hätten genug Zeit zu suchen und müssten nicht das Erstbeste nehmen.«

»Außerdem ist die Wohnung viel zu teuer.«

»Ich würde die Hälfte der Miete übernehmen«, sagte Henry, »ist doch klar. Das wird auch deine Eltern freuen.«

»Trotzdem«, sagte Birte, »ich kann mir die Wohnung nicht leisten, denn ich habe einen Entschluss gefasst.«

»Und der wäre?«

»Ich will meinen Eltern nicht mehr auf der Tasche liegen. Ich werde kein Geld mehr von ihnen nehmen.«

»Und das fällt dir ausgerechnet jetzt ein?«

»Ich will die Chance nutzen, Henry, ich will mich davon befreien. – Jetzt. – Das Baby wird sowieso mein ganzes Leben auf den Kopf stellen. Und dann die Beziehung mit dir, die Familie, die wir drei sein werden. Alles wird sich ändern.«

»Und wer soll deinen Befreiungsversuch bezahlen? – Dir ist schon klar, dass ich keine feste Stelle mehr habe.«

»Natürlich, aber du hast den Buchvertrag. Jede Zeitung würde deine Artikel mit Kusshand nehmen, wenn du bloß mal wieder einen schreiben würdest. Du *kannst* es doch. – Aber was machst *du*? – Du sitzt rum und jammerst, dass du mit dem Exposé nicht vorankommst. Wozu in aller Welt brauchst du ein Exposé, frag ich mich. Du *hast* den Vertrag doch längst in der Tasche.«

»Um mich zu vergewissern«, sagte Henry und wusste, noch während er sprach, dass das Unfug war.

»Bullshit«, sagte Birte, »sei nicht so schlaff, kämpfe! – Zeige meinem Vater, dass er nicht recht hat.«

»Was? – Womit denn, womit hat er nicht recht?«

»Damit zum Beispiel, dass du unfähig bist, eine Familie zu ernähren«, sagte Birte. »Beweise ihm das Gegenteil!«

»Das ist doch Kinderkacke«, sagte Henry, »und das weißt du genau.«

»Finde ich nicht«, sagte Birte, »das finde ich ganz und gar nicht.«

In derselben Nacht, wenige Minuten nachdem sie miteinander geschlafen hatten und kurz bevor ihnen die Augen zufielen, gestand Birte, dass sie noch ein wenig Geld auf der hohen Kante habe, abgezweigt über die Jahre von den Zuwendungen ihrer Eltern und auch der Großeltern, Geld, das bei sparsamer Lebensweise wenigstens ein Jahr reichen müsste. Sie einigten sich darauf, dass Henry sein Buch aus dem Exposéstadium führen und Birte sich nach einer bezahlbaren Wohnung umschauen sollte.

Einen Monat später fand Birte tatsächlich eine Wohnung, dreieinhalb Zimmer, Stuck, Viermeterbalkon zur Südseite, gelegen an einer verkehrsreichen Ost-West-Verbindungsstraße, sechsspurig, in der Mitte das Gleisbett der Straßenbahn, die vom Wedding bis nach Friedrichshain führte.

Birte hatte Peter gefragt, ob der sich umhören könne, hatte genau beschrieben, wie viel Platz sie benötigten und was sie zahlen konnten, und Peter hatte die Frage an einen Klienten weitergereicht, den er in einer Familiensache vertrat und von dem er wusste, dass er mit Immobilien handelte.

Peter machte sie auch mit den polnischen Bauarbeitern bekannt, die schon in seiner und Cynthias Wohnung kleinere Umbauten und Reparaturen erledigt hatten. Während Henry auf dem Balkon stand, rauchte und den Verkehrsstrom betrachtete, führte Birte die Polen durch die Wohnung und erläuterte die Aufgaben: Sämtliche Tapeten mussten runter, die Wände sollten verputzt und weiß gestrichen, die Dielen geschliffen und geölt werden. Fensterrahmen und Türen bedurften ebenfalls eines frischen weißen Anstriches. Sämtliche Materialien mussten des Babys wegen ungiftig sein.

Die Polen machten sich Notizen und zogen sich dann mit Peter zurück, um den Preis auszuhandeln.

»Wir sollten das selber machen«, sagte Henry, als Birte ihm die Summe mitteilte.

»Stell dir mal vor, was das erst mit deutschen Handwerkern kosten würde.«

»Ich finde das immer noch zu teuer«, sagte Henry, »eigentlich können wir uns das nicht leisten. – Besser gesagt: Wir *sollten* uns das nicht leisten.«

»Mach dir keine Gedanken, Liebster«, sagte Birte und schmiegte sich an Henrys Brust, »die gesamte Renovierung schenken uns meine Eltern.«

»Ich dachte, du wolltest kein Geld mehr von deinen Eltern nehmen.«

»Das hat nichts mit ›Geld nehmen‹ zu tun«, sagte Birte, »das ist ein Geschenk zum Einzug, zum Start unserer kleinen Familie. – Ich werde ganz sicher keine Geschenke ablehnen. Das bringt Unglück, wie du weißt.«

»Ich sag ja gar nichts«, sagte Henry und strich Birte übers Haar, »*ich* hab damit kein Problem.«

Auch den Umzug bezahlten Birtes Eltern und den Kinderwagen für fünfhundert Euro. Wickelkommode und Gitterbett besorgte Henry. Seit Anfang des Jahres die Währung umgestellt worden war, hatte er das Gefühl, weit weniger zu besitzen als vorher.

Ende Mai bereits wohnten Birte und Henry in der gemeinsamen Wohnung. Das halbe Zimmer richtete sich Henry als Arbeitszimmer her, im Wohnzimmer standen Birtes Ledersitzmöbel, ihre Bücherregale, ihr Esstisch mit den samtbezogenen Stühlen, ihre antike Anrichte. Um auch etwas zur Einrichtung beizusteuern, bestellte Henry einen Fernseher im Internet, sechzig Kilo schwer, ein Meter zwanzig Bilddiagonale, samt passendem Gestell aus Stahl und Rauchglas. Birte war zwar nicht begeistert, als die Spediteure das Ungetüm ins Wohnzimmer wuchteten, aber nach einer Woche hörte sie auf, dagegen zu stänkern, und saß friedlich davor und sah hinein.

Fast täglich kam jetzt Cynthia vorbei, und gemeinsam mit ihr dekorierte Birte die Wohnung. Sie fuhren in Einrichtungshäuser und Boutiquen, besorgten Bilderrahmen, Vorhänge, Tischdecken und Grünpflanzen, Lampen, Schalen, Kerzenständer und Tischläufer. Sie besorgten Babyspielzeug für das Kinderzimmer, Holztruhen und bemalte Kästchen, eine Bordüre mit Feen, Tiermobiles, ein rosa Kleiderschränkchen und einen bunten Wollteppich.

Während Cynthia auf der Leiter herumturnte, um Löcher in die Wand zu bohren, was sie erstaunlich gut konnte, oder um Vorhänge zu befestigen, stand Birte – die Hände in die Hüften gestützt, den Rücken zum Hohlkreuz gebogen, den Bauch herausgestreckt – unten und gab Anweisungen.

Schnell verwandelte sich die Wohnung in eine Frauenwohnung. Das Licht war plötzlich weicher, die Schlagschatten an den Wänden verschwanden, die Farben der Dinge passten zueinander. Das einzig Hässliche, von Henrys Arbeitszimmer abgesehen, das zu kaschieren den beiden Frauen nicht gelang, war der Fernseher samt Gestell.

Als alle Arbeiten erledigt waren und die Reisetasche für

das Krankenhaus gepackt neben der Wohnungstür stand, gaben Birte und Henry ein Essen für Peter und Cynthia.

Bis zum errechneten Geburtstermin waren es noch sieben Tage.

17.

Sogar die Nacht war noch schwülwarm. Wenigstens ging jetzt, anders als tagsüber, eine leichte Brise, die ein wenig Erfrischung brachte und das Wasser der Havel bewegte. Henry hörte es gegen das Ufer plätschern. Ansonsten war es still an der Bootsanlegestelle, die ein paar hundert Meter von Haus 13 entfernt lag, und es war so dunkel, dass man den Sternenhimmel sah, der sich wölbte wie eine Kuppel. Das kannte Henry nur von zu Hause, aus der Uckermark.

Den Tag hatten Birte und Henry wartend in der Wohnung verbracht, Cynthias rote Übergardinen vor die Fenster gezogen, den Fernseher eingeschaltet. Birte lag auf der Couch, ein paar Kissen ins Kreuz gestopft, trank Eistee, den ihr Henry zubereitete, aß Obst und Sandwiches, las ein paar Seiten eines Kriminalromans. In unregelmäßigen Abständen kamen die Wehen. Henry, der bei offener Tür nebenan im Arbeitszimmer saß und vorgab, an seinem Buch zu arbeiten, konnte sie dann ächzen hören, manchmal auch stöhnen. Er wusste nicht, wie er sich verhalten sollte, weshalb er meist sitzen blieb, aber zumindest das Computerspiel unterbrach, in dem er eine Waldelfin mit den magischen Kräften der Druiden durch eine Zauberwelt namens Ancaria führte, um sich im Internet über die verschiedenen Wehen zu informieren. Er sah sich die Wetterprognose der nächsten Tage an. Er verglich Windelpreise, suchte nach Testberichten für Dreiräder und Schulranzen.

Die baumlose Ost-West-Magistrale glühte in der Sonne,

achtunddreißig Grad im Schatten, es sei der heißeste Sommer seit Langem, hieß es in den Nachrichten.

Manchmal rief Birte nach ihm, dass er ihr aufhelfe oder die Vorhänge mit Wasser besprühe, das dann in Sekundenschnelle wieder auf dem Stoff verdunstete.

Erst am Abend zog Henry die Vorhänge zurück und öffnete alle Fenster. Der leichte Durchzug trocknete seine Stirn. Er begoss den Steinfußboden des Balkons mit Wasser. Die Blumen in den Kästen waren längst verdorrt. Dann begleitete er Birte, die duschen wollte, ins Bad.

Als Henry ihr den Rücken abtrocknete, versuchte er zu erkennen, ob sich ihr Bauch abgesenkt hatte. Es kam ihm so vor, er war sich aber nicht sicher.

»Meinst du, es kommt heute?«

»Der Termin ist übermorgen«, sagte Birte, »aber die Wehen häufen sich. – Es tut höllisch weh.«

»Und das ist erst der *Anfang*«, sagte Henry und wusste im selben Moment, dass Birte den Satz falsch auffassen würde. Sie war seit Tagen gereizt, sie *wollte* ihn falsch verstehen, sie bekam rote Flecken im Gesicht, und sie sagte: »Na vielen Dank, an deiner Stelle würde es mir auch leichtfallen, solche Sachen zu sagen. – Ich wünschte, *du* hättest die Schmerzen, die ich habe. Nur für eine Minute.«

Sie gingen hinaus, um eine Kleinigkeit zu essen, und fanden zwei Querstraßen weiter eine Kneipe, absichtsvoll schäbig, ein bisschen zu cool. Birte bestand darauf, sich an einen der Straßentische zu setzen. Alle anderen Gäste waren jünger, tranken Bier aus Flaschen, unterhielten sich übers Studium, über Projekte, über Pläne für die Zukunft und wirkten optimistisch dabei.

Henry bestellte ein Glas Sekt für Birte, weil die Hebamme behauptet hatte, dass Sekt die Sache beschleunigen werde, und ein Bier für sich, dazu eine Portion Dim Sum aus dem Bambusdämpfer.

Dann wurde es dunkel, und die Kellnerin stellte Windlichter auf die Tische. Henry bestellte ein weiteres Bier und eine Limonade. Sie saßen schweigend nebeneinander, manchmal nahm er Birtes Hand, um sie zu drücken.

Um halb elf zahlte Henry die Rechnung, bestellte ein Taxi vor die Kneipe und rannte, während Birte sitzen blieb, in die Wohnung zurück, wo neben der Tür die gepackte Krankenhaustasche stand. Er schnappte sich die Tasche und sprintete zur Kneipe zurück. Als er dort ankam, außer Puste, schwitzend und mit Seitenstichen, stieg Birte, assistiert vom Fahrer, gerade in das Taxi ein.

Der Fahrer nickte Henry zu und verstaute die Tasche im Kofferraum. Dann ließ er den Wagen an, Henry nahm auf dem Beifahrersitz Platz.

»Ditt erste, wa?«, sagte der Taxifahrer.

»Ja«, sagte Henry und sah sich nach Birte um, die kerzengrade und mit aufgerissenen Augen auf der Rückbank saß.

»Alles okay?«

Birte nickte.

»Nu machen Se sich ma keene Sorjen«, sagte der Fahrer, »ick hab selba drei Töchta, mittlaweile sind se groß und ham ooch Familie. – Fragen Se nich, wie viele Frauen ick mitta Taxe zur Entbindung jefahren hab. Ick könnts nich sahjen, ick weeß nur eens: Wir sind noch imma pünktlich jewesn.«

»Schön zu wissen.«

»Wo sollet denn hinjehn?«

»Kladow«, sagte Henry, »draußen an der Havel.«

»Mann oh Mann, da ham Se sich aba ne schöne Strecke ausjesucht.« Der Fahrer setzte den Blinker und fuhr los.

Henry ließ sich ins Sitzpolster zurückfallen. Immer wenn Birte hinten im Fond stöhnte, drehte er sich um und versuchte zu lächeln.

Nach der Hälfte der Strecke – sie befanden sich auf der Straße des 17. Juni, und Birtes Stöhnen war lauter und länger geworden – begann der Taxifahrer Anekdoten aus der Kindheit seiner Töchter zu erzählen und hörte damit erst wieder auf, als sie die Krankenhauseinfahrt passierten. Henry gab ihm zehn Euro Trinkgeld. Der Taxifahrer klopfte ihm zum Abschied auf die Schulter.

Henry nahm die Reisetasche, Birte hakte sich bei ihm unter, und sie liefen zu Haus 13 rüber, einem zweistöckigen Gebäude, das die Geburtsstation beherbergte. Beim Informationsrundgang im Frühjahr war sie Henry vorgekommen wie eine esoterische Jugendherberge. Die Möbel waren aus Kiefernholz gezimmert, die Wände orangefarben gewischt, Salzkristalllampen spendeten warmes Licht. Die Maschinen zur Lebensrettung standen in einem separaten Raum, sie waren abgedeckt mit Tüchern aus Batikstoff, man schob sie erst herein, wenn sie gebraucht wurden.

»Sie eingerechnet, sind heute nur zwei Frauen hier«, sagte die Schwester, während sie Birtes Bauch verkabelte und mit dem CTG verband. Birte lag auf einer Pritsche, sie trug ein Krankenhausnachthemd. Henry stand am Kopfende der Pritsche, hielt ihre Hand und starrte auf die LED-Anzeige des Apparates, der den Herzschlag seiner Tochter maß. Sie hatten sich bereits auf einen Namen geeinigt, sie würde Johanna heißen, so wie die Großmutter von Birtes Vater.

Die Schwester tastete Birtes Bauch ab.

»Sind das Senkwehen oder Eröffnungswehen?«, fragte Henry.

»Eröffnungswehen natürlich. Der Muttermund hat sich bereits zwei Zentimeter geweitet. – Wir beobachten jetzt eine Weile den Herzschlag, und dann sehen wir weiter.«

Eine halbe Stunde später bezogen sie das Geburtszimmer, einen dreißig Quadratmeter großen Raum, in dem es nach Räucherstäbchen roch. Henry öffnete das Fenster, das auf einen dunklen Park hinausging.

Die Schwester fragte, ob Birte ein Bad nehmen wolle, zur Entspannung und um sich ein wenig zu entkrampfen.

»Ja«, sagte Birte.

Henry hatte den Eindruck, schon normales Atmen strenge sie jetzt an.

»Ich tue ein paar Kräuter ins Wasser«, sagte die Schwester und verschwand im angrenzenden Bad, von wo man kurz darauf das Wasser einlaufen hörte.

Als Birte in der dreieckigen Wanne lag, das Gesicht gerötet vom warmen Wasser, die Augen geschlossen und tief atmend, hatte Henry, der auf dem Wannenrand saß und nicht wusste, wann es weitergehen würde und wie, nur einen Wunsch: draußen, im Park vor Haus 13, auf einer Bank zu sitzen und zu rauchen und erst zurückzukommen, wenn Johanna geboren war.

»Ich glaube, es geht los«, sagte Birte mit entsetztem Gesichtsausdruck, nachdem sie zwanzig Minuten im Wasser gelegen hatte. Sie versuchte aufzustehen, ließ sich aber wieder in die Wanne zurückgleiten.

»Was?«, fragte Henry. »Was geht los?«

»Die Wehen«, sagte Birte und schrie auf. Ihr Gesicht war verzerrt. Sie japste. »Hol die Schwester, Henry, hol bitte die Schwester.«

»Komm da erst mal raus«, sagte Henry und hielt ihr die Hand entgegen.

»Du sollst die verdammte Schwester holen, ich brauche

was gegen die Schmerzen.« Sie krümmte sich im Wasser, die Hände am Wannenrand festgekrallt.

Henry rannte aus dem Bad, durch das Geburtszimmer auf den Stationsflur. Er wusste nicht, wo die Schwester war. Er versuchte es blind an zwei Türen, die eine war abgeschlossen, hinter der anderen befanden sich die Maschinen.

Er rief nach der Schwester, die nach dem zweiten Versuch aus der Teeküche kam. Sie ging zügigen Schrittes ins Bad, wo Birte noch immer im Wasser lag.

»Nehmen Sie meine Hand, und dann stehen Sie langsam auf.«

»Ich kann nicht«, wimmerte Birte.

»Jetzt reißen Sie sich bitte zusammen! – Ihr Mann wird Ihre rechte Hand nehmen, und wir ziehen Sie hoch. Dann trocknen wir Sie ab, und Sie legen sich ein bisschen hin.«

»Ich will nicht.«

»Sie *müssen*«, sagte die Schwester, packte ihre Hand und zog daran.

Henry nahm ihren anderen Arm, und gemeinsam zogen sie Birte aus der Wanne.

»Nehmen Sie ein Handtuch, und trocknen Sie ihr den Rücken ab«, sagte die Schwester.

Henry ließ Birtes Arm los und entfaltete ein weißes Frottiertuch, um es um ihre Schultern zu legen. Sie bot ein Bild des Jammers, wie sie da stand, nackt, leicht in den Knien eingeknickt, tropfend, schlotternd und mit diesem riesigen Bauch. Er wollte nicht wissen, wie sie in kaltem Licht ausgesehen hätte.

Henry begann vorsichtig, Birtes Rücken abzureiben. Ein Zucken ging durch ihren Körper, und sie schrie abermals auf. Er ließ das Handtuch sinken und trat einen Schritt zurück.

»Beugen Sie sich nach vorne«, sagte die Schwester, »stützen Sie sich auf der Heizung ab. Atmen Sie, wie Sie es gelernt haben.«

Birte befolgte ihre Anweisung. Sie beruhigte sich ein wenig, ihr Atem wurde wieder langsamer, und sie jammerte nur noch leise vor sich hin.

»So ist es gut«, sagte die Schwester, »konzentrieren Sie sich auf die Atmung. – So, wie Sie es gelernt haben.«

Henry trat wieder an Birte heran, um mit dem Abtrocknen fortzufahren.

»Geh raus, verdammt noch mal«, sagte sie, ohne sich umzusehen.

»Aber ich wollte ...«, sagte Henry.

»Hau endlich ab, du Arschloch!«

»Jetzt gehen Sie schon«, sagte die Schwester, und nahm Henry das Handtuch ab, »ich mache das für Sie.«

Es war halb eins, als Henry auf den leeren Stationsflur trat und in seiner Hosentasche nach den Zigaretten kramte. Er ging durch die Eingangshalle, raus in die laue Dunkelheit. Unter dem beleuchteten Fenster des Geburtszimmers, das im zweiten Stock lag, zündete er sich eine Zigarette an. Er hörte Birte schreien, und ihm fiel ein, dass er vergessen hatte, das Fenster wieder zu schließen. Er dachte, dass vielleicht Motten vom Licht angelockt würden oder Mücken, die Birte zusätzlich piesacken könnten. Er ließ seinen Blick an der Hauswand hinabwandern und entdeckte seltsame dunkle Flecken auf dem hellen Putz. Es sah aus, als ob sie sich bewegten. Henry trat an die Hauswand heran, um zu gucken, was es damit auf sich hatte. Die Flecken bewegten sich tatsächlich, es waren Hunderte, möglicherweise Tausende: Es waren Spinnen, ausgewachsene und junge, alle mit behaarten Körpern und langen Beinen. Henry ging ein paar Schritte zurück. Das war das Haus der Spinnen, dachte er, seine Tochter würde im Haus der Spinnen zur Welt kommen. Er versuchte zu erkennen, ob die Spinnen nach oben krochen, in Richtung des Lichts, das aus dem Fenster fiel. Doch das schienen sie nicht zu tun, sie bewegten sich in alle möglichen Richtungen, einige verharrten an ihren Positionen.

Wieder hörte er Birte schreien. Er warf die Kippe auf den Boden, trat sie aus und nahm sich eine neue Zigarette. Er lief in den Park, den er vom Fenster aus gesehen hatte und der sich lediglich als baumbestandene Grünfläche zwischen vier zweistöckigen Gebäuderiegeln herausstellte. Bis auf das Fenster des Geburtszimmers war alles dunkel.

Henry hörte wieder einen Schrei, und er hoffte, dass er diesmal von der anderen Frau stammte, die in dieser Nacht entbinden sollte, und kurz darauf hörte er noch einen Schrei, und er wusste, dass beide Schreie von Birte stammten, und er ging los, weg von den Gebäuden, der Kies knirschte unter seinen Schuhen, was verhinderte, dass ein weiterer Schrei in seine Ohren dringen konnte, er rannte auf ein Wäldchen zu, er durchquerte es und lief noch weiter, und er blieb erst stehen, als er am Wasser angekommen war, wo es nicht weiterging, an der Havel, deren Wellen rhythmisch gegen das Ufer schwappten. Henry setzte sich ins warme Gras, er erkannte einen kleinen Jachthafen, er sah die angetäuten Boote schaukeln. Dann ließ er sich nach hinten fallen und schaute eine Weile in den Sternenhimmel, er schloss die Augen und lauschte. Es waren vielleicht vierhundert Meter bis Haus 13, höchstens fünfhundert. Er fragte sich, ob ein Schrei Birtes das Plätschern des Wassers übertönen könnte.

18.

Henry wachte kurz nach drei wieder auf, vor dem Sternenhimmel hingen ein paar Wolkenfetzen.

»Wollen Sie einen Kaffee, junger Mann?«, fragte die Schwester, als er auf den Stationsflur einbog. »Sie sehen müde aus.«

»Ist das Kind schon da?«

»Das nicht, aber Sie haben den Blasensprung verpasst, und auf dringenden Wunsch Ihrer Frau haben wir eine PDA gemacht, eine lokale Anästhesie, was bedeutet, dass sie erst mal keine Schmerzen mehr spürt. – Aber wo haben Sie bloß gesteckt?«

»Ich war spazieren. Am Wasser. – Diese Sache vorhin im Bad ...«

»Ich kann das verstehen. – Aber Sie sollten auch Ihre Frau verstehen. Sie hat sie rausgeschickt, weil sie so nicht von Ihnen gesehen werden wollte: leidend, hilflos. Keine Frau will das, bloß die wenigsten trauen sich, das zu sagen. Von daher können Sie stolz auf Ihre Frau sein.«

»Bin ich ja.«

»Was ist: Kaffee oder nicht?«

»Ja, bitte.«

»Milch? Zucker?«

»Schwarz.«

»Dann gehen Sie ins Zimmer zu Ihrer Frau. Ich bringe Ihnen den Kaffee.«

Birte lag im Bett. Sie lächelte, als Henry hereinkam.

»Wie geht's?«

»Ganz gut.«

»Die Schwester hat mir von der PDA erzählt«, sagte Henry.

»Ich habe dich vermisst.«

»Ich war draußen. – Gleich hinterm Haus fließt die Havel.«

»Jetzt steh nicht so rum. Setz dich aufs Bett, oder nimm dir den Stuhl da«, sagte Birte.

Henry setzte sich auf den Stuhl und sah zum Fenster: Es war geschlossen. Er suchte mit den Augen die Gegend um das Fenster ab, dann die Wände, dann die Zimmerdecke. Er konnte keine Spinne entdecken.

»Was ist los?«, fragte Birte.

»Nichts.«

Die Schwester kam herein und brachte den Kaffee.

Sie wandte sich an Birte: »Und bei Ihnen? Alles gut?«

»Meine Beine sind taub«, sagte Birte.

»Keine Angst, das Gefühl kommt wieder.« Sie sah auf die Uhr: »Ich würde sagen, in einer halben bis Dreiviertelstunde. Dann sollten wir bereit sein.«

Sie sah Henry an: »Genau, junger Mann, dann holen wir Ihre Tochter auf die Welt«, und sagte zu Birte: »Ich bring Ihnen noch ein paar Globuli, die Sie sich unter die Zunge legen. – Jetzt kommt's aufs Timing an. – Und wenn Sie Glück haben, setzen die Presswehen ein, wenn die Betäubung noch nicht vollständig abgeklungen ist.«

»Und was heißt das?«, fragte Henry.

»Es wird Ihrer Frau Schmerzen ersparen.«

Plötzlich ging alles ganz schnell: Birte nahm die Globuli und schlief kurz darauf ein. Henry begab sich mit einem

Kaffee nach unten, rauchte und beobachtete die Spinnen. Dann stieg er wieder hoch, sah nach Birte, die, auf der Seite liegend, noch immer schlief. Er bat die Schwester um einen weiteren Kaffee, ging wieder runter und rauchte zwei weitere Zigaretten. Er sah auf die Uhr: zehn nach vier, der Himmel war dunkelblau, gleich würde die Sonne aufgehen. Als zehn Minuten später die Vögel zu singen begannen, ging Henry ins Gästebad, um sich das Gesicht zu waschen. Dann betrat er das Geburtszimmer.

Birte war wach, sie lächelte. Die Schwester stand neben dem Bett und verband Birtes Bauch mit dem CTG.

»Der Muttermund ist jetzt komplett geöffnet«, sagte sie.

Unter Birtes hochgerutschtem Nachthemd sah Henry zufällig eine improvisierte Windel aus Mull und Heftpflaster.

»Gucken Sie woandershin«, herrschte ihn die Schwester an, »und gehen Sie ans Kopfende!«

Sie stellte den Apparat an, und Henry setzte sich auf die Bettkante neben Birtes Kopf. Er nahm ihre Hand und starrte wie schon früher in der Nacht auf die LED-Anzeige.

Die Schwester verließ das Zimmer und kehrte kurz darauf mit einem Wagen zurück, auf dem verschiedene Geburtsinstrumente lagen.

Sie kontrollierte die Anzeige, dann fragte sie Birte: »Merken Sie schon was?«

»Ja, aber es tut nicht weh.«

»Sie sind ein Glückskind«, sagte die Schwester, »ich hole die Frau Doktor.«

»Sind das die Presswehen?«, fragte Henry.

»Ja«, sagte Birte, »gleich kommt unsere Tochter.«

»Ja«, sagte Henry und wünschte, in einer Zeit zu leben, die Männer nicht zwang, der Geburt ihrer Kinder beizuwohnen. Es gab da eine Geschichte von Hemingway, in der sich ein Mann in einer Kneipe betrank, während seine Frau im Krankenhaus das Kind entband. Aber irgendwas war dann schiefgegangen in der Geschichte.

Diesmal kam die Schwester in Begleitung der Hebamme und der diensthabenden Ärztin herein.

Die drei Frauen begaben sich in Position, Henry hielt Birtes Hand. Jetzt war es die Hebamme, die Anweisungen gab. Birte presste, Henry sah es an ihrem Gesicht, er spürte es am Druck ihrer Hand. Er wagte nicht, dorthin zu sehen, wo gleich das Baby erscheinen würde. Die Ansagen der Hebamme waren kurz und präzise, in einer anderen Situation hätte Henry sie als rüde empfunden, hier waren sie beruhigend. Birte atmete, presste, legte eine Pause ein. Bei der dritten Wiederholung dieser Abfolge sagte die Hebamme: »Sie kommt.«

»Das ist ja toll«, sagte die Ärztin, »sie ist ganz schwarz.«

Henry sah jetzt doch hin, und das, *was* er sah, musste Johannas Kopf sein und das Schwarze, das darauf klebte, die Haare.

»Ich hab den Kopf gesehen«, sagte Henry zu Birte.

»Einmal noch, dann haben Sie's geschafft«, sagte die Hebamme.

Dann war Johanna draußen, und Henry hörte sie nicht schreien, was aber an seiner Aufregung liegen mochte, und Birte, die eigentlich die Nabelschnur hatte durchtrennen wollen, kam nicht heran, sodass die Schwester ihm die Schere hinhielt.

Henry zögerte einen Moment. »Nun machen Sie schon!«, sagte die Schwester. Es fühlte sich an, als wenn man einen Gummischlauch durchschnitt.

Henry sah die geschlossenen Augen seiner Tochter, die Nase und den Mund.

Die Hebamme nahm Johanna, legte sie Birte auf die

nackte Brust. Sie deckte die beiden zu und forderte Henry auf, auch seine Hände unter die Decke zu stecken. Das sei eine Art der frühkindlichen Bindung, die dem Kind das Grundvertrauen in die Eltern gebe. Henry glaubte das zwar nicht, tastete aber dennoch vorsichtig nach dem Kopf seiner Tochter.

So lagen sie eine Weile da, schweigend und erschöpft. Einmal wachte Johanna auf, und Birte musste lachen, weil Johannas suchender Mund ihre Brust kitzelte.

»Ich glaube, sie trinkt«, sagte Birte.

Irgendwann kam die Schwester, nahm Birte das Baby von der Brust, wog es, maß Länge und Kopfumfang. Sie zog es an, setzte ihm eine Wollmütze auf den Kopf und drückte es Henry in den Arm, der nicht wusste, wie er es anfassen sollte.

»Halten Sie ihr den Kopf hoch!«, sagte die Schwester und zu Birte: »Können Sie aufstehen? Meinen Sie, dass Sie laufen können? Sonst hol ich einen Rollstuhl.«

»Ich versuche es.«

»Gehen Sie vor«, sagte die Schwester zu Henry, »Zimmer 106, es ist sonst keiner drin.« Sie half Birte, sich aufzusetzen.

Henry lief, Johanna an die Brust gepresst, mit der linken Hand ihren Kopf stützend, über den Flur, als bestünde der aus rohen Eiern. In Zimmer 106 standen vier leere Betten. Henry wagte nicht, Johanna abzusetzen, seine Arme begannen sich zu verkrampfen. Während er versuchte, locker zu werden, schlug Johanna die Augen auf, er fragte sich, ob sie ihn in Schwarz-Weiß sah oder verkehrt herum. Er lächelte sie an, und Johanna machte die Augen wieder zu.

Birte winkte schlapp, als die Schwester den Rollstuhl ins Zimmer schob. Die Schwester half ihr, sich hinzulegen, dann nahm sie Henry das Baby ab und legte es neben das Gesicht seiner Mutter.

»Ihre Tochter ist ein Sonntagskind«, sagte sie, »aber jetzt sollten Sie die beiden in Ruhe lassen.«

»Darf ich fotografieren?«

»Na klar, aber beeilen Sie sich.«

»Die Kamera ist in der Tasche, im Bad«, sagte Birte.

Im Geburtszimmer stand ein Putzwagen, zwei Frauen zogen gerade das Bett ab.

»Ich hab was vergessen.« Henry ging weiter ins Bad. Auf dem Rückweg fiel ihm zum ersten Mal die riesige Blutlache auf dem Boden auf.

Birtes Augen sahen so rot aus, als wären sie entzündet, in ihrem Gesicht waren Kapillaren geplatzt. Henry schoss ein Dutzend Fotos, dann forderte ihn die Schwester auf zu gehen.

»Fahr nach Hause«, sagte Birte, »ich will schlafen.«

»Morgen komm ich wieder, und ich sag deinen Eltern Bescheid.«

»Und ruf Cynthia an«, sagte Birte, »ich liebe dich.« Noch ehe Henry aus der Tür war, fielen ihr die Augen zu.

Draußen vor Haus 13 zündete er sich eine Zigarette an und schlenderte langsam Richtung Ausgang. Es war kurz nach neun, und trotzdem brannte die Sonne schon heiß vom Himmel. Die Vögel sangen, Leute liefen auf dem Gelände herum. Henry überlegte, ob er sich ein Taxi rufen solle, setzte sich dann aber an die Bushaltestelle und rief erst Cynthia an, dann Birtes Eltern und schließlich seine eigenen. Cynthia reagierte mit hysterischer Freude und bat um die Adresse der Klinik. Henry sagte, sie solle Birte etwas Ruhe gönnen und sie erst am nächsten Tag besuchen.

Birtes Mutter sagte, sie säßen gerade am Frühstückstisch, sie grüße ihn herzlich von ihrem Mann. Sie würden sofort ein Hotelzimmer buchen und kämen morgen nach Berlin.

Henrys Mutter sagte, der Vater sei gerade auf dem Feld, sobald er zurückkomme, würden sie beide eine Flasche Sekt öffnen und auf Johanna, Birte und ihn anstoßen.

Mit dem Bus fuhr Henry zum Messegelände und von dort mit der Ringbahn nach Hause, wo er bis zum späten Nachmittag schlief. Dann machte er sich frisch, rief eine Handvoll Freunde an und lud sie für den Abend in eine Bar ein, um das Ereignis mit ihm zu feiern. Am nächsten Morgen besorgte er Obst, Fruchtsäfte, einen Blumenstrauß und fuhr wieder raus in die Klinik. Bevor er Haus 13 betrat, ging er zu der Stelle unter dem Fenster des Geburtszimmers, wo er vorletzte Nacht die Spinnen beobachtet hatte. Sie waren nicht mehr da, auch auf dem Boden konnte er keine entdecken.

In Zimmer 106 waren Peter und Cynthia zu Besuch. Cynthia schwärmte die ganze Zeit von Johanna und wie sehr sie Birte bewundere, während Peter permanent versuchte, die Sprache auf den seltsamen Jogginganzug zu bringen, den er trug, halb ironisch, halb im Ernst.

Als Johanna aufwachte und schrie, gab Birte ihr die Brust. Henry beobachtete aus den Augenwinkeln, wie Peter sie dabei anstarrte, und es gefiel ihm nicht.

»Darf ich sie mal nehmen?«, fragte Peter, nachdem Johanna satt war.

»Ausgerechnet du?«, fragte Cynthia.

»*Ich* mag Kinder«, sagte Peter und sah sie unverwandt an.

Birte erklärte ihm, wie er Johanna halten solle und dass er ihr vorsichtig auf den Rücken klopfen müsse, damit sie die verschluckte Luft wieder loswerde.

Peter forderte Henry auf, ein paar Fotos zu machen, wenn er seine Digitalkamera schon dabeihabe, und weil Henry zögerte, nahm ihm Cynthia das Gerät einfach aus der Hand und machte Fotos von Johanna, die die Augen geschlossen hielt, und von Peter, der Grimassen schnitt. Dann gab sie Henry die Kamera zurück, Birte nahm Peter das Baby ab und legte es zurück ans Kopfende des Bettes.

Nachdem sich die beiden endlich verabschiedet hatten, lieh sich Henry bei der Stationsschwester einen alten Kinderwagen aus, Birte zog eine Strickjacke über, und sie spazierten zu dritt runter zur Havelbucht, setzten sich ans Wasser und aßen schließlich in der Cafeteria Eis.

Birte sagte, dass sie bereits morgen entlassen werde und dass ihre Eltern direkt in die Klinik kämen, um sie abzuholen. Kurz vor dem Abendbrot machte sich Henry auf den Heimweg in die Innenstadt. Er nahm den Bus bis zum Kongresszentrum und wechselte dort in die Ringbahn. Der S-Bahn-Waggon war nur mäßig besetzt, die tief stehende Sonne tauchte ihn in orangefarbenes Licht, Henry wurde schläfrig. Am Westhafen stiegen zwei Frauen zu, beide blond, beide trugen sie schlicht geschnittene Kleider aus mehreren Lagen transparenten Stoffes, der in der Farbe des hereinfallenden Sonnenlichtes schimmerte. Sie waren barfuß, kamen vermutlich aus dem nahen Strandbad Plötzensee oder von einem Picknick aus dem Volkspark Rehberge, und sie wären Henry nicht weiter aufgefallen, hätten sie nicht beide wuchtige, fellbespannte Tornister auf dem Rücken gehabt, an denen jeweils ein Paar schwerer Wanderschuhe baumelte. Als er ausstieg, versuchte Henry vorsichtig, in das Gesicht einer der Frauen zu sehen, doch sie ahnte seine Absicht und wandte sich brüsk ab.

Am nächsten Tag stand er früh auf, putzte die Wohnung, ging einkaufen und bereitete ein Essen vor, das weder Knoblauch noch Zwiebeln enthielt, damit Johanna keine Blähungen bekam.

Um zwei klingelte es. Auf dem Bürgersteig, direkt vor der Haustür, stand der schwarze Volvo von Birtes Vater.

»Ich freu mich so unglaublich«, sagte Birtes Mutter und umarmte Henry.

»Ich grüße dich, mein Lieber«, sagte Birtes Vater und gab ihm die Hand. Dann hakte er seine Tochter unter und ging mit ihr durch die Hofeinfahrt.

»Johanna schläft«, sagte Birtes Mutter und öffnete die Autotür.

Henry löste den Gurt, nahm die Trageschale mit der schlafenden Johanna und trug sie hoch ins Kinderzimmer, wo Birte das Baby in die Wiege umbettete. Henry zog die Vorhänge zu, und Birte sagte, sie sei erschöpft und müsse sich sofort hinlegen.

»Gibst du so lange auf Johanna acht, Henry?«, fragte Birte. Sie winkte ihren Eltern zu und schloss die Schlafzimmertür hinter sich.

»Wir werden auch unser Hotelzimmer beziehen«, sagte Birtes Mutter, »Richard ist bestimmt froh, wenn er ein bisschen Ruhe findet nach der langen Fahrt.«

»Wollt ihr heut Abend zum Essen kommen?«, fragte Henry. »Es gibt Hähnchen, Kartoffelgratin und Salat.«

»Wir bringen ein Fläschchen Champagner mit«, sagte Birtes Mutter. »Ich bin so froh, Henry. Du kannst es dir nicht vorstellen.«

Nachdem sie weg waren, schlich Henry auf Zehenspitzen ins Kinderzimmer und setzte sich neben die Wiege, um ungestört seine Tochter zu betrachten: ihre kleine Nase, den kleinen Mund, den schwarzen Haarflaum auf der Stirn, die zu lockeren Fäusten geformten Hände mit den langen Fingernägeln.

Das Zimmer war in ein märchenhaftes rosa Licht getaucht, was an Cynthias roten Vorhängen lag, gegen die die Mittagssonne schien.

Kerosin

19.

Er schämte sich: vor Birte für seine Eltern und vor seinen Eltern für Birte. Der einzige Trost in diesen zwei Tagen des Grauens war ihm die Landschaft gewesen, weshalb er beschloss, ihr eine tragende Rolle in seinem nächsten Buch zu geben.

Henry hätte auf den gemeinsamen Besuch bei seinen Eltern gut verzichten können, aber Birte, die es merkwürdig fand, dass seine Eltern ihr Enkelkind noch kein einziges Mal gesehen hatten, obwohl es bereits ein halbes Jahr auf der Welt war, hatte darauf bestanden.

Seine Eltern kannten Johanna nur von Fotos, die Henry ihnen mit der Post schickte. Zwar versicherte er Birte, dass sie sich trotzdem über Johanna freuten, aber er sah ihr, deren Eltern mittlerweile alle paar Wochen nach Berlin kamen, an, dass sie ihm nicht glaubte.

Einmal nur hatte Birte mit Henrys Mutter telefoniert. Henry war gerade dabei gewesen, die schreiende Johanna im Fliegergriff zu wiegen, als es klingelte. Birte nahm den Hörer ab, und während Henry mit seiner Tochter durch die Wohnung spazierte, registrierte er nebenbei den bedrohlichen Klang, den Birtes Stimme im Laufe des Telefonats annahm. Sie sprach schnell und gestikulierte mit der freien Hand.

Als er ein weiteres Mal an ihr vorbeigehen wollte, hörte sie mitten im Satz zu reden auf, hielt ihm den Hörer hin und sagte: »Hier!«

»Wer ist denn dran?«

»Das wirst du schon merken.«

Henry übergab ihr Johanna und nahm den Hörer, an dessen anderem Ende seine verschüchterte Mutter war. Seitdem rief sie nicht mehr von sich aus an, sondern wartete, dass er sich meldete.

»Meine Eltern fahren nicht mehr weg«, sagte Henry, »ich kann das auch nicht ändern. Die sind vollkommen anders als deine.«

»Dann müssen *wir* zu *ihnen* fahren. – Kannst du das bitte organisieren? Mir wäre die zweite Dezemberwoche recht.«

Wider Erwarten freute sich sein Vater, als Henry fragte, ob sie für ein paar Tage vorbeikommen könnten. Die schlechte Luft in dieser Jahreszeit führe bei vielen Babys zu Anfällen von Pseudokrupp, weshalb sie ab und zu aufs Land rausmüssten. Wenn dichte Wolken den Himmel bedeckten, fühle es sich manchmal an, als lebe man in einem geschlossenen Topf, in dem das Essen angebrannt sei.

Apropos, sagte sein Vater und schlug vor, die traditionelle Schlachtung des Hausschweins vom Januar auf ihre Besuchswoche im Dezember vorzuziehen. »Dann sieht das Kind mal, woraus die Wurst ist.«

»Das Kind ist gerade ein halbes Jahr alt, und es wird noch gestillt.«

»Macht nichts«, sagte sein Vater, und damit war die Schlachtung beschlossene Sache.

»Wenn ich nicht dabei sein muss, ist es mir egal«, sagte Birte, als ihr Henry von der Schlachtung erzählte, und verdrehte die Augen. »Du weißt, dass ich jahrelang Vegetarierin war.«

»Aber du isst doch längst wieder Fleisch.«

»Das ist doch nicht das Thema.«

»Und was *ist* das Thema?«

»Dass du Entscheidungen triffst, ohne mich vorher zu fragen.«

»Die Entscheidung hat mein Vater getroffen«, sagte Henry.

»Es geht doch hier nicht ums Schlachten«, sagte Birte, »das ist doch nur *ein* Beispiel von vielen.«

»Und was ist dann das Problem?«

»Das Problem ist, dass du dich in exakt jeder Situation so verhältst wie in diesem Beispiel.«

»Was denn für Situationen, verdammt?«

»Immer wenn es darum geht, eine Entscheidung zu treffen, die uns beide betrifft.«

»Okay, okay«, sagte Henry, »beruhige dich, ich werd versuchen, die Sache abzublasen.«

»Wie? – Den Besuch?«

»Nein, nur die Schlachtung.«

»Das geht nicht, Henry. Das kannst du deinem Vater nicht antun«, sagte seine Mutter, als er vorschlug, auf die Schlachtung zu verzichten. »Er hat den Tierarzt bestellt, und Tante Ingrid und Onkel Erwin wollen helfen kommen. – Tu ihm das nicht an, Henry«, sagte seine Mutter, »er freut sich darauf wie ein kleines Kind.«

»Ich kann das Schlachten nicht absagen«, sagte Henry am nächsten Tag, »das würde meinem Vater das Herz brechen. – Er freut sich ein ganzes Jahr auf diesen einen Tag, und er hat den Tag uns zu Ehren verlegt.«

»Kein Problem«, sagte Birte, »es ging auch nicht um Fleisch oder nicht Fleisch oder um das Schlachten selbst. Es ging darum, dass du, ohne mich zu fragen, entschieden hast.«

»Und jetzt plötzlich ist wieder alles okay?«

»Ja.«

»Und warum?«

»*Darum.*«

Der Regionalexpress kam am späten Nachmittag an, und sie fuhren mit dem Taxi vom Bahnhof der Kreisstadt ins Dorf. Henry hatte darauf bestanden, dass sein Vater zu Hause blieb. Die Dörfer am Straßenrand waren dunkel, Johanna schlief in der Babyschale.

Seine Eltern warteten trotz der Kälte in der offenen Haustür und winkten. Henry sah, dass die Mutter einen kleinen Blumenstrauß in der Hand hielt. Er bezahlte, der Taxifahrer lud den Kinderwagen und die beiden Reisetaschen aus. Während Henry noch auf der dunklen Dorfstraße den Wagen auseinanderklappte, ging Birte schon mit der Babyschale zum Haus. Als sie vor Henrys Eltern stand, deutete sie einen Knicks an. Die Mutter überreichte ihr die Blumen, während der Vater die schlafende Johanna betrachtete. Dann verschwanden alle im Haus.

Henry stellte die Reisetaschen in den Kinderwagen und schob ihn vor die Haustür. Er zündete sich eine Zigarette an und lief fünf Minuten die Dorfstraße hoch und wieder zurück: Alle Rollläden waren runtergelassen, ein paar Hunde bellten.

Im Haus roch es nach Essen, nach gebratenem Fleisch. Während er sich die Schuhe auszog, fiel Henry auf, dass im gesamten Flur die weiße Farbe der Raufasertapete auf Hüfthöhe abgerieben war. Aus dem Obergeschoss hörte er, wie sich Birte und seine Mutter unterhielten.

Der Vater saß im Wohnzimmer auf der Couch und sah fern. Auf dem Couchtisch standen zwei Flaschen Bier und zwei Gläser.

»Ich dachte mir, du willst auch eines«, sagte er zu Henry, der im Türrahmen stehen geblieben war.

»Ja, danke. – Gleich.«

Sein Vater zeigte auf den Fernseher, wo gerade Werbung lief: »Stell ruhig was anderes ein, ich seh sowieso nicht richtig hin.«

»Ich weiß«, sagte Henry, »ich geh erst mal gucken, was Johanna macht.«

»Ja, die Kleine«, sagte sein Vater, »die hat's gut: Die schläft.« Er wendete sich wieder dem Fernseher zu.

»Was meinst du, Henry«, fragte seine Mutter, die die Betten bezog, als er in der Tür seines alten Kinderzimmers stand, »sollen wir heute im Wohnzimmer essen, wo wir Besuch haben?«

Durch das offene Fenster wehte kalte Luft herein.

»Machen Sie sich meinetwegen keine Umstände«, sagte Birte und deckte Johanna zu, die in einer alten, speckig aussehenden Holzkinderwiege schlief.

»Da haben noch deine Cousinen dringelegen«, sagte Henrys Mutter, als sie seinen Blick bemerkte, »Tante Ingrid hat sie all die Jahre in der Scheune gehabt.«

»Was gibt's denn zu essen?«, fragte Henry.

»Buletten und Bratkartoffeln.«

»Dafür könnte ich sterben«, sagte Birte.

»Also hör bitte kurz zu, Henry«, sagte seine Mutter, »Birte schläft in deinem alten Bett, und für dich stellen wir die Klappliege auf. Die soll der Vater nach dem Essen aus dem Keller holen.«

»Ich kann auch auf dem Boden schlafen.«

»Du könntest die Klappliege auch selber aus dem Keller holen«, sagte Birte.

»Sie sehen ja selbst«, sagte die Mutter und deutete vage ins Zimmer, »es ist alles ein bisschen eng bei uns. – Eigentlich sind wir gar nicht auf Besuch eingerichtet.«

»Klein, aber gemütlich.«

»So kann man es auch nennen«, sagte Henry.

»Fertig.« Seine Mutter schüttelte das letzte Kissen in den frischen Bezug.

Birte schloss das Fenster, Henry löschte das Licht. Die Tür ließen sie einen Spaltbreit auf, um Johanna hören zu können, falls sie schrie.

Unten setzte sich Henry zu seinem Vater in die Stube und sah mit ihm die Boulevardnachrichten an. Birte streckte kurz den Kopf zur Tür herein und verschwand wieder. Henry fiel ein, wie er sich damals im Haus von Birtes Eltern gefühlt hatte. Seit Johannas Geburt hatte sich das Verhältnis zu ihrem Vater ein wenig entspannt, der jetzt die Fragen nicht mehr aussprach, die ihm unter den Nägeln brannten. Er machte seiner Tochter zuliebe gute Miene zu einem Spiel, das er vermutlich dennoch missbilligte.

Henry nahm sein Bier, zog im Flur seinen Mantel an, schlüpfte in die Holzpantinen seines Vaters und ging nach draußen. Er zündete sich eine Zigarette an und betrat durch die Toreinfahrt den Hof. Er ging zu den Ställen, wo er das Schwein leise grunzen hörte, er lief bis zum Acker seines Vaters, der um diese Jahreszeit brachlag. Die Luft war trocken, der Himmel klar, gewölbt und von Sternen übersät. Henry drehte sich wieder dem Haus zu und sah im erleuchteten Küchenfenster Birte am Büfett lehnen, während seine Mutter am Herd in den Pfannen schabte. Birte war anderthalb Köpfe größer als seine Mutter. Er konnte nicht erkennen, ob sich die beiden unterhielten.

Birte, die nicht wusste, dass sie bei Tisch nicht viel redeten, dass das hier üblich war und als höflich galt, versuchte während des Essens ein Gespräch in Gang zu setzen. Henry antwortete nur zögerlich, weil er merkte, dass Birte bloß redete, aus Angst, ihretwegen würde geschwiegen. Der Vater sagte überhaupt nichts, stopfte schweigend das Essen in sich hinein und spülte mit Bier nach, Henrys Mutter jedoch bemerkte irgendwann das Peinliche der Situation, legte, obwohl sie noch nicht aufgegessen hatte, Messer und Gabel auf ihrem Teller ab und begann, den Blick auf Birte gerichtet, zu sprechen.

Natürlich, dachte Henry, das musste ja jetzt kommen. Sie erzählte von früher, wie gut alles gewesen war, die LPG, die Kleinkindbetreuung, das Schulsystem. Dass ein Brötchen nur fünf Pfennige gekostet und jeder Einzelne im Dorf eine sinnvolle Aufgabe gehabt habe und das Leben als solches damit einen Sinn. Dass es eben nicht nur immer um Freiheit gehe, um Reisen und Konsum, sondern in erster Linie um die Menschen.

Birte nickte unmerklich, und Henry fiel auf, dass es kein Gemüse gegeben hatte, keinen Salat, nichts, was einigermaßen gesund war. Stattdessen stand eine Flasche Maggi in der Tischmitte, zum Nachwürzen. Die restlichen Bratkartoffeln in der Servierschüssel glänzten vor Fett, die Buletten hatten nach Instantbrühpulver geschmeckt. Der verdammte Senf aus Bautzen hatte den Geschmack nicht übertönen können, weil er selbst lasch war.

»Und was die Gleichberechtigung der Frauen angeht«, fuhr die Mutter fort, »glauben Sie nicht, Birte, dass heutzutage ...«

»Jetzt ist aber mal gut, Mutti«, unterbrach der Vater sie und stand auf. Er nahm sein Bier, setzte sich auf die Couch und drehte den Ton des Fernsehers wieder hoch, den er vor dem Essen abgestellt hatte.

Die Mutter nahm ihr Besteck wieder auf und aß schweigend den kalt gewordenen Rest vom Teller.

Birte beugte sich zu Henry rüber und flüsterte: »Ich muss mal.«

»Ich zeig Birte das Bad«, sagte Henry zu seiner Mutter, während er aufstand.

»Wo frische Handtücher sind, weißt du«, sagte sie und wirkte dabei so abwesend, als befinde sie sich noch in der untergegangenen Traumwelt, die sie eben beschworen hatte.

Peinlich genug, dass das Bad im Keller war, obendrein roch es an diesem Abend seltsam, als stünde altes, gammliges Wasser im Abfluss, als schimmelten die Wände. Gar nicht zu reden von den dilettantisch verlegten Kacheln, von den Rissen in der Glasur und den abgeplatzten Ecken.

Henry machte das Kellerfenster auf.

»Ungewöhnlich«, sagte Birte.

Die Nacht war unruhig. Johanna wachte zweimal auf, Birte gab ihr die Brust, Henry wechselte die Windeln. Am Morgen hatte er Rückenschmerzen von der Klappliege.

Aber das Wetter war schön: kalt, klar und trocken. Sie frühstückten in der Küche, frische, gekochte Eier, Kaffee, Schwarzbrot mit Butter. Johanna, die von Muttermilch allein nicht mehr satt wurde, bekam einen Gemüsebrei. Sie saß auf Henrys Schoß und ließ sich von ihm füttern, die Mutter stand am Herd und schälte Kartoffeln für das Mittagessen, der Vater war draußen, bei den Tieren, im Schuppen oder in der Scheune.

Wahrscheinlich bereitete er sich auf das morgige Schlachten vor. Ihm taten die Tiere leid, die er zerlegte. Einmal hatte Henry ihn ertappt, wie er Abschied von einem Schwein nahm, mit beruhigenden Worten und fast zärtlichen Berührungen. Henry hatte sich damals, ohne etwas zu sagen, wieder aus dem Stall geschlichen.

Nach dem Frühstück – Birte nahm im Keller eine Dusche – wusch die Mutter Johanna den Mund und nahm sie dann auf den Arm. Johanna quietschte und lachte.

»Sie ist großartig, oder?«, sagte Henry.

»Sie sieht dir nur gar nicht ähnlich, die Augen, die Nase und diese schwarzen Haare.«

»Na klar sieht sie mir ähnlich. Du musst bloß ein bisschen genauer hingucken.«

»Vater findet das auch.«

»Quatsch. – Da waren die asiatischen Gene eben ein bisschen stärker als die deutschen.«

»Wenn das mal gut geht«, sagte Henrys Mutter in klagendem Ton.

»Was soll denn *nicht* gut gehen?«

»Du brauchst gar nicht laut zu werden, Henry. Ich mache mir eben Sorgen.«

»Aber worüber bloß, verdammt?«

»Mit so einer exotischen Frau ...«

»Birte sieht vielleicht exotisch aus. Aber sie ist genauso deutsch wie du oder Vater.«

Um halb zehn brachen sie zu einem Spaziergang auf. Johanna lag dick eingepackt im Wagen und schlief nach zehn Minuten ein. Sie liefen die Dorfstraße hoch bis zum Ortsausgangsschild, bogen dann auf einen Feldweg ein und umrundeten einen kleinen See. An der Autobahn, die Berlin mit Polen verband, kehrten sie um.

Zurück im Haus, war Henrys Groll gegen seine Eltern verflogen. Es war zwar frustrierend, aber irgendwie konnten sie nichts dafür, dass sie von Birte so dachten, wie sie dachten: rassistisch.

20.

»Was war das denn?«, fragte Birte am nächsten Morgen, als sie beim Frühstück saßen. Es gab Rühreier, für Henry mit, für Birte ohne Speck.

Henry hatte das schrille Geräusch ebenfalls gehört: »Was meinst du?«

»Na, dieses Geräusch«, sagte Birte. Sie hielt die Gabel mit Rührei in die Luft und lauschte.

»Kannst du's dir nicht denken?«

»Es war das Schwein, oder?«

»Ja, es war das Schwein«, sagte Henry, »aber du kannst weiteressen, es wird das Geräusch kein zweites Mal machen.«

»Das ist ja barbarisch«, sagte Birte und legte die Gabel auf den Teller.

»Das ist nicht barbarisch, sondern der Beginn von Wurst und Braten.« Henry sah den Tierarzt im weißen Kittel aus dem Stall kommen. Er trug einen Aluminiumkoffer. Kurz darauf stand er in der Küche und ließ sich von Henrys Mutter einen Schnaps einschenken.

»Sie sind aber nicht von hier«, sagte er zu Birte, nachdem Henry sie einander vorgestellt hatte.

»Aus Berlin.«

»Ich meine, wo Sie geboren sind, junge Frau.«

»In Hamburg.«

»Aus dem Westen also«, stellte der Tierarzt fest und ließ sich einen weiteren Schnaps eingießen. »Sie können ganz gut Deutsch.«

»Wie haben Sie das Schwein eigentlich umgebracht«, fragte Birte, »oder waren Sie das gar nicht?«

»Umgebracht?« Der Tierarzt sah Henrys Mutter an. »Ich würde eher sagen: getötet.«

»Getötet, ermordet, was macht das für einen Unterschied, der Todesschrei jedenfalls klang bestialisch.«

»Sie sind Vegetarierin, oder?«, fragte der Tierarzt.

»Ich war *acht* Jahre lang Vegetarierin.« Birtes Stimme vibrierte, und ihre Wangen begannen sich zu röten.

»Ich geh mich umziehen«, sagte Henry und stand auf, »kommst du mit?«

»Ich bin noch nicht fertig«, sagte Birte, ohne ihn anzusehen.

»Ich muss dann auch mal«, sagte der Tierarzt zu Henrys Mutter. »Ich komm nachher noch mal rüber und seh mir das Fleisch an.«

»Sie haben nicht geantwortet«, sagte Birte.

»Lassen Sie es gut sein, junge Frau. – Es ist alles nach Vorschrift gelaufen. – Und nur falls Sie es nicht wissen: Ich bin der Kreistierarzt.«

Oben in Henrys Zimmer schlief Johanna in der Wiege, ihr Atem rasselte leise. Die Mutter hatte ihm Arbeitssachen rausgelegt, eine alte Trainingshose des Vaters, grobe Wollsocken, einen Pullover und eine blaue, daunengefütterte Arbeitsjacke. Unten suchte er sich ein passendes Paar Gummistiefel.

Birte saß allein in der Küche, hielt einen Kaffeebecher umklammert und guckte aus dem Fenster.

»Wie seh ich aus?«, fragte Henry.

Birte sah ihn an: »Wie ein Dorftrottel.«

»Schlechte Laune? – Doch nicht etwa wegen des Tierarztes?«

»Lass mich in Ruhe.«

»Guck mal, das sind Tante Ingrid und Onkel Erwin«, sagte Henry und zeigte durchs Fenster auf den Hof, »komm, ich stell dich schnell vor.«

»Nachher vielleicht, okay?«, sagte Birte. »Ich geh hoch und leg mich noch mal hin.«

»Falls du mich suchst, ich bin hinterm Stall oder in der Waschküche.«

»Viel Spaß«, sagte Birte, »wobei auch immer.«

Als Henry hinterm Stall ankam, hing das Schwein schon an dem riesigen Haken, den sein Vater vor Jahren eigens zu diesem Zweck in die Wand eingelassen hatte. Die Hinterbeine drückte ein gekürzter, an beiden Seiten angespitzter Besenstiel auseinander, dessen Enden in den aufgeschlitzten Füßen steckten. Der Kopf baumelte einen halben Meter über dem Betonfußboden, den Henrys Onkel dort gegossen hatte. Es gab sogar einen vergitterten Abfluss in der Bodenplatte.

Der Vater war gerade dabei, mit einem Messer den Bauch des Tieres zu öffnen.

»Da bist du ja«, sagte er.

»Hallo«, sagte Henry. Er umarmte seine Tante und gab seinem Onkel die Hand.

»Was macht der Nachwuchs?«, fragte der Onkel.

»Schläft.«

»Und sonst so, in der Stadt?«

»Alles bestens.«

»Und die Zeitung?«

»Gibt's auch noch.«

»Ich könnt 'nen Schnaps vertragen, Junge«, sagte Onkel Erwin, »ist kalt heut.«

»Doch nicht schon jetzt, Erwin, du hast noch keine Hand gerührt«, sagte Tante Ingrid.

»Ich hole welchen«, sagte Henry.

In der Küche stellte er eine Flasche Schnaps und sechs Gläser auf ein Tablett. Die erste Runde tranken sie auf das tote Schwein, die zweite auf Johanna, Birte und Henry.

»Habt ihr schon das Blut gemacht?«, fragte Henry seinen Vater, nachdem er ausgetrunken hatte.

»Geh mal rüber zu Mutti, in die Waschküche.«

Henrys Mutter stand in der Waschküche und befüllte kleine Schraubdeckelgläser mit der Blutwurstmasse, die sie in einer Plastikwanne angerührt hatte. Auf einem Tisch mit Wachstuchdecke standen ein elektrischer Fleischwolf und eine mechanische Wurstpresse, an der einen Wand ein Hackklotz und ein Gaskocher und an der gegenüberliegenden zwei Waschmaschinen, von denen eine kaputt war, sowie zwei Kühltruhen, die beide funktionierten.

»Brauchst du Hilfe?«

»Nein, Henry, ruh dich aus.«

Henry setzte sich an den Tisch und sah seiner Mutter bei der Arbeit zu. Die Blutwurstmasse roch nach Majoran.

Später kam die Tante in die Waschküche und schraubte die Deckel auf die Gläser. Henry zündete sich eine Zigarette an und ging wieder hinter den Stall, wo der Bauch des Schweins mittlerweile vollständig geöffnet war. Der Anblick des dunklen, rausquellenden Darmstranges hatte etwas Obszönes. Neben dem Tablett mit der Schnapsflasche standen jetzt zwei angebrochene Bierflaschen und vier verschlossene.

Henrys Onkel trennte mit den kurzen schnellen Schnitten eines schmalen, biegsamen Messers die Schweinehaut von der Fettschicht, während sein Vater Pause machte, Kraft sammelte für den nächsten Schritt, die Entnahme der Innereien, bei der Darm, Galle und Blase nicht verletzt werden durften.

»Nimm dir ein Bier, und dann hol die Schubkarre aus dem Schuppen«, sagte der Vater.

Gerade als Henry den Kronkorken mit seinem Feuerzeug abhebelte, bog Birte um die Ecke. Ihr erster Blick fiel auf das Bier in Henrys Hand, ihr zweiter galt dem Gekröse, das aus dem offenen Schweinebauch hing.

»Ich muss mit dir reden«, sagte sie.

»Das ist übrigens Onkel Erwin«, sagte Henry.

»Guten Tag«, sagte Birte, ohne näher zu treten.

»Und das ist Birte, die Mutter von Johanna.«

»Freut mich«, sagte Onkel Erwin und ging einen Schritt auf sie zu, »leider kann ich Ihnen nicht die Hand geben.« Er deutete mit dem Kopf auf das Messer.

Birte sagte: »Macht nichts«, und dann zu Henry: »Kommst du?«

Auf der Dorfstraße vor dem Haus stand der Kinderwagen, in dem Johanna schlief.

»Soll das jetzt den ganzen Tag so weitergehen?«, fragte Birte. »Bier trinken, Schnaps saufen und in einem toten Schwein wühlen? – So hab ich mir den Urlaub nicht vorgestellt. Außerdem kümmerst du dich kein bisschen um Johanna. Alles muss ich alleine machen.«

Henry steckte die Bierflasche in die Seitentasche seiner Wattejacke. »So ist das nun mal, wenn geschlachtet wird. – So war das schon immer.«

Sie schwiegen. Henry zündete sich eine Zigarette an, Birte beobachtete ihn dabei.

»Wir wollen einen Spaziergang machen, kommst du mit?«

»Du weißt ganz genau, dass ich keine Zeit habe.«

»Und du solltest wissen, was dir wichtiger ist, deine Familie oder dieses Schwein.«

»Das hier ist auch meine Familie«, sagte Henry und zeigte auf das Haus seiner Eltern.

Birte wusste, dass es um halb eins Mittag gab, aber sie kam nicht. Bis um eins warteten sie, dann fingen sie an zu essen, die Eltern, Tante Ingrid, Onkel Erwin und Henry. Es gab gebratene Blutwurst, Sauerkraut und Kartoffeln, dazu Korn und Bier.

Das Schwein lag, in zwei Hälften zerteilt, in der Waschküche, um weiterverarbeitet zu werden. Därme und Haut waren von Onkel Erwin in einem Loch versenkt worden, das Henry zuvor ausgehoben hatte. Nach dem Essen gingen sie wieder an die Arbeit, der Tierarzt kam noch einmal vorbei, um das Fleisch zu inspizieren, fand aber nichts und trank nur einen Schnaps.

Der Vater und Onkel Erwin zerlegten die Schweinehälften mit Beilen und einer Eisensäge. Mit Fleischermessern schnitten sie Koteletts und Filets, Gulasch, Rippchen und Bratenstücke, die Henrys Mutter und Tante Ingrid in Gefrierbeutel verpackten und beschrifteten. Kleinere Fleisch- und Fettreste wanderten in den Fleischwolf, den Henry bediente.

Sie arbeiteten schweigend. Ab und zu rauchten Henry oder sein Onkel eine Zigarette, oder jemand schenkte eine Runde Schnaps aus, der jetzt nicht nur gegen die Kälte half, sondern auch den penetranten Geruch des Schweinefetts erträglicher machte. Henry hatte kalte schmierige Hände und keine Lust mehr auf die Arbeit. Er sorgte sich um Birte und Johanna, es war fast vier, beinahe dunkel, und Birte kannte sich nicht aus in der Gegend.

Um halb fünf ging Henry rüber zum Haus und sah sofort den Kinderwagen neben der Tür. Er wusch sich die Hände, dann stieg er nach oben, klopfte, und da keine Antwort kam, drückte er vorsichtig die Klinke. Johanna, die auf Birtes Bauch lag, drehte den Kopf zu ihm, und als sie ihn erkannte, lächelte sie. Dann wandte sie sich wieder Birtes Brust zu und trank.

»Wie geht's?«

»Mir geht es gut, und dir?«, sagte Birte in gereiztem Ton.

Henry wollte Johanna den Kopf streicheln, aber Birte sagte: »Fass sie nicht an, du stinkst.«

Henry zog die Hand zurück.

»Übrigens: Ich fahre morgen nach Berlin zurück.«

»Wir wollten doch eine ganze Woche bleiben«, sagte Henry.

»Du kannst ja gern noch bleiben, bei deiner *richtigen* Familie. – Aber ignorieren lassen kann ich mich auch in Berlin, und in Berlin kann ich außerdem zu Cynthia und Peter gehen, wenn ich keine Lust mehr habe, mich ignorieren zu lassen.«

»Jetzt mach mal halblang«, sagte Henry, »du kannst doch nicht einfach ...«

»Ja? – *Was* kann ich nicht einfach?«, sagte Birte nach ein paar Sekunden, in denen Henry den angebrochenen Satz nicht zu Ende geführt hatte.

»Ach nichts.«

Birte sagte, dass sie nicht am Abendbrot teilnehme, von dem ganzen Fleisch bekomme sie ohnehin keinen Bissen herunter. Henry könne ihr ein wenig Brot, Käse und Obst nach oben bringen.

»Kann ich wenigstens Johanna mit nach unten nehmen? – Meine Eltern müssen ja denken, dass du sie ihnen mit Absicht vorenthältst.«

»Das kannst du vergessen«, sagte Birte, »*ich* muss sie stillen, füttern und ihr die Windeln wechseln, und *du* willst dich dann abends mit ihr schmücken.«

»Birte hat Fieber, du kannst in der Küche decken«, sagte Henry zu seiner Mutter, die Kartoffeln briet. In einem großen Topf mit Bouillon simmerte fettes Wellfleisch auf kleiner Flamme, in einer zweiten Pfanne brutzelten Buletten in schäumender Butter.

»Die Ärmste«, sagte Henrys Mutter.

»Sie hat sich ins Bett gelegt, und Johanna schläft auch schon. – Und deswegen fahren wir schon morgen zurück nach Berlin.«

»Morgen?« Die Mutter sah ihn bestürzt an. »Gefällt es ihr nicht? Ist es da oben zu eng für euch drei? – Ich kann auch ein Bett in der Stube herrichten.«

»Nein, Mutter, alles in Ordnung. – Wir wollen bloß auf Nummer sicher gehen.«

»Aber so eine Reise ist doch anstrengender, als wenn sie sich hier ein paar Tage ausruht. – Ich könnte mich um die Kleine kümmern. Und Ingrid hätte bestimmt auch nichts dagegen.«

»Lass uns morgen weitersehen«, sagte Henry, »es wäre nett, wenn du ein paar Brote machen könntest, möglichst ohne Wurst. Und vielleicht einen Apfel dazu und eine Flasche Wasser. – Damit Birte was essen kann, wenn sie aufwacht. Ich bring es ihr dann hoch.«

Als Henry den Teller mit den Broten auf dem Schreibtisch abstellte, tat Birte, als schliefe sie. Aber auch er hatte keine Lust, sich mit ihr zu unterhalten. Er war sauer, weil sie genau das tat, was er sich nie trauen würde: eine unangenehme Situation zu beenden, indem man einfach aus ihr heraustrat. Das war ein pragmatischer Egoismus, zu dem er nicht fähig war, weil er mögliche Konsequenzen berücksichtigte.

Henry zog die Decke über die Schultern der schlafenden Johanna und ging nach unten, wo seine *richtige* Familie um den Küchentisch versammelt saß, trank, sich Geschichten von früher erzählte und wartete, dass er dazukam und sie endlich mit dem Essen beginnen könnten.

Nicht einmal zwei Aspirin waren am nächsten Morgen in der Lage, Henrys Kopfschmerzen zu vertreiben. Auch der Vater sah nicht gut aus, war aber trotzdem, wie jeden Tag, um halb sieben aufgestanden.

Birte dagegen schien bester Laune zu sein. Sie entschuldigte sich für ihre Abwesenheit am Vortag, sie schmeichelte, machte Komplimente, sie bedauerte, schon fahren zu müssen, und am Ende, als sie im Taxi zum Bahnhof saßen, war sich Henry sicher, dass seine Eltern glaubten, er selbst habe auf der vorzeitigen Abreise bestanden und Birtes Fieber nur vorgeschoben.

21.

Zu Beginn des neuen Jahres rief Henry im Verlag an und teilte der zuständigen Mitarbeiterin mit, dass er ab sofort wieder bereit sei, für weniger Geld aus seinem Buch vorzulesen. Gleichzeitig fragte er, ob sich ein paar Termine organisieren ließen.

Aber sein Buch sei doch schon vor drei Jahren erschienen, entgegnete die Mitarbeiterin, da lasse das Interesse naturgemäß nach, und seit er nicht mehr die regelmäßige Kolumne habe, natürlich auch die Popularität.

Er bat sie, es trotzdem zu versuchen und ihn außerdem zum Verleger durchzustellen.

Sie sagte, er solle einen Moment warten.

Henry hörte es in der Leitung knacken, dann war es eine Weile still, und dann war ihre Stimme wieder da und erklärte, dass der Verleger gerade in einer Besprechung sitze, ihn aber in den nächsten Tagen zurückrufen werde.

Das tat er jedoch nicht, nicht am nächsten Tag und nicht in der nächsten Woche. Henry sollte nie wieder mit seinem Verleger sprechen.

Dafür kam tatsächlich eine Anfrage herein, ob er im Rahmen des Geschichtsunterrichtes an einem bayerischen Gymnasium aus seinem Buch vortragen wolle. Die Bezahlung war passabel, da der Freistaat das Honorar übernahm.

Früher, als er mit Bettina zusammen gewesen war, hatte Henry die endlosen Zugreisen gehasst, die Hotelzimmer, die dummen Fragen des Publikums. Jetzt freute er sich darauf, zwei Tage ohne Birte verbringen zu können. Er freute sich auf die achtstündige Fahrt im Intercityexpress, darauf, sein Notebook aufzuklappen und fern von Kindergeschrei und Mutterfrust an seinem Buch zu arbeiten. Die Lesung in Bayern blieb eine einmalige Sache, und er war zu stolz, die Mitarbeiterin im Verlag ein zweites Mal anzurufen.

Henry hatte es aufgegeben, ein Exposé zu verfassen, und stattdessen begonnen, die Landschaft seiner Kindheit zu beschreiben, die Seen, die Hügel, die Wälder. Er hatte jemanden erfunden, der ihm selbst nicht unähnlich war, und er hatte ihn in diese Landschaft geschickt, auch ins Haus der Eltern, in deren einfachem Leben eine Hausschlachtung einer der seltenen Höhepunkte war.

Noch wusste er nicht, worauf sein Text hinausliefe, was für Personen noch dazukommen sollten, wie sie aufeinander reagieren würden, aber er hatte die Freude am Schreiben wiedergefunden, und er merkte, wie sich die einzelnen, im Grunde banalen Szenen allmählich zu einem bedeutsameren Ganzen fügten.

Das war es gewesen, was er seinem Verleger hatte mitteilen wollen.

Kurz nach Johannas Geburt, in einem Anfall von Panik, von plötzlicher Angst, für die laufenden Kosten nicht mehr aufkommen zu können, hatte Henry wieder angefangen, Artikel zu schreiben. Er wollte, wie am Anfang seiner Journalistenlaufbahn, über Kunstausstellungen berichten, ließ den Plan aber fallen, weil sich Birte schon nach der ersten Vernissage, die er besuchte, über seine Abwesenheit beschwerte, darüber, dass er sie immer allein lasse, sich so gut wie nie um Johanna kümmere. Die daraus entstandene Diskussion erstreckte sich über fast zwei Tage, in denen Henry am Schreibtisch saß und, statt zu schreiben, aufgebracht nach Argumenten suchte, die er gegen Birtes kunstvolle Rhetorik in Stellung bringen konnte. Er verlor trotzdem jedes Mal gegen sie, in jeglichem Disput, vielleicht auch nur, weil er nicht mit vollem Herzen dabei war, weil er lieber etwas anderes getan hätte, als sich zu streiten.

Er fand durchaus nicht, dass er sich zu wenig um seine Tochter kümmerte. Er wickelte sie während der Arbeitszeit, bereitete Gemüsebrei und Milchfläschchen, er besorgte Windeln in der Drogerie, kaufte Lebensmittel ein und kochte jeden Tag das Abendessen. Aber er saß auch mindestens sechs Stunden hinter der verschlossenen Tür seines Arbeitszimmers, und vermutlich war es das, was Birte als ungerecht empfand, wenngleich er sich dort die Hälfte der Zeit mit ihren dämlichen Streitereien auseinandersetzte.

Also verzichtete er auf die Vernissagen und die Artikel darüber und versuchte sich stattdessen an kleineren Texten, die ähnlich aufgebaut waren wie seine früheren Kolumnen, wobei er jetzt nur noch zwei Themen variierte: ein undeutliches Berlingefühl und Beziehungsprobleme.

In guten Monaten brachte er drei bis vier Artikel unter, in überregionalen Tages- und Wochenzeitungen, in Lokalblättern, neuerdings auch exklusiv im Internet, wofür es noch weniger Geld gab. In schlechten Monaten konnte er keinen einzigen Text verkaufen, und oft musste er obendrein dem Honorar hinterherlaufen. Das Geld, das er mit den Artikeln verdiente, half immerhin, das rasante Schwinden des Vorschusses zu bremsen. Insgeheim hoffte er auf die Ersparnisse, die Birte einmal erwähnt hatte, obwohl er nie einen Kontoauszug gesehen hatte oder sonst einen Beleg.

Was in Birte vorging in dieser Zeit, was sich hinter ihrem schlecht gelaunten Gesicht verbarg, was überhaupt dazu geführt hatte, dass ihr Gesicht jetzt ständig so aussah, konnte Henry nicht sagen.

Wenn Johanna schlief, saß sie meist vor dem Fernseher oder lag halb bekleidet auf ihrem Bett und las. War Johanna wach, packte sie das Baby im besten Fall in den Kinderwagen und unternahm einen Spaziergang, von dem sie lange nicht zurückkam. Hatte Henry Pech, blieb sie in der Wohnung, trug Johanna hin und her, klopfte alle paar Minuten an seine Tür, um zu erzählen, was Johanna gerade eben gemacht hätte, oder um ihn zu bitten, sich kurz selbst um seine Tochter zu kümmern.

Ansonsten traf sie sich mit Frauen, die sie in der Krabbelgruppe kennengelernt hatte, in der Stillgruppe und bei der Rückbildungsgymnastik. Sie war oft bei Cynthia und Peter zu Besuch.

Gewöhnlich begannen Auseinandersetzungen zwischen ihnen ohne Grund, eine kleine Stichelei, eine sarkastische Bemerkung, ein Grinsen, ein verzogener Mundwinkel reichten. Irgendwann überschlug sich Birtes Stimme, die Türen flogen, und Henry zog sich auf sein Zimmer zurück, in dem kurz darauf Birte auftauchte, um sich mit ihm zu vertragen, um die Sache noch einmal in Ruhe zu besprechen. Meist wusste Henry dann schon gar nicht mehr, worum es gegangen war, denn das ursprüngliche Streitthema spaltete sich in Minutenschnelle in hundert neue auf, die plötzlich alle nebeneinander existierten und Beachtung verlangten, aber mit dem Zuschlagen der Arbeitszimmertür so schnell wieder aus seinem Kopf verschwanden, wie sie gekommen waren. Birte dagegen konnte sich an *alles* erinnern. Sie zitierte ganze Passagen, die er angeblich von sich gegeben hatte. Henry reagierte mit Schulterzucken, Birte warf ihm Gleichgültigkeit vor und Desinteresse, Henry sagte, damit habe sie gar nicht mal so unrecht. Im Abgang warf Birte abermals die Tür, und mit deren Knall vergaß Henry erneut, worum es gegangen war.

22.

»Sie haben also bis jetzt *keinen* Unterhalt gezahlt«, sagte die Frau vom Jugendamt und sah Henry an, als hätte er einer alten Dame die Handtasche geklaut, »habe ich das richtig verstanden?«

»Nein, Herrgott, das haben Sie nicht«, sagte Henry, »jetzt zum *dritten* Mal: Wir leben *zusammen.* – Das mag ja hier die Ausnahme sein, aber bei uns ist es nun mal so.«

»Jetzt regen Sie sich nicht künstlich auf«, sagte die Frau vom Amt.

»Wir wollen bloß die Vaterschaft anerkennen lassen«, sagte Birte.

»Aber Sie sind nicht verheiratet, oder?«

»Und woran, bitte, sehen Sie das?«, fragte Henry.

»Nein«, sagte Birte, »sind wir nicht.«

»Ich werde trotzdem Ihren Unterhaltsanspruch ausrechnen«, sagte die Frau zu Birte, »nach der Düsseldorfer Tabelle. – Schon mal was davon gehört?«

»Ja, klar«, sagte Birte, und Henry sagte gleichzeitig: »Nein.«

»Haben Sie die Unterlagen dabei?« Die Frau sah Henry über den Rand ihrer Brille an.

Henry schob ihr die Kopien seiner letzten Steuererklärungen über den Schreibtisch. Birte kramte aus ihrer Handtasche Johannas Geburtsurkunde hervor.

»Warum haben Sie vorletztes Jahr so viel verdient und letztes Jahr fast gar nichts?«, fragte die Frau, nachdem sie einen kurzen Blick auf die Zettel geworfen hatte.

»Was wäre denn, wenn ich noch weniger verdienen würde, und zwar jahrelang?«

»Dann würde ich Ihnen dringend raten, sich einen anderen Job zu suchen«, sagte die Frau, während sie Zahlen in ihren Tischrechner eintippte. Dann öffnete sie eine Schublade des Schreibtisches, entnahm ihr ein laminiertes Blatt, auf dem Henry eine Tabelle erkannte, die *Düsseldorfer* Tabelle vermutlich, und fuhr mit der Spitze des rechten Zeigefingers die Spalten auf und ab. Sie tippte abermals etwas in den Tischrechner, legte die Tabelle in die Schublade zurück, schrieb etwas auf einen Notizblock, riss den Zettel schwungvoll ab, faltete ihn in der Mitte und reichte ihn Birte, die »Danke« sagte und den Zettel in ihrer Handtasche verschwinden ließ.

»Wie viel ist es denn?«, fragte Henry.

»Das werden Sie bei Bedarf früh genug erfahren«, sagte die Frau, und an Birte gewandt: »Wollen Sie das Sorgerecht gleich mit erledigen?«

»Nein, das machen wir später«, sagte Birte, während Henry synchron »Ja« sagte.

»Gut, dann bereite ich die Dokumente vor, Sie unterschreiben und erkennen damit Ihre Vaterschaft an. – Das hat zum Beispiel den Vorteil für Sie, dass ein neuer Lebensgefährte Ihrer Frau nicht ohne Ihr Einverständnis Ihren Sohn adoptieren kann.«

»Na prima«, sagte Henry, »im Übrigen hab ich eine Tochter.«

Die Frau vom Amt sah erst zur Tür hinüber, wo der Kinderwagen mit der schlafenden Johanna stand, und dann auf die Geburtsurkunde: »Natürlich, Ihre Tochter.«

»Und was ist jetzt mit dem Sorgerecht?«

»Sie können jederzeit wiederkommen«, sagte die Frau vom Amt und sah dabei Birte an, »wann immer es Ihrer Lebensgefährtin passt.«

Das war im Februar gewesen, an einem feuchten und zu warmen Wintertag, mit Matsch auf den nebligen Straßen.

Im März, sie war neun Monate alt, gelang es Johanna zum ersten Mal, sich von außen an den Stäben ihres Gitterbettes hochzuziehen und ein paar Minuten freihändig zu stehen, ehe sie zur Seite wegknickte und auf den Teppich fiel. Eine Woche nach Entdeckung dieser neuen Fähigkeit konnte sie sich, an Wänden, Tischen, Stühlen abstützend, aufrecht durch die Wohnung bewegen. Henry besorgte einen Buggy, in dem sich Johanna von nun an sitzend durch die Gegend schieben ließ.

Im Mai fuhr Birte mit Johanna für zwei Wochen zu ihren Eltern in den Hamburger Vorort. Es musste dort paradiesisch sein in dieser Jahreszeit, der riesige Garten mit den blühenden Bäumen, die Uferpromenade, der Jachthafen. Trotzdem kam sie zerknirscht und schlechter gelaunt zurück, als sie es vor Antritt der Fahrt gewesen war. Henry wagte nicht zu fragen, was passiert sei. Er wollte sich nicht die Konzentration auf die Arbeit verderben.

Im Juni gelang es Henry zwar nicht, einen einzigen Artikel zu verkaufen, dafür durchbrach er in seinem Manuskript die 100-Seiten-Schallmauer. Auf Seite 101 stattete er seinen Protagonisten probehalber mit übersinnlichen Fähigkeiten aus, da ihn der knochentrockene Realismus seiner Erzählung allmählich selbst zu langweilen begann. Schnell verwarf er die Idee wieder, wollte sie sich aber als Möglichkeit für das Buchende offenhalten.

Des Weiteren feierte Johanna ihren ersten Geburtstag, zu dem sie von Cynthia und Peter ein Dreirad und von Henry und Birte eine Puppenküche geschenkt bekam. Wenige Tage später begann ihre Eingewöhnungszeit im Kindergarten, und in der zweiten Juliwoche war sie mit der neuen Umgebung so vertraut, dass sie von neun bis zwölf dortbleiben konnte, ohne dass Birte oder Henry im Nebenraum warten mussten, um sie gegebenenfalls zu trösten.

Anfang August schließlich verkündete Birte, dass sie am Ende des Monats ausziehen werde. Das kam einerseits überraschend, andererseits hatte Henry erwartet, dass sich der Zustand ihrer stagnierenden Beziehung irgendwann ändern würde. Und er hatte gewusst, dass dies nicht auf seine Initiative geschehen würde. Es war grotesk: Er war gleichzeitig enttäuscht und erleichtert, nachdem ihm Birte ihren Entschluss mitgeteilt hatte.

Als sie ihm dann allerdings den Grund nannte, war er fast beleidigt, obwohl ihm klar war, dass dieser Grund möglicherweise nur vorgeschoben war, in der Absicht, seine sogenannten Gefühle zu schonen.

»Es hat nichts mit uns zu tun, mit unserer Beziehung«, sagte Birte. Sie stand neben seinem Schreibtisch, Henry saß auf seinem Stuhl und ließ die Augen unkonzentriert über die Meldungen des Polizeitickers auf dem Bildschirm wandern.

Er dachte: *Wenn* etwas schlimm war und als Grund ausreichte, dann doch die Beziehung.

Obwohl Birte wieder aussah wie früher, war ihre Attraktivität dahin. Ihre grelle Stimme hatte endgültig die sanfte und tiefe besiegt, und das Baby hatte ihre Angst verstärkt, keinen Job zu finden, der ihr Spaß machte *und* Geld zum Leben brachte. Diese Angst trug sie ständig mit sich herum, wenn sie das Baby fütterte, wenn sie es liebkoste, wenn sie mit Henry sprach oder mit ihm schlief. Diese Angst machte sie unsicher, und die Unsicherheit ließ sie hässlich wirken, obwohl sie alles andere als hässlich war.

»Ich will auf eigenen Füßen stehen«, fuhr Birte fort, »das Gesparte ist aufgebraucht, und von meinen Eltern nehme ich nichts mehr, wie du weißt.«

»Was ist denn los mit deinen Eltern? – Sie rufen auch kaum noch an.«

»Das ist doch jetzt egal. – Du jedenfalls verdienst zu wenig, als dass es für uns beide reichen würde. – Also bleibt mir nur noch eines übrig«, sagte Birte. »Ich war beim Arbeitsamt und habe einen Antrag gestellt.«

»Du willst sagen: *Des*wegen ziehst du aus?«

»Solange wir zusammenwohnen, zählen wir als *eine* Gemeinschaft, das heißt, dass du für mich aufkommen musst und ich kein eigenes Geld bekomme.«

»Das Geld vom Staat ist auch kein *eigenes*«, sagte Henry, »der Staat bezahlt die Leute doch bloß, um sie ruhigzustellen. Es ist zu wenig, um angenehm zu leben, aber zu viel, um zu rebellieren. – Und das willst du mit dir machen lassen?«

»Das ist Geld, das mir zusteht.«

»Wie kommst du denn *da*rauf?«

»Es gibt Gesetze, die das regeln.«

»Such dir doch lieber einen Job. – Du hast Auslandserfahrung, du sprichst perfekt Englisch *und* Koreanisch. – Leute wie du werden händeringend gesucht.«

»Wer stellt denn schon eine Mutter ein?«

»Hast du's schon probiert?«

»Ja«, sagte Birte, aber Henry glaubte ihr nicht. Er stand auf, öffnete das Fenster und zündete sich eine Zigarette an.

»Kann ich auch eine haben?«

Sie rauchten schweigend und warfen dann die Kippen auf die Straße.

»Du schmeißt also für ein paar Euro vom Staat unsere Familie weg«, sagte Henry, und gegen seinen Willen zitterte ihm leicht die Stimme.

»Ich hab die Gesetze nicht gemacht«, antwortete Birte kalt.

»Und was wird mit Johanna?«

»Wir teilen uns die Zeit mit ihr: drei Tage du, ich vier. – Und wie ich schon sagte, ich will, dass unsere Beziehung bestehen bleibt. Die Trennung ist nur eine räumliche, verstehst du.«

»Das glaubst du doch selber nicht«, sagte Henry, »das wird doch nie funktionieren.«

»Wenn wir uns anstrengen, schon. Es *kann* ja nur besser werden. – Wenn wir es beide *wollen*, kriegen wir das auch hin.«

»Ich fürchte nur, *ich* will nicht«, sagte Henry, »nicht unter diesen Umständen.«

Mit einem Mal merkte Henry, dass Birte diesen Auszug von langer Hand vorbereitet hatte. Das älteste Indiz dafür, das ihm einfiel, war ihr seltsames Verhalten im Jugendamt. Er fragte Birte, ob sie nicht noch einmal zum Amt fahren sollten, er finde es besser, wenn auch er das Sorgerecht für Johanna besäße. Wenn zum Beispiel ihr, Birte, etwas passiere, könne er seine Tochter sofort bei sich aufnehmen, ohne irgendwelche bürokratischen Hürden überwinden zu müssen. Oder falls Johanna etwas zustoße, während sie bei ihm war, könne er beispielsweise unverzüglich einer lebensrettenden Notoperation zustimmen.

Birte sagte, er bekomme das Sorgerecht nicht, vielleicht später einmal, aber nicht jetzt.

Was er an Unterhalt zahlen müsse, wollte Henry wissen. Gar nichts, sagte Birte, schließlich werde Johanna fast die Hälfte der Zeit bei ihm wohnen. Die Unterhaltsforderungen seien damit abgegolten.

Ein weiteres Indiz waren Birtes lange Spaziergänge, die Henry jedes Mal ein paar Stunden Ruhe verschafft hatten. In Wahrheit war sie auf Wohnungssuche gewesen, die sich offenbar als recht beschwerlich herausgestellt hatte, da das Amt seinen Abhängigen nur eine bestimmte Quadratmeterzahl zu einem bestimmten Preis zugestand. Erst nach einem halben Jahr hatte sie eine Hinterhofwohnung gefunden, die drei Kilometer entfernt von ihrer noch gemeinsamen lag.

Bereits am Tag nach der Ankündigung besorgte sich Birte Umzugskartons und begann, die Sachen zu packen. Johanna half ihr, Bücher in die Kisten zu legen, oder sie versteckte sich in den leeren Kartons. Für Johanna war es ein Abenteuer, dass die Wohnung nun jeden Tag anders aussah, dass überall Sachen herumlagen, Küchengeräte, die man aneinanderschlagen konnte, Kleiderberge, unter die sich kriechen ließ.

Währenddessen saß Henry paralysiert in seinem Arbeitszimmer. Er hörte seine Tochter juchzen, und er bekam den Frosch nicht weg, der ihm im Hals saß. Nicht mit Bier und nicht mit Wodka. Drei Tage nachdem Birte angefangen hatte zu packen, begann es, in den Zimmern leer zu hallen, und Henry fing hektisch an, Sachen über das Internet einzukaufen: zwei Teppiche, einen Esstisch, Stühle, ein Kinderbett und ein schwarzes Ledersofa. Einiges davon traf noch ein, bevor Birte mit ihrem Kram verschwunden war. Die Wohnung in diesem Zustand musste Johanna wie ein riesiger Spielplatz vorgekommen sein.

Am Tag des Auszugs, einem Sonntag, ging Henry früh aus dem Haus. Er hatte Johanna umarmt und es vermieden, Birte in die Augen zu sehen. Auf der Treppe kamen ihm die Möbelträger entgegen.

Beim Türken, der schon aufhatte, kaufte er eine Flasche Raki. Dann ging er los, er ging eine riesige Runde, er kam durch Gegenden von Berlin, in denen er noch nie gewesen war. Er machte nur Pause, um einen Schluck zu trinken und eine Zigarette zu rauchen.

Die Stadt rauschte an seinen Ohren vorbei, ihre Konturen verschwammen vor seinen Augen.

23.

»Sie haben ihn gefunden«, sagte Cynthia sachlich.

»Ich weiß, ich hab es vorgestern im Polizeiticker gelesen«, sagte Henry, »ich hab auch das Foto gesehen.«

»Ich musste ihn identifizieren, und sie haben mir gesagt, dass es da eine komische Sache gibt. Und zwar die Verletzung, die zu seinem Tod geführt hat …«

»Das stand auch in der Meldung.«

»Nein, so wie ich es dir jetzt erzähle, stand es eben nicht in der Meldung. – Sie gehen von einem Schuss aus. Das Geschoss ist in die Brust eingetreten, hat das Herz durchschlagen und ist am Rücken wieder ausgetreten. Es wurde keine Patrone oder Kugel gefunden. Keine Hülse, du weißt schon, was ich meine.«

»Ja.«

»Die Eintrittswunde ist kreisrund und hat einen Durchmesser von zwei Zentimetern. Die Austrittswunde ist genauso groß.«

»Dann ist es die Größe der Wunde, die ihnen komisch vorkommt?«

»Nein, sie haben mir gesagt, dass die Wunde *gefroren* war, als sie ihn gefunden haben. Seine halbe Brust war praktisch vereist. Und die Verletzung ging wie ein Kanal durch seine Brust. Wie eine glatte Röhre.«

»Was?«

»Man hat quasi durchgucken können, haben sie gesagt, und erst im Laufe des Vormittags ist die Brust aufgetaut. Und der Tunnel hat sich wieder geschlossen.«

»Das ist ja unglaublich«, sagte Henry, »ich meine, wir haben fast Sommer.«

»Sie haben gefragt, ob ich irgendeine Ahnung hätte, was passiert sein könnte. – Ich habe gesagt, nein, und dass Peter die betreffende Nacht nicht zu Hause gewesen ist, dass er wahrscheinlich eine Geliebte hat, von der ich aber weder den Namen kenne noch die Adresse. – Und ich habe gesagt, dass *du* den Abend vorher mit ihm in der Kneipe warst.«

»Oh Mann«, sagte Henry, »du hetzt mir die Polizei auf den Hals?«

»Um dich deswegen vorzuwarnen, rufe ich an«, sagte Cynthia, »früher oder später wären sie von alleine auf dich gekommen. Ich hab ihnen deine Adresse gegeben, und sie werden dich wahrscheinlich demnächst besuchen, um deine Aussage aufzunehmen.«

»Hast du was von Johanna gehört oder von Birte?«

»Denen geht's gut.«

»Haben sie vielleicht was ausrichten lassen?«

»Nein«, sagte Cynthia.

Die Abmachung, die Henry und Birte bezüglich Johannas Aufenthalt hatten, hielt ein halbes Jahr. Nichts war schriftlich fixiert, und so war es wenig verwunderlich, dass Birte die mögliche Einschränkung seines Umgangs mit Johanna als Druckmittel einsetzte, zuerst sanft, später dann deutlicher.

Anfangs war es noch so gewesen: Henry holte Johanna am Freitagnachmittag vom Kindergarten ab und brachte sie am Montagmorgen wieder hin. Birte selbst hatte sich die Aufteilung so erbeten, da sie endlich wieder ausgehen wollte, nachdem sie sich ein ganzes Jahr nur um Johanna gekümmert habe. Sie wolle unter Menschen kommen, und Freitag- und Samstagabend seien zu diesem Zweck die besten Zeiten. Henry war sofort einverstanden gewesen, und trotzdem hatte Birte weitere Phrasen aufgefahren, von denen sie annahm, es seien Argumente: dass sie selbst auch Bedürfnisse habe zum Beispiel und dass ihre eigenen Bedürfnisse im Zweifelsfall über den Bedürfnissen des Kindes stünden.

Freitags stand Henry gegen zehn auf, saugte die hundert Quadratmeter der Wohnung, räumte all das weg, was Johanna in der Woche zuvor durcheinandergebracht hatte. Er wusch Töpfe und Pfannen ab, er stellte eine Waschmaschine an, er putzte das Bad und wischte einmal im Monat den Boden, was ihn zwei Stunden Zeit und Sturzbäche von Schweiß kostete.

War er mit Putzen fertig, ging er einkaufen, und wenn er vom Einkaufen zurückkam, begann er, das Abendbrot vorzubereiten, er schnitt Gemüse für eine Tomatensoße oder setzte eine Bouillon an. Dann holte er Johanna aus dem Kindergarten ab, sie schauten auf dem Spielplatz vorbei, kauften ein paar Kleinigkeiten im Spielzeugladen oder durchblätterten in der Kinderecke des Buchladens Pappbilderbücher.

Lag Johanna im Bett, räumte Henry den Abendbrottisch ab, stellte die Spülmaschine an, löschte das Deckenlicht und schlich sich noch einmal ins Kinderzimmer, wo er die Raumtemperatur kontrollierte und je nach Bedarf entweder das Fenster öffnete oder den Thermostat hochdrehte. Er lauschte für eine Minute Johannas Atmen und entkorkte dann in der Küche eine Flasche Wein. Er schaltete den Fernseher an, stellte den Ton leise, trank einen ersten Schluck und trat dann mit dem Glas auf den Balkon, um zu rauchen. Er betrachtete den Verkehr auf der Ost-West-Magistrale, die Menschen in den beleuchteten Straßenbahnen, die Fußgänger, die in kleinen Gruppen unterwegs waren, um sich in Restaurants und Kneipen zu zerstreuen, in Kinos und Klubs. Er überlegte, dass wahrscheinlich Birte unter den Flanierenden war, aber er konnte sie nie entdecken.

Am Ende des Freitags hatte Henry das Gefühl, viel getan zu haben, aber nicht vorangekommen zu sein.

Sonnabends konnte er ebenso wenig arbeiten, und auch am Sonntag gelang ihm das nicht, am sogenannten Familientag, an dem Birte und er Johanna zuliebe etwas gemeinsam unternahmen. Birte kam am Nachmittag vorbei, wenn Johanna aus dem Mittagsschlaf erwacht war. Manchmal war sie noch verkatert und hatte rote Augen, aber Johanna war das egal, sie freute sich tatsächlich, wenn sie zu dritt loszogen, in den Zoo oder ins Puppentheater.

Henry allerdings wagte kaum, Birte anzusehen. Er malte sich aus, was sie am Abend zuvor getan oder wen sie getroffen haben könnte. Nur wenn er sich ganz auf Johanna konzentrierte, vergingen diese Gedanken, was ihm dann aber Birtes Vorwurf einbrachte, sie zu ignorieren.

»Sind wir denn noch zusammen?«, fragte Henry an einem dieser Sonntage.

»Du hast gesagt, dass du unter diesen Umständen darauf verzichten würdest.«

»Das ist keine Antwort.«

»Was hättest du denn gerne?«

»Klarheit.«

»Dann muss ich dir sagen: Nein.«

»Und warum?«

»Ich hab jemanden kennengelernt, letzte Woche. In einem Café. Er ist ...«

»Stopp«, sagte Henry und nahm Johanna, die an seiner Hand ging, auf den Arm, »ich will das nicht hören.«

Dann eines Tages lag ein Brief vom Amt im Kasten, dessen unverschämter Ton Henry zusammenfahren ließ. Man verlangte von ihm, sämtliche Einkünfte detailliert offenzulegen, da man herausgefunden habe, dass er keinen Unterhalt zahle, wozu er laut Gesetz verpflichtet sei. Wütend rief Henry Birte an, was das zu bedeuten habe, sie habe doch gesagt, er brauche keinen Unterhalt zu zahlen.

Wenn es nur nach ihr ginge, müsste er das auch nicht, erwiderte Birte. Aber die Gesetze, die nun mal existierten, regelten Fälle wie diesen ganz eindeutig. Außerdem sei der Unterhalt nicht für sie bestimmt, sondern für Johanna.

Henry legte auf. Er kannte sich mit diesem Kram nicht aus. Er recherchierte bis in die Nacht hinein irgendwelchen Gesetzen hinterher, er kam vom Hundertsten ins Tausendste, und er stieß dabei auf ein Internetforum, in dem Männer miteinander diskutierten, deren Frauen ihnen die Kinder entzogen hatten. Die meisten Beiträge waren weinerlich und abstoßend. Henry sah Bilder von Männern, die Fotos ihrer Kinder auf Pappschilder geklebt hatten und darunter in ungelenker Schrift das Umgangsrecht forderten. Die Männer hängten sich die Schilder um den Hals und lungerten so vor Gerichtsgebäuden und in Fußgängerzonen herum. Es wurde behauptet, man habe vor Gericht keine Chance gegen die Frauen, weswegen man sich gut mit ihnen stellen solle. Lieber ein paar Kröten schlucken, als stur auf einem Recht zu beharren, das sich nicht durchsetzen lasse.

Es war eine Subkultur des Grauens, in die Henry in jener Nacht abtauchte, aber am Morgen, als die Sonne aufging, glaubte er herausgefunden zu haben, für Johanna keinen Unterhalt zahlen zu müssen. (Er betreute sie die Hälfte der Woche, er kaufte ihr Kleidung, Spielzeug und bezahlte die Kindergartengebühren. – Es ging hier nicht ums Geld, sondern ums Prinzip.)

Er teilte Birte die neuen Erkenntnisse am Telefon mit und sagte, er werde die Sache auch dem Amt so darstellen, und zwar in einem Ton, der dem unverschämten Ton des Anschreibens mindestens ebenbürtig sei.

Birte bat ihn, bis zum Abend zu warten, sie werde sich wieder bei ihm melden. Man müsse Schritte den Ämtern gegenüber koordinieren, sonst werde man zu deren Spielball.

Wie sie plötzlich darauf komme, etwas mit ihm koordinieren zu wollen, fragte Henry. Seine Meinung habe doch nie eine Rolle gespielt, weder beim Auszug noch bei der ganzen Unterhaltsscheiße.

Bitte, sagte Birte.

Sie schien sich tatsächlich Gedanken gemacht zu haben über den Tag, denn ihr Ton beim zweiten Telefonat am Abend war ein vollkommen anderer, nicht mehr bittend, sondern fordernd und kompromisslos.

Sie sagte, sie habe nachgedacht und zusätzlich das Jugendamt konsultiert und sei zu folgendem Schluss gekommen: Kinder, zumal so kleine wie Johanna, bräuchten *einen* Lebensmittelpunkt, einen Ort, der das Zentrum ihres Daseins bilde, und da Kinder von Natur aus engere Bindungen an die Mutter hätten, sei dieser Ort für Johanna in Zukunft bei ihr, Birte. In Henrys Wohnung dagegen sei Johanna künftig nicht mehr *zu Hause*, sondern *zu Besuch*. Ihr, Birte, liege sehr daran, wenn sie das auch sprachlich so exakt differenzierten.

Was denn das nun wieder solle, wollte Henry wissen.

Das würde bedeuten, dass Johanna von nun an nur noch zwei Tage bei Henry zu Besuch sein werde, sagte Birte. Er könne sie am Donnerstagnachmittag vom Kindergarten abholen und am Samstagabend in ihrem Zuhause, bei Birte, wieder abgeben.

Henry sagte, er kenne diese Theorie des Lebensmittelpunktes. Die habe die deutsche Paar-Beratungsindustrie aufgestellt, die sich aus frustrierten, alleinerziehenden Müttern rekrutiere. Das sei reaktionäres und im Grunde antiemanzipatorisches Geschwätz. In Frankreich werde das ganz anders gehandhabt und in Skandinavien auch.

Das spiele für sie keine Rolle, sagte Birte.

Ob sie das alles nur wegen seiner Weigerung vom Morgen tue, fragte Henry und bot an, die vom Amt geforderte Summe zu zahlen, wenn sie die alte Aufenthaltsregelung beibehielten.

Nein, sagte Birte, das sei beim Stand der Dinge nicht mehr in Johannas Interesse.

Mit der neuen Wochenaufteilung entfiel auch der gemeinsame sogenannte Familientag. Birte behauptete, er habe in letzter Zeit ohnehin keinen Sinn mehr gehabt, wegen Henrys Ignoranz, wegen seiner Unhöflichkeit, all das werde keinen guten Eindruck auf Johanna machen und schlimmstenfalls ihr späteres Bild von Familie prägen.

Henry war zu müde, um zu widersprechen. Er beschloss, dem Rat der Männerbewegungsparanoiker zu folgen und Birte, soweit es ging, in Ruhe zu lassen, ihr keine Angriffspunkte zu bieten, sich in Diskussionen defensiv zu verhalten, ohne gelangweilt zu wirken. Er richtete einen Dauerüberweisungsauftrag für den Kindesunterhalt ein, und er redete sich ein, durch die neue Umgangsregelung Arbeitszeit gewonnen zu haben, was indirekt auch Johanna zugutekäme, irgendwann.

Das Haus, in dem sich Birtes neue Wohnung befand, war ein Drecksloch, in dem wenige Studenten und ein Haufen Asozialer lebten. Im engen Treppenaufgang des Hinterhauses roch es nach Katzenpisse und verschüttetem Bier, im Hof stapelte sich feucht gewordener Müll. Hinter den Wohnungstüren – einige davon waren eingetreten und nur notdürftig mit Sperrholzplatten repariert – bellten Hunde.

Es war für Henry die Hölle, Johanna sonnabends dort abgeben zu müssen, besonders im Winter, wenn die Wohnung kalt war, der defekten Kachelöfen wegen.

Seine Tochter freute sich übermäßig, blieb Henry nach der Übergabe noch eine Weile in Birtes Wohnung. Sie präsentierte ihr Spielzeug oder Bilder, die sie gemalt hatte, und Henry merkte, wie viel von ihrem Leben er verpasste. Andererseits war er ihr durch Birtes Auszug nähergekommen, als es innerhalb ihrer sogenannten Kleinfamilie je möglich gewesen wäre. So wie er gezwungen war, den Haushalt allein zu machen, was schneller und unkomplizierter ging, so war er auch gezwungen, sich die zwei, drei Tage, die sie bei ihm lebte, allein um Johanna zu kümmern. Er musste sich auf sie konzentrieren, er konnte das Spielen, die Erziehung, das Zubettbringen nicht mehr nebenbei erledigen, wie vorher, als Birte noch da gewesen war, und trotzdem gingen ihm auch diese Sachen leichter von der Hand. Er musste sich mit niemandem einigen, auf keinen gemeinsamen Nenner kommen, der ohnehin immer nur der kleinstmögliche war, mithin meist ein fauler Kompromiss. Das, was man als *Kleinfamilie* wahrnahm, befand man sich selbst darin, entpuppte sich als *Konsenshölle*, war man wieder herausgefallen und warf aus der Distanz einen Blick zurück.

Spätestens nach einer Stunde in Birtes Wohnung wurde Henry nervös. Er ging dann ins Treppenhaus, öffnete ein Fenster, zündete sich eine Zigarette an und überlegte, wie er sich am besten von Johanna verabschieden konnte, förmlich mit Umarmung und Kuss oder beiläufig, als gehe er nur kurz zum Briefkasten und komme gleich wieder. Er fragte sich, ob Johanna weinen oder lediglich enttäuscht gucken würde, wie sie es meistens tat. Es sah dann aus, als hätte jemand einen Schalter umgelegt. Das Lachen fiel ihr plötzlich aus dem Gesicht, die Mundwinkel zuckten, die Augen flackerten und füllten sich mit Wasser, aber sie weinte nicht, vielleicht auch, weil Birte ihr klar machte, dass es Quatsch sei, zu heulen.

Johanna sagte dann zum Beispiel so etwas wie, dass sie Angst habe vor dem Mann im Parterre, weil der immer betrunken sei und herumschreie. Der sei böse, sagte sie und umklammerte Henrys Hand, dem nicht mehr einfiel, als zu sagen, dass sie keine Angst zu haben brauche, dass er sie vor dem bösen Mann beschützen werde und dass er sie schon in vier Tagen wieder aus dem Kindergarten abholen werde. »Vier?«, fragte Johanna dann, und Henry merkte, dass ihr Körper zu beben anfing, und er merkte auch, dass Birte, die neben ihnen in der Tür stand, unruhig wurde, und er zählte für Johanna mit den Fingern die Zahl ab: eins, zwei, drei, vier – Sonntag, Montag, Dienstag, Mittwoch, und Birte sagte, dass sie endlich mal zum Schluss kommen sollten.

Henry löste vorsichtig seine Hand aus Johannas, und während er sie umarmte und ihr über den Kopf streichelte, merkte er, dass sie immer noch bebte, er merkte, dass sie schluckte, dass sie gegen die Tränen kämpfte und dass sich ihre Arme an seinen Hals pressten, und er hörte Birte sagen, dass Johanna jetzt endlich Tschüss sagen solle, und Johanna *sagte* Tschüss, und Henry kramte eine Zigarette aus seinem Mantel und stürzte die Treppe hinunter und hörte noch, wie Johanna »Papa« hinter ihm herrief, bevor Birte sie in die Wohnung zog und die Tür ins Schloss fiel.

Henry lief, ohne sich umzusehen, über den Hof, und erst draußen auf der lauten Straße hielt er kurz inne, um die Zigarette anzuzünden, die zwischen seinen Lippen klemmte.

Es war nach einem dieser Samstagnachmittage, dass er zum ersten Mal statt der einen Flasche Wein am Abend zwei trank.

24.

Trotz allem bemühte sich Henry, die Contenance zu bewahren, so wie es die Paranoiker aus dem Männerforum empfahlen, und es gelang ihm relativ problemlos, fast ein Jahr hindurch, bis er an einem Februartag gegen halb neun abends – er kam aus dem Supermarkt – zufällig Birte auf der regennassen Straße traf. Sie kam ihm, leicht gegen den Wind gebeugt, entgegen, den Mantelkragen hochgeschlagen, die Hände in den Taschen vergraben. Und sie war nicht allein, an ihrer Seite ging ein Mann, der einen Kopf größer war und jünger aussah als sie, der einen Arm um ihre Schulter gelegt hatte und mit der anderen Hand ein Fahrrad schob. Er sah aus wie ein Student, trug Jeans, einen Parka und eine schwarze Wollmütze.

Henry blieb stehen, nachdem er Birte erkannt hatte. Er wollte sich schon umdrehen und weggehen, als er Johanna sah, die hinter den beiden hertrottete. Sie lief im Schneckentempo, mit hängenden Schultern. Die Kapuze des Anoraks war ihr halb vom Kopf gerutscht, und Henry bemerkte im Licht der Straßenlaternen, dass ihr Gesicht vom Regen nass war. Um diese Zeit hätte sie eigentlich längst im Bett liegen sollen. Auch Johanna ging nicht allein, ein vielleicht fünfjähriger Junge hielt ihre Hand und versuchte ihr Trödeln zu beenden, indem er sie unsanft zog.

Bis auf zwei Meter kamen Birte und ihr Begleiter heran, dann blieb Birte stehen, und als der mutmaßliche Student merkte, dass sie Henry ansah, nahm er seinen Arm von ihrer Schulter.

Henry ging einen Schritt nach vorn. Er fixierte Johanna, die, von dem Jungen gezogen, jetzt hinter ihrer Mutter ankam.

»Was machst du denn hier?«, sagte Birte. Sie lächelte unsicher.

»Johanna sollte längst schlafen«, sagte Henry.

Johanna, die seine Stimme erkannte, sah hoch, sie zog ihre Hand aus der Hand des Jungen, sie trat hinter ihrer Mutter hervor, stellte sich auf Henrys rechten Schuh und umklammerte mit den Armen sein Bein.

»Das ist Henry«, sagte Birte, »und das ist Flo.«

»Hi«, sagte Flo.

Henry ignorierte ihn. Er zog Johanna die Kapuze über die Ohren und schloss den obersten Knopf ihres Anoraks, während Johanna zu plappern begann: dass sie heute ausnahmsweise bei Henry schlafen wolle, dass sie zu müde sei und es nicht mehr schaffe bis in Birtes Wohnung, eine kleinkindliche Litanei in klagendem Ton.

»Wir waren essen«, sagte Birte.

Henry stellte die Einkaufstüten ab, bückte sich zu Johanna hinunter und flüsterte ihr ins Ohr, dass sie schon in zwei Tagen wieder bei ihm sein werde: eins, zwei. Johanna aber jammerte, dass sie *sofort* mitkommen wolle.

»Ihr solltet euch jetzt verabschieden«, sagte Birte.

»Ich geh schon mal«, sagte der Student zu Birte und zu Henry: »Tschüss.« Henry ignorierte ihn.

Flo lief langsam los, sein Fahrrad gegen den Wind schiebend, der Junge folgte ihm im Abstand von einem Meter.

Henry versuchte sanft, sein Bein aus Johannas Umklammerung zu befreien.

»Flos Sohn ist sechs«, sagte Birte, »er heißt Finn.«

»In zwei Tagen, okay?«, flüsterte Henry in Johannas Ohr.

»Jetzt reicht es aber, Johanna«, sagte Birte, »sag Tschüss,

und dann gehen wir.« Und als Johanna entgegnete, dass sie nicht wolle, packte Birte sie an der Kapuze und zog daran, während Henry gleichzeitig versuchte, ihre kalten Finger vom Stoff seiner Hose zu lösen, in den sie sich verkrampft hatten.

Henry kam sich mies vor, dieses blonde Kind zu hassen, Finn, und er hatte keine Ahnung, ob diese Witzfigur namens Flo eine neue Bekanntschaft Birtes war oder derselbe Typ, von dem sie irgendwann einmal erzählt hatte, sie habe ihn in einer Bar getroffen.

Es war wie verhext: seit dieser ersten, zufälligen Begegnung sah er Birte, Flo, Finn und Johanna regelmäßig gemeinsam durch das Viertel ziehen, doch wenigstens gelang es ihm seitdem, unbemerkt zu bleiben. Anders als beim ersten Mal schien Johanna durchaus nicht so unglücklich mit der Situation zu sein, wie Henry hoffte. War sie bei ihm, berichtete sie unbefangen von den gemeinsamen Unternehmungen, von Finns Spielzeug und wie Flo sie gekitzelt hatte.

Henry ließ sie gewähren, aber er fragte nicht weiter nach, er vertiefte diese Gespräche nicht, und er hatte den Eindruck, dass Johanna merkte, wie sich sein Verhalten änderte, sobald sie von Flo oder von Finn sprach, dass sie irgendwann merkte, wie unangenehm ihm die Nennung der beiden Namen war.

Seine Fassung begann Henry an einem Donnerstagnachmittag zu verlieren. Die Tage waren frühsommerlich, Johannas vierter Geburtstag stand unmittelbar bevor. Er holte sie am Nachmittag aus dem Kindergarten ab, trug sie auf den Schultern Richtung Spielzeugladen, während sie sich über ihre Geburtstagswünsche unterhielten. Johanna zählte ein Dutzend Kinder auf, die zu ihrer Geburtstagsfeier kommen sollten, und Henry fragte belustigt: »Mehr nicht?«

Johanna überlegte kurz und sagte dann: »Doch, und Finn.«

»Finn auch?«, fragte Henry, der diesmal das Thema nicht abwürgen wollte.

Johanna bejahte, und Henry fragte, ob Finn schon in die Schule gehe. Johanna bejahte wieder und sagte, dass auch sie gestern in Finns Schule gewesen sei.

»Was?«, sagte Henry und tat erschüttert. Er glaube nicht, dass so kleine Mädchen schon in die Schule dürften.

»Doch«, sagte Johanna, »aber nur zusammen mit Flo.«

»Ach so«, sagte Henry, und seine Laune verschlechterte sich um eine Nuance. Trotzdem nahm er sich vor, das Gespräch durchzuhalten: »Und mit Mama.«

»Nein«, sagte Johanna, »nur mit Flo.«

»*Ohne* Mama?«, fragte Henry.

»*Nur* mit Flo.«

»Wann war denn das?«, fragte Henry, bemüht, den scherzhaften Tonfall beizubehalten.

»Nach dem Kindergarten.«

»Gestern?«

Sie wisse es nicht mehr, sagte Johanna.

»Hat dich *Flo* vom Kindergarten abgeholt?«

»Ja«, sagte Johanna, »Mama habe es erlaubt und einen Zettel mitgegeben für die Erzieherin.«

»Zum ersten Mal?«

»Nein«, sagte Johanna.

Im Spielzeugladen kaufte Henry einen Plüschhamster und eine große Windmühle, die er später am Balkongeländer befestigte. Nach dem Abendbrot sahen sie sich den Sandmann an, spielten mit Johannas Prinzessinnenschloss, und vor dem Einschlafen las Henry ihr eine Bilderbuchgeschichte vor.

Als Ruhe eingekehrt war, machte er sich eine Flasche Wein auf. Draußen war es noch hell, die Leute auf der Straße waren ausgelassen und ein wenig aufgedreht, des lauen Abends wegen oder weil sie sich auf die bevorstehenden Ferien freuten, vielleicht auch aufgrund der Fußballweltmeisterschaft, die gerade stattfand. Möglicherweise waren sie unterwegs zu einem der öffentlichen Plätze, wo auf Großleinwänden das Spiel des Abends übertragen wurde. Henry saß auf dem Balkon, rauchte und trank Wein. Er hörte die Leute, die unten vorbeigingen. Sie redeten und lachten. Er sah auf die Windmühlenflügel, die sich ratternd in Bewegung setzten, wenn ein warmer Windstoß sie erfasste.

Aber seine Gedanken waren finster und wurden umso dunkler, je weiter die Zeit fortschritt, je mehr er die Szenen, die er sich vorstellte, mit Details ausschmückte, je mehr die Dämonen, die er heraufbeschwor, an Kontur gewannen. Es ging um Birte und Flo und um Finn, dessen blöde, blonde Kindlichkeit die beiden benutzten, um Johanna auf *ihre* Seite zu ziehen und sie Henry zu entfremden. Und es ging um diese *Erfindung*, die Ergebnis von Betrug und Verrat war, von Verzagtheit, Geldgier, von Staatsgläubigkeit und einem Egoismus, der sich als Streben nach persönlicher Freiheit tarnte, eine Erfindung, die eine verworfene Gesellschaft als Alternative zum angeblich Reaktionären der Tradition hochjubelte, als modern und urban und fortschrittlich pries, es ging um das, was Zeitungen *Patchworkfamilie* nannten, eine Behelfskonstruktion, bequem für die, die sich in ihr zusammenfinden konnten, die Hölle dagegen für die anderen, die Übriggebliebenen, zu denen sich auch Henry seit diesem Tag zählte.

Er konnte deutlich das Ende sehen, das bevorstand: Birte und Flo würden über kurz oder lang zusammenziehen, sie würden ein drittes Kind bekommen, ein gemeinsames Kind, einen symbolischen Grundstein für ihre neue Flickenfamilie.

Es war schon nach Mitternacht, als Henry Birtes Nummer wählte.

Sie klang schlaftrunken, als sie fragte, ob etwas mit Johanna nicht in Ordnung sei.

»Ich will das Sorgerecht«, sagte Henry, ohne ihre Frage zu beantworten.

»Du bist betrunken.«

»Das spielt keine Rolle, ich will das Sorgerecht.«

»Ich bin doch nicht blöd, du *bekommst* das Sorgerecht nicht.«

»Ich besteh drauf, sonst ...«

»*Was* sonst?«

»Sonst kannst du dich in Zukunft allein um Johanna kümmern.«

»Das ist doch nicht dein Ernst. – Lass uns morgen noch mal reden.«

»Morgen gibt's dazu nicht mehr zu sagen als jetzt.«

»Du willst also Johanna nicht mehr *sehen*?«

»Ich will das *Sorgerecht*«, sagte Henry, »und natürlich will ich Johanna sehen, am liebsten jeden Tag.«

»Zum letzten Mal: Du bekommst das Sorgerecht nicht.«

»Dann gilt das, was ich eben gesagt habe.«

»Dass du Johanna nicht mehr zu dir nimmst?«

»Ja.«

»Und wie willst du ihr das erklären?«

»Keine Ahnung«, sagte Henry. Es entstand eine kurze Pause.

»Du denkst, dass ich es alleine nicht schaffe mit Johanna, hab ich recht?«

»Und wenn schon.«

»Du sitzt am kürzeren Hebel, Henry, und ich denke wirklich, dass du zu betrunken bist, um eine solche Entscheidung zu fällen. – Ich gebe dir bis Dienstag Zeit, das zurückzunehmen. Ruf mich an, schreib mir eine E-Mail, was auch immer.«

»Bis Dienstag wird sich nichts ändern. – Gib mir das Sorgerecht, und alles bleibt, wie es war«, sagte Henry und legte auf.

Bevor er schlafen ging, sah er im Kinderzimmer nach Johanna. Er strich ihr eine Haarsträhne aus dem Gesicht und deckte die freigestrampelten Beine zu.

Ein Klingeln an der Wohnungstür holte ihn aus dem Mittagsschlaf. Sofort fiel ihm ein, dass Cynthia der Polizei seine Adresse gegeben hatte.

Henry stand auf, öffnete vorsichtig die Schlafzimmertür und trat barfuß auf die Flurdielen. Es knarrte, und er blieb regungslos stehen. Sein Blick fiel auf die Tür des verschlossenen Zimmers, auf die bunt bemalten Blätter, die dort befestigt waren. Abermals schrillte die Klingel, fast zwei Sekunden lang. Henry hielt sich die Ohren zu. Eine laute Männerstimme fragte im Berliner Dialekt, ob jemand zu Hause sei. Danach klopfte es an der Tür, und endlich hörte Henry, wie sich der Störer mit schweren Schritten entfernte. Es war offenbar nur eine Person gewesen.

Er ging vorsichtig ins Schlafzimmer zurück, zog sich an, noch immer bemüht, keine Geräusche zu machen. Er stellte sich abermals in den Wohnungsflur und lauschte, fünf Minuten vielleicht. Im Treppenhaus tat sich nichts. Henry schlich zur Tür und schob vorsichtig den Riegel des Sicherheitsschlosses zur Seite. Er holte das Schlüsselbund aus der Hosentasche und führte wie in Zeitlupe den Wohnungsschlüssel ins Schloss. Dann drehte er den Schlüssel langsam um und drückte die Klinke so behutsam, als wäre sie aus Glas. Er zog die Tür zu sich heran und streckte den Kopf durch den Spalt. Draußen roch es nach Zigarettenrauch, auf dem Fußabtreter erkannte Henry Asche. Ansonsten fiel ihm nichts Ungewöhnliches auf, es war still und niemand zu sehen. Er richtete sich auf und trat drei Schritte nach vorn ans Treppengeländer, er sah nach oben und nach unten, dann wandte er sich um und wollte zurück in die Wohnung gehen, als er eine Karte bemerkte, die mit Klebeband an der Tür befestigt war. Henry nahm sie und las. Man teilte ihm mit, dass der Strom abgestellt sei, da er trotz mehrfacher Aufforderung weder Rückstände noch Mahngebühren bezahlt habe.

Henry wurde heiß, er probierte den Lichtschalter im Bad und den in der Küche: Nichts tat sich. Er überlegte, dass der Monteur vielleicht noch im Haus war und mit sich reden ließ, weswegen er in den Keller rannte, wo sich die Zähler befanden: keine Spur von dem Monteur. Mit einem Feuerzeug untersuchte er die Stromzähler, seiner war der Einzige, bei dem ein kleiner Hebel anders als bei den anderen in waagerechter Position stand. Der Hebel war verplombt.

Auch das Telefon funktionierte nicht mehr, er kam nicht mehr ins Internet, und es war eine Frage von Stunden, bis der Notebookakku leer sein würde. Henry überlegte, wen er um Geld bitten konnte. Peter war tot, Cynthia schied aus, genauso wie Birte. Seine Freunde von früher waren nicht mehr seine Freunde. Vermutlich hätten sie ihm dennoch etwas gegeben, aber er schämte sich, sie zu fragen. Es blieben Bettina und seine Eltern.

In seiner Brieftasche befanden sich noch zehn Euro. Er war mit drei Monatsmieten im Rückstand, er hatte seit einem halben Jahr keinen Unterhalt mehr für Johanna gezahlt und die Post von Jugend- und Arbeitsamt ungeöffnet im Spülbecken verbrannt. Er wunderte sich, dass das Gas noch nicht abgestellt war und es die Wohnungsverwaltung bislang bei höflich formulierten Zahlungsaufforderungen belassen hatte. Henry nahm sich vor, in den nächsten Tagen, wenn er über etwas Geld verfügte, mit der Verwaltung über eine Stundung seiner Schulden zu verhandeln. Er nahm sich vor, Kontakt mit seinem Verleger aufzunehmen. Immerhin gab es einen Vertrag, in dem stand, dass er die zweite Hälfte des Vorschusses bei Abgabe des Manuskriptes erhalten würde. Vielleicht gewährte ihm der Verlag einen Vorschuss auf diesen Vorschuss. Er traute sich zu, das Manuskript innerhalb von drei, vier Monaten zu beenden. Dieses Geld würde ihm erlauben, auf einen Schlag sämtliche Schulden zu begleichen, selbst die, die er bei Peter hatte, auch wenn er annahm, dass Cynthia gar nichts von der Sache wusste.

(Er fragte sich außerdem – und das mittlerweile mehrmals täglich –, ob sein Faustschlag Spuren in Peters Gesicht hinterlassen hatte, die Rückschlüsse auf ihn, den Schläger, zuließen.)

Er musste raus aus der Isolierung, in der er seit – fast auf den Tag genau – einem Jahr steckte und die mit dem unseligen nächtlichen Anruf bei Birte begonnen hatte. Er musste die verdammte Zeit vergessen, durch die er sich seither geschleppt hatte: die Stagnation, die Melancholie, den Niedergang.

Und er benötigte sofort ein wenig Geld, nicht um zu essen, der Appetit war ihm vergangen, sondern für ein Bahnticket in die Uckermark, für ein paar Stunden im Internetcafé, für eine Telefonkarte, für Zigaretten und ein, zwei Flaschen Wein, um sich die Nacht zu verkürzen.

Henry ging runter auf die sommerliche Straße und dachte, was für ein Glück es war, dass man ihm den Strom zu dieser Jahreszeit abgeklemmt hatte. Er setzte sich in ein

Straßencafé, bestellte ein Bier, beobachtete zurückgelehnt die Passanten, und wenig später gelang es ihm tatsächlich, zweihundert Euro aus dem Automaten einer obskuren Genossenschaftsbank herauszuholen.

25.

Das letzte Gespräch führten sie am Morgen nach Henrys Telefonat mit Birte, kurz bevor sie losmussten, um noch pünktlich im Kindergarten zu sein. Sie standen auf dem Balkon, Henry trug Johanna auf dem Arm, und sie sahen gemeinsam auf die Ost-West-Magistrale hinunter, über die der frühe Berufsverkehr donnerte. Henry konnte sich nicht mehr an den genauen Wortlaut erinnern, aber das Gespräch ging ungefähr so:

»Die haben alle Deutschlandfahnen auf dem Balkon.«

»Ja, weil Fußballweltmeisterschaft ist.«

»Aber wir haben keine, stimmt's, Papa?«

»Nein, wir haben keine.«

Pause.

»Aber dafür haben wir eine Windmühle, oder?«

»Stimmt, wir haben eine Windmühle.«

»Und die ist viel schöner, oder?«

»Genau.«

Pause.

»Kann ich für immer bei dir bleiben, Papa?«

»Wenn du größer bist, kannst du dir aussuchen, wo du wohnen willst.«

»Wie groß?«

»Na ja, mit zwölf Jahren vielleicht.«

»Ist das noch lange?«

»Ein bisschen dauert es noch.«

»Schade.«

Henry ließ den Termin verstreichen, den Birte ihm gesetzt hatte, obwohl er längst Zweifel an der Richtigkeit seiner Entscheidung hegte. Er war nervös gewesen am Tag des Ultimatums, er konnte sich nicht auf die Arbeit konzentrieren, er wartete, dass sich Birte meldete, aber sie meldete sich nicht.

Und er wartete am Mittwoch, ließ auch diesen Tag tatenlos verstreichen. Doch weder am Mittwoch hörte er von Birte noch am Donnerstagvormittag. Henry überlegte, dass sie seinen Anruf vielleicht gar nicht ernst genommen hatte. Sie hatte selbst behauptet, dass er betrunken sei und sie sich noch einmal über das Thema unterhalten sollten, wenn er wieder nüchtern war. Ja, ganz sicher hatte sie sein Gerede nicht ernst genommen und meldete sich deshalb nicht. Sie meldete sich nicht, weil alles beim Alten geblieben war, weil es war wie immer.

Als er losging, um Johanna aus dem Kindergarten abzuholen, war für Henry nur diese eine Erklärung sinnvoll. Die Kindergärtnerin aber belehrte ihn eines Besseren. Sie sagte, Johanna sei bereits abgeholt worden, von einem jungen Mann, dem Birte eine Vollmacht ausgestellt habe. Sie sagte, der junge Mann habe dies schon des Öfteren getan, und sie sagte, Birte habe kraft des Sorgerechtes, das allein sie besitze, verfügt, dass Henry ab sofort nicht mehr berechtigt sei, seine Tochter mitzunehmen.

Die Kindergärtnerin sagte, sie wolle nicht wissen, was Birte zu diesem Schritt veranlasst habe, aber es tue ihr leid für ihn, der seine Tochter stets sauber gekleidet und pünktlich gebracht habe. Angesichts der neuen Umstände aber bestehe kein Grund mehr für Henry, das Gebäude des Kindergartens sowie den Garten zu betreten. Sie hoffe, dass das eines Tages wieder anders werde, und wünsche ihm bis dahin alles Gute.

Und damit hatte Henrys Untergang begonnen.

Von den zweihundert Euro der Genossenschaftsbank kaufte er sich ein Bahnticket und eine Telefonkarte. Im türkischen Imbiss erstand er eine Flasche Raki und löste seine gefälschte Rolex wieder aus. Der wilde Mann mit dem Kebabsäbel sagte zum Abschied: »Mach's gut, Nachbar.«

Henry trank den Schnaps in der dunklen Küche, während er beobachtete, was sich hinter den Fenstern des Hinterhauses tat. Doch alle Fenster blieben dunkel, und wenn es überhaupt noch Bewohner dahinter gab, hatten sie zumindest aufgegeben, dem Wildwuchs des Efeus mit Scheren zu begegnen. Auch das Gestrüpp im Hof wucherte, die Büsche bei den Mülltonnen, die Hecke an den Fahrradständern. Man kam kaum noch durch, und wäre er frei von Mietschulden gewesen, hätte sich Henry bei der Verwaltung über den Hausmeister beschwert.

Als die Flasche leer war, legte er sich schlafen.

Am nächsten Tag ging er in ein Internetcafé, um Bettinas Telefonnummer zu recherchieren. Auf der Webseite der Kunsthochschule war ihre Handynummer hinterlegt. Henry registrierte, dass sie mittlerweile eine ordentliche Professur innehatte. Bevor er von einer Telefonzelle aus ihre Nummer wählte, überschlug er, wie lange sie nicht miteinander gesprochen hatten: Es mussten sechs Jahre sein.

Bettina erkannte ihn nicht an der Stimme, und selbst als er seinen Namen genannt hatte, zögerte sie noch, weshalb er schnell den Namen der Straße hinterherschob, in der ihre gemeinsame Wohnung gelegen hatte.

Ja, natürlich, sie wisse, wer er sei, sagte Bettina, und ihre Stimme klang fast, als freue sie sich, nach so langer Zeit von ihm zu hören. Wie es ihm gehe, wollte sie wissen.

Gut, sagte Henry reflexhaft, um sich sofort zu korrigieren, nein, eigentlich nicht, eher sei das Gegenteil der Fall.

Ob was mit der Arbeit nicht stimme, wollte Bettina wissen. Sie klang aufrichtig besorgt.

Nein, die Arbeit laufe zwar schlecht, und er sei schon eine ganze Weile nicht mehr bei der Zeitung angestellt, aber damit habe der Anruf nichts zu tun. Er könne ihr nicht alles erklären, das sei zu viel und auch zu kompliziert, zumal er an einer Telefonzelle stehe und die Karte bald leer sei.

An einer Telefonzelle? Sie habe gar nicht gewusst, dass es so etwas noch gebe, sagte Bettina. Was denn nun der Grund sei, dass er sich melde. Sie habe nicht mehr viel Zeit, ihre Mittagspause gehe gleich zu Ende.

Geld, sagte Henry, er brauche dringend Geld. Es sei ihm unsagbar peinlich, sie darum zu bitten, aber er sehe keinen anderen Weg. Er brauche das Geld, um sein Buch zu beenden, und wenn er das Buch beendet hätte, bekomme er vom Verlag die zweite Hälfte seines Vorschusses. Damit könne er all seine Schulden zurückzahlen.

Was er denn für Schulden habe, wollte Bettina wissen.

Miete, Gas, Strom, sagte Henry, und Unterhalt.

Unterhalt?

Ja, Unterhalt, für seine Tochter, fünf Jahre alt, die er aber nicht sehen dürfe.

Bettina schwieg. Henry wartete ein paar Sekunden, dann fragte er, ob sie noch dran sei.

Wie viel er brauche?

Tausend wären nicht schlecht.

Das gehe im Moment nicht, sie könne ihm höchstens die Hälfte davon überweisen, fünfhundert.

Ob es möglich sei, ihm das Geld mit der Post zu schicken? Sein Konto sei dermaßen überzogen, dass er von dem Geld nichts hätte, würde sie es überweisen.

Er solle dranbleiben, sagte Bettina, sie hole nur schnell einen Stift, um seine Adresse zu notieren.

Zirka zwei Wochen nachdem ihm Johannas Gruppenleiterin nahegelegt hatte, nicht mehr im Kindergarten zu erscheinen, ließ Birte ihre Telefonnummern ändern. Henry hatte in dieser Zeit zig Male versucht, sie zu erreichen, aber nie war sie rangegangen. Er hatte auf die Mailbox gesprochen und auf den Anrufbeantworter, hatte sich entschuldigt, gejammert und gefleht, und am Ende, als keine einzige Reaktion gekommen war, hatte er auch gedroht.

Dass er Flo auflauern werde mit einem Baseballschläger, wenn der ihn weiterhin seiner Tochter entfremde, dass er, wenn Birte sie ihm nicht im Guten überließe, Johanna auch gegen ihren Willen zu sich nehme, dass er sich mittlerweile sogar vorstellen könne, mit seiner Tochter in eine andere Stadt zu ziehen, und dass Birte dann am eigenen Leib spüren werde, was es bedeute, sein Kind nicht sehen zu dürfen. Er schrieb E-Mails, in denen ungefähr das Gleiche stand, er rief bei Birtes Mutter an und bei Cynthia: Die eine versuchte ihn zu beruhigen, die andere ließ ihn kalt und arrogant abblitzen.

Da er nicht mal mehr Birtes Telefonnummer hatte, begann Henry, um ihre Wohnung herumzuschleichen. Er drückte sich auf der Straße vor dem Haus herum, er verschaffte sich Zutritt zum Hof, stieg die Treppe zu ihrer Wohnung hoch, wenn sie nicht da war.

Auf diese Art sah er Johanna zweimal. Beim ersten Mal kam sie mit Birte an der Hand über den Hof gelaufen. Sie erzählte etwas, und Birte lachte, was wiederum Johanna zum Lachen brachte. Anscheinend kamen sie aus dem Kindergarten, denn Johanna trug ihren rosa Sportrucksack auf dem Rücken. Henry hockte hinter den Müllcontainern und ihm war klar, wie sehr sich Johanna erschrecken würde, träte er hervor, denn sie wusste ja nicht, *warum* er dort hockte.

Beim zweiten Mal waren auch Flo und Finn dabei, und wieder brachte es Henry nicht fertig, sich zu zeigen.

Er fiel stattdessen in eine Apathie, die monatelang anhielt, die ihn das Weihnachtsfest allein und fast reglos auf dem Sofa verbringen ließ, die verhinderte, dass er auch nur einen verwertbaren Satz schrieb, dass er sich bei den wenigen verbliebenen Freunden meldete oder auch nur bei seinen Eltern. Selbst Johanna zu sehen verspürte er keine Lust mehr.

Erst im folgenden Frühjahr, einen Monat vor Johannas fünftem Geburtstag, erwachte Henry aus seiner Starre wie ein Tier aus dem Winterschlaf.

Er kaufte einen Blumenstrauß und einen Plüschelefanten, er rasierte sich, zog einen hellen Anzug an und machte sich an einem Sonntagmorgen auf den Weg zu Birtes Wohnung. Er wollte diesmal klingeln, statt im Versteck zu lauern, er wollte sich entschuldigen, und er war bereit, jede ihrer Bedingungen zu akzeptieren, wenn er im Gegenzug Johanna sehen dürfte, und sei es unregelmäßig oder unter Aufsicht.

Als er an der Hofeinfahrt stand, den Zeigefinger schon ausgestreckt, um zu klingeln, merkte er, dass ihm die Hand zitterte. Er steckte sich eine Zigarette an und ging einmal um den Block. Danach probierte er es noch einmal. Er suchte mit den Augen Birtes Namen auf dem Klingelbrett, er war so lange nicht mehr hiergewesen, dass er vergessen hatte, an welcher Stelle unter den dreißig anderen Namen er ungefähr suchen musste. Es gelang Henry nicht, er nahm den Zeigefinger zur Hilfe, seine Hand zitterte noch immer. Er fuhr Zeile um Zeile ab, aber er fand Birtes verdammte Klingel nicht. Dann hörte er Schritte in der Toreinfahrt, und wenig später öffnete eine Mieterin, den Hund an der Leine, die Hoftür von innen und ließ ihn ein.

Henry stieg zwei Treppen des Hinterhausaufgangs hoch,

dann befreite er den Blumenstrauß vom Einwickelpapier und nahm den Plüschelefanten aus der Plastiktüte. Im Treppenhaus roch es wie immer nach Katzenpisse und billigen Zigarillos. Der ganze Aufgang dröhnte von der Schlagermusik, die aus einer der Wohnungen drang.

Vor Birtes Tür stand eine Tüte mit leeren Flaschen. Henry drückte die Klingel. Es tat sich nichts. Als er das zweite Mal klingelte, länger diesmal, fiel ihm auf, dass auf der Klingel kein Name stand. Er klopfte, erst zaghaft, dann lauter und schließlich mit den Fäusten, in denen er Blumenstrauß und Plüschelefant hielt. Er schrie, dass endlich die verdammte Tür aufgemacht werden solle, dass er sie ansonsten eintreten werde, dass er die Polizei hole.

Die Tür öffnete sich tatsächlich einen Spaltbreit, und ein Mann im Bademantel, unrasiert, die Brille schief auf der Nase, streckte den Kopf heraus. Der Mann sah nicht Henry an, sondern fixierte den Plüschelefanten. Henry versuchte, an dem Mann vorbei in die Wohnung zu blicken, aber er konnte nichts erkennen. Drinnen war es dunkel, und ein Geruch von alter Wäsche drang heraus.

Die Frau, sagte Henry, ob er wisse, wo die Frau hingezogen sei, die vor ihm in dieser Wohnung gelebt habe. Zusammen mit einem Kind, einem kleinen Mädchen, fast fünf Jahre alt.

Was für eine Frau, er kenne keine Frau mit Kind, sagte der Mann in breitem Berliner Dialekt. Als er die Wohnung das erste Mal besichtigt habe, zusammen mit einem Herrn von der Verwaltung, sei sie schon leer gewesen.

Seit wann er hier wohne.

Seit November, sagte der Mann und dann: Ah, Moment, jetzt erinnere er sich an etwas.

Woran? *Woran* er sich erinnern würde, fragte Henry und fuchtelte mit dem vom Anklopfen lädierten Blumenstrauß herum.

Dass im Wohnzimmer hinter der Tür eine Zeichnung gehangen habe. Eine Kinderzeichnung, sehr bunt, mit Stecknadeln an die Tapete geheftet.

Ach so.

Ja.

Ob er ihm die Zeichnung geben könne, fragte Henry.

Es tue ihm leid, nein, er habe sie damals weggeworfen.

Was denn draufgewesen sei.

Er könne sich nicht mehr daran erinnern, sagte der Mann, Krickel-Krakel eben.

Ohne Blumenstrauß, aber den Plüschelefanten unter den Arm geklemmt, ging Henry am folgenden Montag zu Johannas Kindergarten. Er hatte vier Wodkas trinken müssen, um den Mut aufzubringen. Es war kurz nach eins. Während des Gehens überlegte er: Die Kinder hätten bereits gegessen und hielten Mittagsruhe. Bis die ersten Eltern kämen, blieben mindestens zwei Stunden. Die Küche war mit dem Abwasch beschäftigt. Er würde einfach ins Gebäude reinmarschieren, die Treppe zur ersten Etage nehmen und zum Raum von Johannas Gruppe laufen. In die Tür war ein kleines rundes Fenster eingelassen, einem Bullauge ähnlich, durch das man hineingucken konnte. Er würde von außen feststellen können, ob Johanna da war, ohne selbst bemerkt zu werden. War sie nicht da, ginge er einfach wieder weg.

Was er im anderen Fall tun würde, wusste er noch nicht.

Johanna hatte das Betttuch bis zum Kinn hochgezogen und schlief. Sie war gewachsen, ihr Gesicht wirkte schmaler, hatte das Babyhafte verloren, und auch ihre Haare, die wie dunkles Wasser über das Kissen flossen, waren länger geworden.

Die Erzieherin saß auf einem Stuhl in der Ecke und las eine Zeitschrift. Die Vorhänge waren zugezogen, das Licht im Raum war orangefarben. Vor jeder Matratze lag ein Häufchen zusammengelegte Sachen, neben dem wiederum jeweils ein Hausschuhpaar stand.

Henry drückte langsam die Klinke herunter, er wusste noch immer nicht, was er tun sollte. Er schob sachte die Tür nach innen, millimeterweise, während er durch das Bullauge die Erzieherin im Auge behielt. Er wartete darauf, dass die Tür ein Geräusch machte, dass die Angeln quietschten und die Erzieherin endlich hochsähe und ihn entdeckte. Er war sich sicher, dass ihm dann das Richtige einfallen würde.

Doch die Erzieherin entdeckte ihn erst, als die Tür sperrangelweit offen stand und Henry einen Schritt nach vorn trat. Sie legte die Zeitschrift beiseite und kam ihm mit ausholenden, aber vorsichtigen Schritten entgegen. Sie sah ihm währenddessen in die Augen und legte den Zeigefinger ihrer rechten Hand an die Lippen. Henry hielt der Erzieherin den Plüschelefanten entgegen, er zuckte entschuldigend mit den Schultern.

Dass er sofort gehen solle, zischte sie. Er habe Hausverbot, falls ihm das nicht klar sei.

Henry hielt weiterhin den Elefanten in die Höhe und sagte, dass er lediglich ein Geschenk abgeben wolle.

Auf gar keinen Fall, sagte die Erzieherin, das komme nicht infrage. Sie packte seine Hand mit dem Kuscheltier, zog sie herunter und versuchte, ihn zur Tür hinauszudrängen. Henry stemmte sich gegen ihren Körper, schob sie langsam in den Raum zurück, dann standen sie für einen Moment auf der Stelle, die Kräfte ausbalanciert.

Er wolle Johanna überhaupt nicht aufwecken, nur das Geschenk dalassen.

Nein, sagte die Erzieherin. Sie begann zu keuchen. Henry sah kleine Schweißperlen auf ihrer Stirn, direkt unter ihrem blonden Haaransatz. Er knickte kurz in den Armen ein, dann gab er ihr einen Stoß. Sie stolperte nach hinten und fiel mit dem Rücken auf einen kniehohen Tisch mit Buntstiften und Zeichenpapier. Es schepperte. Aus den Augenwinkeln sah Henry, dass sich einige der schlafenden Kinder zu regen begannen.

Von der Tür her hörte er eine weibliche Stimme: Was hier los sei. Er hörte Schritte auf dem Flur.

Die Polizei, schnell, sie solle die Polizei holen, rief die Erzieherin zur Tür. Sie rappelte sich auf, kroch auf allen Vieren zu den Kindern und baute sich schützend vor ihnen auf.

Henry trat einen Schritt zurück.

Alle Kinder waren jetzt wach, ungefähr die Hälfte, darunter Johanna, saß aufrecht in ihren Betten, die anderen versteckten sich unter den Decken, eines heulte.

»Erkennst du mich? – Johanna, erkennst du mich?«

»Ja«, sagte Johanna.

»Wer bin ich?«

»Ich weiß nicht.«

»Ich bin dein Papa.«

»Ja.«

»Weißt du noch: unsere Windmühle?«

»Ja.«

»Lassen Sie das Kind in Ruhe«, schrie die Erzieherin.

»Ich tu dir nichts, ich wollte dir nur das hier geben.«

»Er ist betrunken«, schrie die Erzieherin zur Tür. Henry drehte sich um. Er sah zwei Männer hereinkommen, der eine trug einen weißen Kittel und eine Kochhose, der andere einen Blaumann.

»Bist du wirklich betrunken, Papa?«

»Nein. Ich hab dir nur was mitgebracht.«

Henry wollte den Elefanten hochhalten, aber der Koch packte sein Handgelenk und drehte ihm den Arm auf den Rücken. Der Elefant fiel zu Boden. Der Blaumann umklammerte mit seiner Pranke Henrys Genick und drückte ihm gleichzeitig den Kopf auf die Brust.

So führten sie ihn in den Heizungskeller, aus dem ihn eine halbe Stunde später die Polizei befreite.

Dass er mit einer Anzeige rechnen müsse, sagte die Beamtin, die draußen im Streifenwagen seine Personalien aufnahm.

Henry versuchte ihr in wenigen Worten die Situation zu erklären.

Bei allem Verständnis, sagte die Polizistin, solche Probleme könne man nicht in Wildwestmanier lösen, nicht auf eigene Faust. Er solle sich einen Anwalt nehmen und vor Gericht darum kämpfen, seine Tochter zu sehen.

Noch am selben Nachmittag rief Henry Peter an und fragte, ob sie sich treffen könnten. Es gehe um nicht weniger als seine nackte Existenz.

Peters Zustimmung klang nicht begeistert, aber er nannte den Namen einer Bar nahe dem Park und sagte, dass er nach Büroschluss, ab neun, dort auf Henry warten werde.

Als Henry um halb zehn die Bar betrat, wirkte Peter schon leicht angetrunken. Er saß am Tresen und las in einer Akte, die aufgeschlagen vor ihm lag. Er fragte, nachdem sie sich zur Begrüßung wortlos die Hand gegeben hatten, was so dringend sei, dass es keinen Aufschub dulde.

Es gehe um Johanna, sagte Henry und bestellte ein Bier. Ihm zitterte die Hand, als er das Glas zum Mund führte. Peter, der von seinem Whisky nippte, sah es.

Er sei befangen, sagte Peter, weil er Birte und die Kleine mindestens einmal im Monat sehe. Er könne ihm nicht weiterhelfen, nicht als Anwalt.

Henry erzählte von seinem heutigen Auftritt im Kindergarten, wie er die Erzieherin umgestoßen hatte, wie er von Koch und Hausmeister überwältigt und in den Keller gesperrt worden war.

Peter nahm einen Schluck Whisky und verzog angewidert das Gesicht.

Henry erzählte von den Männeraktivisten und dass er nicht werden wolle wie sie, selbstmitleidige, jammernde, alles erduldende Waschlappen.

Er könne nicht mehr tun, als ihm die Adresse eines guten Kollegen zu geben, sagte Peter. Er solle sich mal vorstellen, was Cynthia sagen würde, wenn er Henry gegen Birte verträte. Auf jeden Fall rate er ihm zur Zurückhaltung. Mit der Brechstange wie heute erreiche er das Gegenteil von dem, was er wolle.

Was ein Termin bei einem Anwaltskollegen koste, fragte Henry.

Peter überlegte kurz. Dann sagte er, dass es eigentlich Quatsch sei, dass er vor Gericht sowieso keine Chance habe. Wenn er ihn frage, sei das Geld für einen Anwalt rausgeschmissen.

Ob er ihm wenigstens Birtes neue Anschrift geben könne.

Nein, das könne er nicht, sagte Peter und winkte der Barkeeperin, ihnen eine neue Runde zu bringen, und als die Getränke kamen, holte er aus der Innentasche seines Jacketts eine Zigarre hervor, studierte die Bauchbinde, hielt sie sich an die Nase, sog den Geruch ein. Dann biss er die Zigarrenspitze ab, spuckte sie in den Aschenbecher und winkte der Barkeeperin, die mit einem Kaminstreichholz kam, um ihm Feuer zu geben.

Henry klammerte sich an sein Bier, bemüht, nicht an die Kindergartensache zu denken, nicht an Birte und nicht daran, ob ihn Johanna am Nachmittag erkannt hatte, wie er annahm, oder nicht. Er musste sich ablenken, er fixierte, während Peter redete, dessen Hand, die blonden Härchen auf seinen Fingern, den goldenen Ehering.

Peter erzählte gerade, dass er selbst gern Kinder hätte, am liebsten eine Tochter wie Johanna, und dass die Beziehung zu seinen Eltern, die sich wie sonst nichts auf der Welt Enkel wünschten, wegen der Kinderlosigkeit von Jahr zu Jahr frostiger werde. Nach einer weiteren Getränkerunde behauptete er, Cynthia sei zu faul, um Kinder zu bekommen. Und für die Dauer von mindestens achtzehn Jahren auch noch jemand anderem verpflichtet zu sein anstatt nur sich selbst, diesen Gedanken könne sie nicht ertragen.

Kurz nach Mitternacht waren Peter und Henry die letzten Gäste. Die Barkeeperin rauchte Zigaretten und polierte Gläser.

Er habe da jemanden kennengelernt, sagte Peter, eine alleinstehende Frau, geschieden.

Aha, sagte Henry.

Mit Kind.

Was denn ihr Exmann dazu sage, rief Henry und wandte den Blick von Peters behaarten Fingern ab, der Vater dieses bedauernswerten Kindes.

Das sei ihm so was von egal, sagte Peter und grinste.

Ein kalter Hauch traf Henry im Nacken. Er drehte sich zur Tür um, durch die ein später Gast kam, eine junge, blasse Frau, mit glattem blonden Haar, das ihr über die Schulter fiel. Sie trug ein knielanges Kleid, das aus mehreren Schichten dünnen, fast transparenten Stoffs zu bestehen schien und in starkem Kontrast zu den klobigen Wanderstiefeln stand, in denen ihre nackten Füße steckten. Auf dem Rücken trug sie einen fellbespannten Tornister, den sie abnahm, und setzte sich an den Tisch, der am nächsten zur Tür stand. Dort holte sie ein taschenbuchgroßes Notebook hervor, stellte es vor sich hin und klappte es auf.

Henry hatte diese Kombination aus Kleid und Tornister schon einmal gesehen. Er konnte sich sogar noch erinnern, wann: Es war einen Tag nach Johannas Geburt gewesen, in der Ringbahn Richtung Osten.

Peter, der sich ebenfalls nach ihr umgedreht hatte, winkte die Barkeeperin heran und sagte, sie solle der Frau ein Glas Champagner auf seine Rechnung bringen.

Die Frau sah vom Bildschirm auf, als die Barkeeperin das Glas neben ihr Notebook stellte und auf Peter deutete, der ihr vom Tresen zuwinkte. Ihr Blick war kalt, ihr Gesicht mit der schmalen Nase und den mandelförmigen Augen blieb ohne Regung. Sie wechselte ein paar Worte mit der Barkeeperin und tippte dann weiter.

Was sie gesagt habe, wollte Peter von der Barkeeperin wissen, als sie wieder hinter der Theke stand.

Das Passwort, sagte die Barkeeperin, sie habe das Passwort wissen wollen für den drahtlosen Internetzugang.

Ob auch er sehe, dass sie nichts trinke, fragte Peter.

Ja, sagte Henry.

Und dieser Blick. Eine arrogante Hippieschlampe, mehr sei sie doch nicht.

Er müsse mal aufs Klo, sagte Henry, und dass sich Peter abregen solle.

Als er wiederkam, stand Peter am Tisch der blonden Frau und blies ihr Zigarrenrauch ins Gesicht.

Sie solle den Champagner trinken, auf der Stelle, sagte er, sonst passiere ein Unglück.

Die Frau sah ihn an, kalt wie zuvor, keine Spur von Furcht im Gesicht. Dann blickte sie wieder auf den Bildschirm.

Henry ging zu Peter hinüber und legte ihm seine Hand auf die Schulter, es sei Zeit zu gehen. Auf dem Notebookbildschirm erkannte er die Luftaufnahme einer Landschaft, Seen, Felder, Waldstücke, ein Geflecht von Straßen.

Er solle ihn loslassen, schrie Peter und stieß Henry den Ellbogen in die Seite. Dann drehte er sich zu ihm um.

Mit der flachen Hand schlug Henry ihm die Zigarre aus dem Gesicht. Sie landete neben den Barhockern am Tresen.

Peter starrte ihn ungläubig an. Die blonde Frau sah vom Bildschirm auf. Sie hatte türkisfarbene Augen. Henry wandte den Blick ab.

Peter ging zum Tresen rüber und bückte sich nach der Zigarre. Henry folgte ihm. Dann standen sie sich gegenüber, Peter hatte die leicht zerdrückte Zigarre im Mund und blies jetzt Henry den Rauch entgegen.

Plötzlich begann er zu grinsen. Er kam einen Schritt näher und fragte, ob er Henry schon von dieser Sache erzählt habe, nein? Eine Frau mit Kind habe er kennengelernt, sagte Peter, ein süßes kleines Balg, mit einer Tochter, blond zwar, aber ansonsten Johanna sehr ähnlich und genau wie sie vier Jahre alt. Sie sehne sich so sehr nach einem Vater, und er überlege, ob ...

Henry schlug zu, ohne groß auszuholen, aus der Schulter, und erwischte ihn am Jochbein. Mit einer halben Drehung landete Peter zwischen den Barhockern auf dem Gesicht und blieb liegen.

Die Barkeeperin stand mit aufgerissenen Augen hinter der Theke. Noch bevor sie etwas sagen konnte, drehte sich Henry um und marschierte Richtung Tür.

Im Hinausgehen sah er, dass die blonde Frau ihren Notebook zuklappte.

26.

Drei Tage nachdem ihm der Strom abgestellt worden war, fand Henry im Briefkasten ein Schreiben der Wohnungsverwaltung, das ihm die fristlose Kündigung des Mietverhältnisses mitteilte. Von einer Telefonzelle aus versuchte er, die Verwaltung zu erreichen, doch niemand nahm ab. Er ging nach oben und begann seine Sachen zu packen, einen Anzug, etwas Wäsche, das Notebook. Noch bevor er damit fertig war, klingelte ein Expressbote an der Tür. Henry quittierte die Sendung, der Umschlag kam von Bettina und enthielt die versprochenen fünfhundert Euro. Henry legte die Scheine in seinen Reisepass, steckte den Pass in die Innentasche seines Jacketts und ging noch einmal nach unten, um mit der Verwaltung zu telefonieren. Wieder nahm niemand ab.

Zurück in der Wohnung, klingelte es erneut. Henry, der gerade hatte gehen wollen, verharrte, die Tasche in der Hand. Er hörte, dass sich die Störer unterhielten. Sie drückten wieder die Klingel, sekundenlang, dann klopften sie. Sie riefen seinen Namen, sie fragten, ob er anwesend sei, sie forderten ihn auf zu öffnen, sie seien von der Polizei. Sie sagten schließlich, dass sie jetzt gingen, aber wiederkämen.

Auf der Ost-West-Magistrale winkte sich Henry ein Taxi an den Straßenrand und ließ sich zum Bahnhof fahren. Es war ein schöner Frühsommertag, die Felder, die vor dem Fenster des Regionalexpress vorbeizogen, leuchteten sattgrün in der Sonne, die Neubausiedlungen der Stadtflüchtlinge an den Dorfrändern des Berliner Speckgürtels sahen aus wie frisch gewaschen.

Selbst von der Kreisstadt, in der Henry nach anderthalb Stunden Fahrt ausstieg, hatte der strahlende Tag den Schleier der Vergeblichkeit genommen. Die Trinker auf dem Bahnhofsvorplatz dösten in der Sonne, während Henry auf ein Taxi wartete, das ihn zu seinem Elternhaus brachte.

Seine Mutter sah ihn entgeistert an, als sie die Tür öffnete: Warum er seinen Besuch nicht angekündigt habe, ob etwas vorgefallen sei, ob es was Neues gebe wegen Johanna?

Henry sagte, er brauche lediglich ein paar Tage Ruhe, Abstand vom Schreibtisch und von den Problemen mit Birte, überhaupt: von der verdammten Stadt. Er wolle spazieren gehen, sonst nichts.

Die Mutter wärmte ihm Eintopf vom Mittag auf, und nachdem er gegessen hatte, ging Henry raus aufs Feld, wo sein Vater mit einer Hacke den Boden zwischen den Gemüsesetzlingen lockerte. Er gab seinem Vater, der nicht fragte, was er hier machte, zur Begrüßung die Hand, setzte sich dann an den Feldrand und sah ihm bei der Arbeit zu. Um vier kam die Mutter mit einer Thermoskanne Kaffee und einem Teller belegter Brote, sie aßen und tranken, dann fütterte Henry die Hühner und das Schwein.

Den Abend verbrachte er mit den Eltern vor dem Fernseher, trank Bier mit seinem Vater, ließ sich auch Schnaps einschenken. Die Mutter saß still in ihrem Sessel und löste Kreuzworträtsel.

Die Gedanken an Berlin kehrten nur kurz zurück, als er im Bett lag, Sekunden bevor er, schwer vom Alkohol, einschlief.

Am nächsten Morgen stand er gegen zehn auf, setzte sich an den Küchentisch und ließ sich von der Mutter das Frühstück vorsetzen. Während er aß, sah er ihr beim Panieren der Schnitzel zu, die es seinetwegen zum Mittagessen geben sollte.

Am Nachmittag fragten die Eltern, ob er Lust habe, mit in die Kreisstadt zu fahren, zum wöchentlichen Großeinkauf.

Henry sagte, er wolle lieber ein bisschen in die Natur gehen, er könne heute keine Menschen sehen, vor allem keine, die einkauften.

Er überlegte, einfach loszulaufen, die alten Wege der Kindheit abzuwandern, entschied sich dann aber, das Fahrrad seiner Mutter zu nehmen, mit dem sie kleinere Wege in die Umgebung zurücklegte. Er wollte nach einem Ort Ausschau halten, an dem er sein Buch mit großem Knall enden lassen konnte. Mit Lichteffekten am besten, mit Blitz und Donner. Er nahm sich vor, im Berliner Internetcafé das Phänomen des Polarlichts zu recherchieren.

Von der Dorfstraße bog er auf die Bundesstraße ab, die in die Kreisstadt führte, fuhr eine Weile auf dem heißen Asphalt, bevor er das Rad auf einen staubigen Feldweg lenkte. Er kam an einem See vorbei, durchquerte einen kühlen Wald, an dessen Ende er wieder auf einen Feldweg gelangte. Am Feldrain kurz verschnaufend, den Rauch einer Zigarette tief inhalierend, sah er sie am Horizont im Sonnenlicht blitzen, hoch oben in der Luft, Loopings fliegend und Achten, Modellflugzeuge, vier, fünf Stück, die aus der Ferne wirkten wie Schmetterlinge aus lackiertem Holz.

Er hielt darauf zu und sah bald den kleinen Flugplatz, auf dessen kurzer Betonpiste einige Männer standen, umringt von einer Schar Kinder, mit großen Fernsteuerungen, die sie an Gurten um die Hälse trugen. Henry konnte die winzigen Abgasfahnen erkennen, die die Modellflugzeuge hinter sich her zogen, und er hörte ihre Motoren knattern.

Das war der Ort für das Ende.

Er stellte das Fahrrad am Zaun ab und betrat das Flugplatzgelände. Früher, in seiner Kindheit, waren Agrarmaschinen der Interflug von hier gestartet und hatten im Tiefflug die Felder der Gegend mit Insektiziden und Dünger besprüht. Heute, las er auf einer Tafel am Eingang, wurden Kurse im Fallschirmsprung angeboten, Modellbaukurse, man konnte den Flugschein erwerben. Außerdem gab es im Flachbau neben der Piste eine kleine Gaststätte, in der sich Henry ein Bier bestellte. Er setzte sich an einen der runden Plastiktische auf der Terrasse und beobachtete die Modellflieger.

Der rot-weiß gestreifte Windsack hing schlaff an seiner Stange, über dem Beton der Piste flimmerte die Luft. Der Wirt brachte Henry das eiskalte Bier heraus, auch für sich selbst hatte er eine Flasche dabei. Er ließ sich neben Henry nieder, sie prosteten einander zu und tranken. Dann bot ihm der Wirt eine Zigarette an, fragte, woher er komme und was er hier mache, und Henry erzählte, dass er in Berlin lebe, aber hier geboren sei.

Neben dem Flachbau stand ein zehn Meter hoher Turm mit einer Funkantenne auf dem Dach, auf der anderen Seite der Piste erkannte Henry eine Wellblechhalle, deren Front an die zwanzig Meter messen mochte. Neben ihr stand ein signalroter Container mit zwei Schlauchanschlüssen.

Henry fragte, was es mit dem Container auf sich habe.

Das sei ein Lagertankcontainer, erklärte der Wirt, er enthalte das Flugbenzin.

Gegen acht fragte der Wirt, ob Henry Hunger habe. Die Männer mit den Modellflugzeugen und die Kinder waren längst gegangen, stattdessen waren Paare gekommen, im mittleren Alter, durchschnittlich gekleidet, und hatten an den Plastiktischen vor der Gaststätte Platz genommen. Die Männer tranken Bier, die Frauen Sekt oder Weißweinschorle, und nur selten wechselten sie ein paar Worte, aber ihr Schweigen schien alles andere als kalt oder feindlich, ihr Schweigen war einvernehmlich. Henry kam es vor, als warteten sie auf den Sonnenuntergang, und er fragte den Wirt, was er an Essen dahabe.

Eigentlich gar nichts, sagte der Wirt, aber er könne ihm eine Bockwurst heiß machen.

So aßen sie Bockwurst, tranken Bier bis in den Sonnenuntergang und schwiegen, wie die anderen Gäste auf der Terrasse der Flugplatzkantine.

Bevor das letzte Licht des Tages hinter der Hügelkette jenseits des Flugfeldes verschwand, verabschiedete sich Henry vom Wirt, und er winkte auch den schweigsamen Paaren vage zu, deren Mittelklassewagen am Zaun parkten, wo auch Henrys Rad angeschlossen war.

Es war dunkel, als er in seinem Elternhaus ankam, noch bevor er den Schlüssel im Schloss gedreht hatte, öffnete seine Mutter die Tür und fragte sorgenvollen Blickes, wo er gewesen sei.

Henry sagte es ihr, und die Falten des Kummers um ihre Augen wühlten augenblicklich das Berliner Ungemach wieder in ihm auf, das er über den Nachmittag vergessen hatte.

Am nächsten Morgen stand Henry um acht auf. Er musste keinen Wecker stellen, es war Unruhe, die ihn aus dem Bett trieb. Er trank einen Kaffee im Stehen, die Reisetasche zwischen den Füßen. Der Vater war im Stall oder auf dem Feld, seine Mutter sah ihm schweigend zu.

Das Haus an der Ost-West-Magistrale wirkte genauso wie vor zwei Tagen, als er es verlassen hatte, doch in seinem Inneren war etwas geschehen: Der Wohnungsschlüssel passte nicht mehr. Henry stand im Treppenflur und versuchte, ihn ins Schloss zu bekommen, wieder und wieder, obwohl er längst wusste, dass seine Befürchtung Wahrheit geworden war. Als er von oben Schritte kommen hörte, gab er auf und stieg hinunter in den Keller: Sein Verschlag stand offen, der Bügel des Vorhängeschlosses war mit einem Bolzenschneider durchtrennt worden, die Kisten und das andere Gerümpel fehlten. Im Briefkasten lag nichts außer Werbung, im Hof fand er immerhin sein Fahrrad im Gestrüpp. Er ging zu den Mülltonnen, öffnete sie, guckte hinein: nichts Außergewöhnliches. Neben dem Altpapiercontainer sah er eine Pappkiste. Sie schien aufgeweicht, obwohl es seit Tagen nicht geregnet hatte. Henry klappte sie auf: Auch das Foto, das obenauf lag, war feucht. Es lag auf einem Stapel alter Computerzeitschriften, die wegzuwerfen er immer aufgeschoben hatte. Aufgenommen worden war es auf dem Balkon, und es zeigte Johanna im Alter von vielleicht zwei Jahren, wie sie braun gebrannt in einem roten, mit Wasser gefüllten Planschbecken kniete und strahlend eine Plastikgießkanne in die Höhe hielt, aus der sich ein Strahl Wasser ergoss.

Henry legte das Foto zu den Geldscheinen in seinem Pass, dann nahm er die Reisetasche und winkte sich auf der Magistrale ein Taxi heran.

27.

Henry lehnte das Rad seiner Mutter an den Zaun. Sie hatte wortlos den Kopf geschüttelt, als er am Nachmittag in ihrer Küche aufgetaucht war.

Die Luft war erfüllt vom surrenden Motorengeräusch der Modellflugzeuge. Die Kinder, die um die Männer mit den Fernsteuerungen herumstanden, applaudierten, wenn ein Looping gelang.

Der Wirt brachte Henry ein Bier auf die Terrasse und hatte auch eines für sich selbst dabei. Henry zeigte ihm das Foto, das er früher am Tag in der aufgeweichten Kiste gefunden hatte. Der Wirt sagte nichts, sondern nickte nur.

Die geschwungene Hügellinie jenseits der Landepiste war Balsam für Henrys Augen, das Grün der Bäume wie eine lindernde Kompresse.

Mit dumpfem Knall stürzte eines der Modelle ab, zerschellte im Gras neben der Piste. Die Kinder sprangen erschrocken zur Seite, einer der Männer fluchte, die anderen begannen, ihre Maschinen zu landen.

Aus der dröhnenden Kühltruhe des Wirtes wählten sich die Kinder Eis am Stiel für den Heimweg aus.

Henry trank Schnaps zum Bier, der Wirt machte ihm zwei Bockwürste heiß. Wieder kamen die Paare, bestellten Bier und Sekt und sahen schweigend auf die Hügellinie, hinter der die orangefarbene Sonne versank.

Bevor er sich verabschiedete, stellte der Wirt eine letzte Flasche Bier vor Henry ab. Er klopfte ihm auf die Schulter und ging. Henry hörte, wie er den Motor seines Wagens anließ, und er sah die Scheinwerfer aufleuchten.

Dann war es still. Nur manchmal wehte von den Dörfern Hundegebell herüber, oder eine Grille begann zu zirpen.

Oben leuchteten die Sterne, unten war alles schwarz.

Henry trank das Bier aus, dann suchte er am Zaun nach dem Rad. Er fand es nicht, er hatte wohl vergessen, es abzuschließen, und die arglosen Kinder hatten es vermutlich auf dem Heimweg gestohlen. Auch die Zigaretten fehlten. Er schloss die Augen für eine halbe Minute, Gedankenfetzen rotierten in seinem Schädel, er riss sie wieder auf, als es ihn würgte. Knapp konnte er den Brechreiz unterdrücken. Seine Beine waren mit einem Mal weich. Er lief schwankend zur Gaststätte zurück. Auf dem Plastiktisch neben zwei leeren Bierflaschen fand er seine Zigaretten. Er steckte sie ein, dann nahm er die Flaschen, um sie vor die Gaststättentür zu stellen. Als er aus der Hocke wieder hochkam, wurde ihm schwarz vor Augen. Er griff nach der Klinke, er stolperte gegen die Flaschen, die klirrend umfielen, er drückte im Sturz die Klinke, und die Tür ging auf.

Der Wirt hatte vergessen abzuschließen. Im Gastraum roch es nach kaltem Rauch. Henry machte Licht und ging in die Küche. Aus dem Kühlschrank nahm er ein weiteres Bier, durchwühlte die Schubladen nach einem Öffner, fand aber nur ein Küchenbeil, mit dessen stumpfer Seite er den Kronkorken abhebelte.

Es gab keinen Herd, nur einen zweiflammigen Kocher, unter dem zwei Propangasflaschen standen. Henry drehte den Gasregler auf und hielt sein Feuerzeug daran. Er sah der Flamme eine Weile beim Brennen zu, dann drehte er sie wieder ab. Er löschte das Licht, nahm das Küchenbeil und ging in den Gastraum. Dann setzte er sich an einen der Tische und schlief ein, den Kopf auf die Platte gelegt.

Als er wieder aufwachte, fiel feuerroter Schein durch die Fenster in den Gastraum. Henry konnte deutlich die Umrisse der Einrichtung erkennen. Er nahm das Beil, ging in die Teeküche und durchtrennte die Schlauchleitungen, die von den Gasflaschen zum Kocher führten. Er hielt das brennende Feuerzeug dran, aber nichts passierte, er schlug mit dem Beil auf die Ventile ein und hielt erneut das Feuerzeug daran. Wieder passierte nichts. Henry nahm den Kocher und warf ihn auf den Boden, er trat gegen die Gasflaschen, dann ging er raus auf die Terrasse.

Es sah aus, als ob der Himmel brannte, ein Bündel fluoreszierender Lichtstraßen führte von der Hügelkette bis über den Flugplatz, wo es sich verzweigte, eine neongrelle Lichtspur vor blutrotem Hintergrund, die Richtung Berlin zeigte.

Es gelang Henry nicht, die Tür der Flugzeughalle zu öffnen. Er hämmerte auf das Schloss ein, bis die Klinge des Beils in hohem Bogen wegflog. Er stellte sich unter die Schlauchanschlüsse des Tankcontainers, legte den Kopf in den Nacken und starrte in den phantastischen Himmel. Aber es existierte kein Gott, der das Kerosin fließen ließ, und so gab Henry endlich auf.

Bis zu seinem Elternhaus waren es etwa fünfzehn Kilometer. Henry setzte sich langsam in Bewegung.

Als er den Waldrand erreichte, hatte sich die Zeichnung

des Himmels verändert – das Bündel Lichtstrahlen war jetzt zu einer Spirale gebogen –, seine Farbe war gleich geblieben.

Henry betrat den Wald, trockenes Reisig knackte unter seinen Schuhen. Er ging vielleicht zweihundert Meter, dann setzte er sich, den Rücken an eine Kiefer gelehnt, um zu verschnaufen.

Henry zündete sich eine Zigarette an: Nie würde Johanna ein Weihnachtsfest feiern, wie er es in seiner Kindheit erlebt hatte, mit beiden Großeltern, mit Mutter und Vater, Onkel und Tanten. Nie würden sie einen Familienurlaub machen, zu dritt, Birte, Johanna und er. Es war zum Heulen. Wenn er sich überlegte, dass ...

Im roten Licht, das durch die Baumwipfel fiel, erkannte Henry plötzlich, worauf er schon seit einer Weile gestarrt hatte. Es war ein Ameisenhügel, keine fünf Meter entfernt. Henry hielt den Atem an, und es schien ihm, als hörte er die Ameisen über den Waldboden laufen, über vergilbte Kiefernnadeln, trockene Kienäpfel und verdorrte Moospolster, sie liefen nicht, sie rannten, sie flohen aus dem Wald. Und es schien ihm, als flüsterten sie dabei, als warnten sie einander: eine hochtönende Kakophonie Zehntausender panischer Stimmchen.

ENDE

Toter Mann

Henry steckte in einem Schlafsack, als er zu sich kam. Er lag auf dem Rücken und hörte den Wind in den Baumwipfeln rascheln, er hörte das Knacken und Knistern eines Feuers, roch den Duft brennenden harzigen Holzes. Er blieb eine Weile so liegen, ehe er die Augen aufschlug. Es war dunkel. Er sah den Schein des Feuers über die Stämme tanzen. Die wenigen Laubbäume zwischen den Kiefern hatten ihre Blätter verloren. Es schien Herbst zu sein.

Henry richtete sich auf. An einem Lagerfeuer saßen gut zwanzig Schritte entfernt drei Frauen und sahen zu ihm herüber. Hinter ihnen war ein kleines Zelt aufgeschlagen. Henry öffnete den Reißverschluss des Schlafsacks und stand auf. Er sah, dass sich auch die Frauen langsam erhoben, zwei von ihnen verschwanden im Wald, die Dritte kam langsam auf ihn zu. Die glatten blonden Haare fielen ihr über die Schulter, sie trug ein knielanges Kleid, das aus mehreren Schichten transparenten Stoffs bestand, an den nackten Füßen hatte sie grobe Wanderschuhe.

Als sie vor ihm stand, sagte sie: »Komm mit.« Sie streckte ihm die Hand hin, und als Henry zögerte, sie zu ergreifen, sagte sie: »Mach schon.«

Ihre Finger waren kalt.

Sie zog ihn vom Feuer weg an den Waldrand: ein ausgefahrener Weg, ein braches Feld, am Horizont die Silhouette einer Pappelreihe.

Die Frau ließ seine Hand los, sie gingen schweigend den Feldweg entlang, Henry einen halben Schritt hinter ihr. Er wusste, dass hinter der Pappelreihe die Bundesstraße lag, die am Dorf seiner Kindheit vorbei in die Kreisstadt führte.

Sie liefen weiter, Henry wollte nachsehen, wie spät es war, aber er trug keine Uhr.

An der nächsten Waldschneise, dem Beginn eines neuen Jagens, blieb die Frau stehen.

Henry brauchte eine Weile, um zu erkennen, was er sah: verkohlte Stämme, schwarze Baumskelette, verbrannten Boden. Auch die Frau betrachtete die verwüstete Landschaft: »Kannst du dich erinnern?«

»Die Ameisen«, sagte Henry, »ich konnte die Ameisen hören.«

»Sie sind vor dem Feuer geflohen«, sagte die Frau.

»Da war kein Feuer.«

»Als das Feuer kam, hast du geschlafen. Du hast nicht gemerkt, wie die Glut deiner Zigarette auf den Waldboden fiel.«

»Und dann?«

Statt zu antworten, ging die Frau weiter.

Henry lief ihr hinterher: »Dann wurde ich gerettet?«

»Nein, wir kamen zu spät.«

Schon vom Flughafenzaun aus erkannte Henry die Trümmer der Gaststätte. Sie war bis auf die Grundmauern abgetragen, alles andere dagegen schien unversehrt, der Turm mit der Funkantenne, der Tankcontainer, die Abstellhalle. Auf dem Parkplatz wartete ein Geländewagen mit verspiegelten Scheiben und verchromten Frontschutzbügeln. Er hatte ein Berliner Kennzeichen.

Henry hörte es zweimal piepen, dann sprang die Zentralverriegelung auf, und gleichzeitig gingen die Scheinwerfer an.

»Steig ein«, sagte die Frau, »wir fahren in die Stadt.« Sie nahm hinter dem Lenkrad Platz.

»Was wird aus den beiden anderen?« Henry deutete mit dem Kopf Richtung Wald.

»Die hüten das Feuer«, sagte die Frau.

Der Wagen setzte sich in Bewegung, und nach ein paar Minuten auf dem Feldweg bogen sie auf die Bundesstraße ein.

»Hier bin ich groß geworden«, sagte Henry, als sie an seinem Heimatdorf vorbeifuhren.

»Ich weiß«, sagte die Frau, »wir nehmen die Autobahn.«

Sie rasten mit hundertachtzig Kilometern pro Stunde Richtung Hauptstadt.

»Wer bist du?«, fragte Henry.

»Denk dir einen Namen aus, oder rede mich nicht an.«

»So meinte ich das nicht.«

»Sondern?«

»Keine Ahnung.«

»Öffne das Handschuhfach«, sagte die Frau.

Henry gehorchte. Außer einem Handy lag dort nur ein zusammengefaltetes Blatt Papier.

»Es ist der Zettel«, sagte die Frau, »sieh ihn dir an«.

Henry faltete das Blatt auseinander, es war die Laserkopie eines Fotos, es war Peters totes Gesicht von der Webseite des Polizeitickers.

»Peter«, sagte Henry.

»Dein toter Freund.«

»Er war nicht mein Freund.«

»Das konnte ich sehen, als du zugeschlagen hast, die Wut in deinen Augen …«

»Ich hab nichts zu tun mit seinem Tod.«

»Nein«, sagte die Frau, »das waren wir.«

»Aber warum?«

»Er hat es verdient. Wir haben ihm aufgelauert, vor der Bar.«

»Viele hätten es verdient«, sagte Henry.

»Bei irgendwem muss man beginnen.«

»Bullshit: Er trug seinen Jogginganzug.«

»Du hast recht, es war anders, Stunden später. Er lief durch den Volkspark und hörte Musik.«

»Vermutlich um nüchtern zu werden«, sagte Henry.

»Wenn wir nachts in der Stadt bleiben, schlagen wir unsere Zelte dort auf. Es gibt Bäume, Hügel, Unterholz und Dickicht, ein kleiner Wald in der Stadt, vertrautes Terrain. – Er sah unser Feuer, kurz bevor wir es gelöscht hätten, denn eben hatte es zu dämmern begonnen. – Er kam direkt auf uns zu, und er erkannte mich. Er griff nach meinem Arm und packte mich. Er schrie und keuchte, ich stieß ihn fort, aber er hat mir nachgesetzt. – Eine der Schwestern nahm die Armbrust und zielte.«

»Sie nahm eine *Armbrust*?«

»Wir sind nicht als Freunde unterwegs.«

»Diese merkwürdige Wunde, die Cynthia erwähnt hat, dieses Loch in der Brust ...«

»Wir benutzen Bolzen aus Eis, im Kofferraum steht ein Thermosbehälter mit flüssigem Stickstoff.«

»Warum dieser Aufwand?«

»Es ist eine Frage des Stils«, sagte die Frau. »Dort beginnt die Stadt.« Sie zeigte aus dem Fenster.

Henry sah das Ortsschild vorbeifliegen: Berlin. Es musste tiefe Nacht sein, die Vorstadtsiedlung, durch die sie fuhren, lag im Dunklen, sie stießen aus Norden Richtung Zentrum vor.

»Ich bin dir gefolgt an dem Abend«, sagte die Frau. »Ich wusste, als ich dich sah, dass es kommen würde mit dir, wie es kam.«

»Ich hab dich vorher schon einmal gesehen, in der S-Bahn. Ihr wart zu zweit.«

»Mag sein«, sagte die Frau, »ich kann mich nicht erinnern.«

Sie schwiegen eine Weile.

»Was tut ihr überhaupt in der Stadt?«, fragte Henry dann.

»Wir wählen Ziele aus und Rückzugsmöglichkeiten, wir rekrutieren Menschen wie dich. Verbündete, die sich auskennen«, sagte die Frau, »Pfadfinder, die uns leiten können.«

»Aber was ist das Ziel?«

»Die Städte zurück in die Wälder zu holen.«

»Blödsinn.«

»Du solltest nicht vorschnell urteilen. – Die Zeit ist auf unserer Seite.«

Allmählich wurden die Häuser am Straßenrand höher, die wild bewachsenen Brachen verschwanden, in der Fahrbahn erkannte Henry die eingelassenen Straßenbahngleise.

»Wo fahren wir eigentlich hin?«

»Gedulde dich, wir sind gleich da.«

Die Frau parkte den Wagen in zweiter Reihe vor einem Gründerzeithaus, keine fünfhundert Meter von Henrys alter Wohnung entfernt. Die Fassade war frisch gestrichen, im Erdgeschoss befand sich eine Weinhandlung, die Henry noch nie hier bemerkt hatte, die gardinenlosen Fenster der Wohnungen waren allesamt dunkel.

»Geh in die zweite Etage, und sieh dich dort um, ich warte hier«, sagte die Frau.

»Was soll ich da?«

»Schau auf das Klingelbrett, das wird deine Frage beantworten.«

»Und wie komme ich da hinein?«

»Du brauchst keine Schlüssel mehr, geh einfach durch die Tür.«

Vor der Wohnung, im Hausflur unter der Klingel, stand auf einer Blumenbank ein Topf blühender Orchideen.

Henry trat vorsichtig ein, stand dann unschlüssig im Flur herum, wagte nicht weiterzugehen in die unbekannte, dunkle Wohnung hinein. Er fürchtete, das Holz der Dielen könne knarren und die Bewohner aufwecken. An der Garderobe neben der Tür hing eine helle Regenjacke aus PVC, darunter stand ein Paar Gummistiefel mit aufgedruckten Prinzessinnen. Vom Flur gingen fünf Türen ab, Henry entschied, die nächstgelegene zu betreten. Es war das Bad, ein geräumiger Raum, in dessen Mitte ein ausgebreiteter Wäscheständer stand: Mädchenkleidungsstücke hingen zum Trocknen daran, zwei Blusen, ein Rock und ein zweiteiliger Judokampfanzug, der im Licht, das von der Straße durchs Fenster hereindrang, hellblau schimmerte. Henry trat einen Schritt näher, er nahm den festen, groben Baumwollstoff zwischen die Finger und rieb ihn. Auf dem Weg aus dem Bad fiel Henrys Blick in den Spiegel: Er war leer.

Johanna atmete gleichmäßig im Schlaf. Sie war gewachsen, war ein richtiges Vorschulkind geworden. Auf dem Kissen neben ihrem Kopf lag der Plüschelefant, den Henry damals besorgt hatte, an der Wand über dem Bett hing eine gerahmte Fotografie, auf der ihr Vater zu sehen war, er selbst: Henry. Der Rahmen war mit kleinen, aus Buntpapier gefalteten Blumen geschmückt. Henry ging zum Fenster hinüber, kontrollierte das Heizungsthermostat und schob den Vorhang ein Stück zur Seite. Die Frau saß auf der Motorhaube des Wagens und blickte starr geradeaus. Bevor er das Kinderzimmer verließ, zog er Johanna die Decke über die Schultern.

Im kleinsten der drei Zimmer stand Birtes Bett. Henry öffnete die Tür einen Spaltbreit, er hörte sie atmen und zog den Kopf wieder zurück.

Auf ihrem Schreibtisch im Wohnzimmer stand ein Notebook, daneben lagen zwei Briefe, einer adressiert an Birtes Eltern, der andere an Henrys. Auf die Rückseiten hatte Johanna in wackligen Buchstaben jeweils ihren Namen gemalt.

»Und was passiert nun?«, fragte Henry die Frau, als er wieder unten am Wagen war.

»Ich muss zu den Schwestern zurück«, sagte sie und öffnete die Fahrertür.

»Und ich?«

»Du bleibst in der Stadt und gibst acht auf dein Kind. – Ich melde mich, wenn wir dich brauchen.«

»Aber wozu das alles?«, fragte Henry und sah zum Fenster hoch, hinter dem Johanna schlief.

»Wir verhelfen der Geschichte zu einem glücklichen Ende«, sagte die Frau, »du wirst sehen: Alles fügt sich.«

»Berliner Express am Abend«, 1. Juni

Mord an Berliner Anwalt aufgeklärt

Von H. Martens

Pankow – Der Mord an Peter W., dessen Leiche Anfang Mai dieses Jahres im Volkspark Friedrichshain gefunden worden war, ist höchstwahrscheinlich aufgeklärt. Den entscheidenden Hinweis auf den Täter lieferte die Ehefrau des getöteten Anwalts. Die Aussage der Angestellten einer Bar, in der der Täter und sein späteres Opfer nur Stunden vor dem Verbrechen zusammen gezecht hatten und auch ein erstes Mal aneinandergeraten waren, erhärtete den Verdacht gegen den 36-jährigen Buchautor und arbeitslosen Journalisten Henry K., einen Bekannten Peter Ws.

Dem Zugriff durch die Behörden entzog sich K. durch Flucht. Seine verkohlte Leiche wurde letzte Woche aus einem brennenden Waldstück ca. 15 Kilometer östlich der uckermärkischen Kreisstadt Prenzlau geborgen, nahe einem Dorf, aus dem er stammte. Wie es zu dem Feuer kam und ob ein Zusammenhang mit den Explosionen in einer Ausflugsgaststätte in unmittelbarer Umgebung besteht, wird derzeit noch von den Sachverständigen geprüft.

Der Vergleich von Gewebeproben Henry Ks. mit Fremdspuren, die an Peter Ws. Körper, insbesondere im Bereich des Gesichts, sichergestellt worden waren, ergab eine Übereinstimmung des genetischen Materials.

Trotz einiger weiterhin bestehender Unklarheiten sprechen die Indizien gegen Henry K. Die Mordkommission erklärte den Fall für abgeschlossen.

01/1990/01/L